Talina Leandro – in den späten 80ern geboren – schreibt seit dem Kindesalter leidenschaftlich gern. In den Genres Dark Romance und Romantic Suspence fühlt sich die Autorin zu Hause, denn sie selbst liest gern düster-prickelnde Liebesromane, ist jedoch auch Thrillern sehr angetan.

TALINA
LEANDRO

PARADISE OF DARKNESS

VERBOTENES SPIEL

Erstausgabe August 2024

Verbotenes Spiel

ISBN 978-3-98998-080-8
E-Book-ISBN 978-3-98637-531-7

Covergestaltung: Talina Leandro
Umschlaggestaltung: ARTC.ore Design
Unter Verwendung von Abbildungen von
Adobe Firefly
Lektorat: Daniela Höhne
Satz: dp DIGITAL PUBLISHERS GmbH
Druck und Bindung: Books on Demand GmbH, Norderstedt

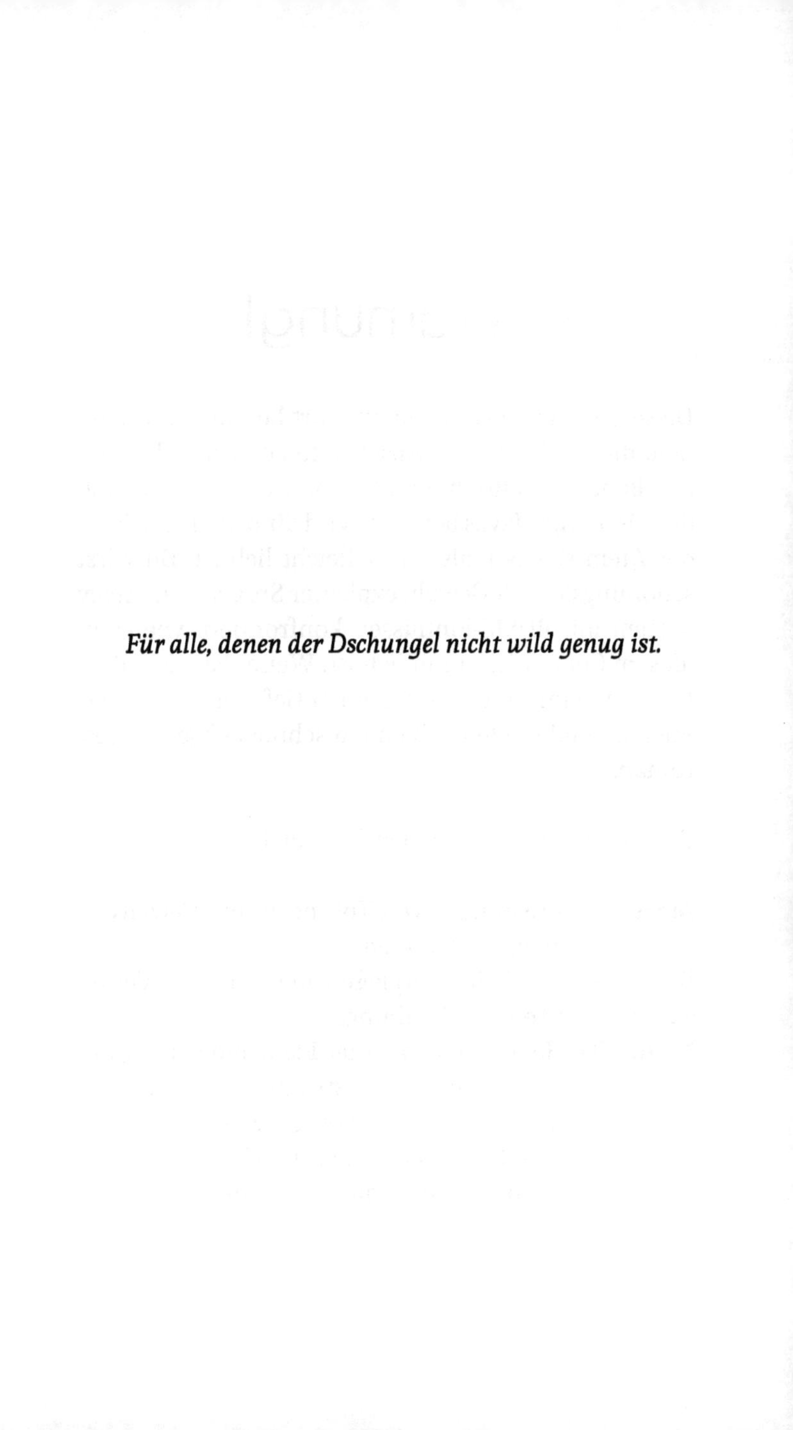

Für alle, denen der Dschungel nicht wild genug ist.

Warnung!

Diese Geschichte ist nichts für zart besaitete Leser*innen, die ein Buch zum Abschalten suchen. Sobald du das Boot des gefürchteten Darmawan-Syndikats und den Dschungel Javas betrittst, wird dir beim Lesen öfter der Atem stocken, als dir vielleicht lieb ist. Du wirst schonungslos mit Gewalt, expliziter Sprache und spicy Szenen mit BDSM-Einflüssen konfrontiert, wie es in diesem Genre nicht unüblich ist. Wenn das nicht dein Ding ist, dann tu dir selbst einen Gefallen, schlag das Buch zu und greife nach einem schnuckeligen Liebesroman.

Es werden folgende Themen behandelt:

Mord: Beschreibungen von Tötungen und Gewaltverbrechen können vorkommen.
Blut: Szenen mit Blutvergießen und blutigen Verletzungen sind Teil der Handlung.
Mafia: Die Handlung beinhaltet Elemente der organisierten Kriminalität und Mafiastrukturen.
Tod und Trauer: Der Verlust von geliebten Menschen durch Gewalt oder andere tragische Umstände kann eine tiefe emotionale Reaktion hervorrufen.

Krankheit: Es gibt Szenen, die von schwerer Krankheit gezeichnet sind und in einem Krankenhaus stattfinden. Hilflosigkeit und Trauer sind ebenfalls Begleiter dieser Szenen.
Gewalt: Darstellungen von physischer und emotionaler Gewalt können vorkommen.
Schwangerschaft: Die Handlung kann Themen rund um Schwangerschaft und damit verbundene Herausforderungen enthalten.
Sex: Explizite Szenen von intimen Beziehungen und sexuellen Handlungen sind Teil des Romans. Hierbei wird wirklich detailliert beschrieben.
BDSM: Ein Hauch von BDSM liegt auch in diesem Buch in der Luft, da Amir ein ziemlich dominanter Charakter ist – auch im Bett. Da Samira dies genießt, ist alles in Ordnung. In der Wirklichkeit sollten Rollen wie Dom und Sub immer geklärt sein, damit der Sex einvernehmlich ist. Darauf wurde meinerseits in diesem Buch sehr geachtet.
Derbe Sprache: Es wird eine sprachliche Ausdrucksweise verwendet, die als vulgär oder grob empfunden werden kann. Diese gehört zum Standardvokabular in der Mafia-Szene.
Fesseln: Es kommen Szenen vor, in denen Personen gefesselt werden oder Fesselspiele eine Rolle spielen.
Entführung: Die Handlung der Geschichte beinhaltet Situationen von Entführung oder erzwungener Gefangenschaft.

Bitte lies diesen Roman mit Vorsicht, insbesondere, wenn du empfindlich auf eines oder mehrere dieser Themen reagierst. Es ist wichtig, auf deine mentale und

emotionale Gesundheit zu achten. Ich möchte nicht, dass du im Nachhinein von diesem Buch enttäuscht bist, nur weil du die Trigger ignoriert hast.
Mache dir bewusst, was beim Lesen auf dich zukommt.
Diese Geschichte ist reine Fiktion. Alle Personen und Handlungen sind frei erfunden.
Meine Warnungen schrecken dich nicht ab, sondern machen dich neugierig? Dann gratuliere ich
Hier ist deine Bordkarte.

Deine Talina

Playlist

Garden City Movement – Terracotta
Txtrica – Forever Bound
LONOWN – AVANGARD
Snow Banks – Sink or swim (Barnacle Boi Remix)
Tate McRae – Greedy
Melii – No Simple Chick
OneRepublic – Mirage
Dutch Melrose – Rush
DaniLeigh feat. Chris Brown – Easy
Isabel LaRosa – I'm Yours
Chris Grey, PLVTINUM & Dutch Melrose – Jennifer's Body
Ya Levis – Nakati
Txtrica – Devil in a red Dress
Chris Brown – Angel Numbers / Ten Toes
Khalid – Eleven
H.E.R. – Come Through
DM219 – U N I
Metaform – Electric Eyes
Aryabeats – High
Solo – Future
Tory Lanez – In for it
The Weeknd – The Party & The After Party

Prolog

Nur Dunkelheit und Kälte sind bei mir in dieser Einsamkeit. Ich weiß nicht, wie spät es ist. Das flaue Gefühl in meinem Magen macht mich wahnsinnig. Seit gestern Abend darf ich nichts essen oder trinken, und muss seit Stunden in dem Verlies ausharren, in das wir Kinder des Darmawan-Syndikats gesteckt werden, wenn wir Ungehorsam sind. Dabei wollte ich nur ein Bild malen. Mir war nicht bewusst, dass ich die Farben Pink und Lila nicht anrühren darf – nur, weil ich ein Junge bin. Warum lässt Vater zu, dass man mich so hart bestraft? Wenn ich irgendwann Kinder habe, werde ich nie zulassen, dass ihnen so etwas angetan wird. Ich wollte nur ein Bild für meine Mutter malen, um es auf das Grab zu legen. Der neue Ort, wo sie jetzt ist. Sie würde sich bestimmt darüber freuen.

Nun sitze ich hier. Allein. Und nach einhundert Schlägen durch unsere Erzieherin. Jeden davon musste ich laut mitzählen – mit acht kann ich das schon gut. Kraftlos schaue auf meine gefesselten Arme. Mein Körper ist schon so geschunden, dass ich mir nicht vorstellen kann, wie ich in ein paar Jahren aussehen werde.

Die Frau, die uns Jungen vom Syndikat betreut, ist ein böser Mensch. Da die Mädchen von uns getrennt sind, frage ich mich, ob auch sie zu bösen Frauen werden. Oder sind sie alle einfach so böse? Die einzige Frau, die gut zu mir war, ist tot – meine Mutter.

Wasser gluckert laut in den Rohren und treibt mein Durstgefühl weiter an. Gelegentlich vernehme ich das Quieken der Ratten und würde mich am liebsten vor ihnen verstecken. Sie beißen und machen einen krank.

Die Kälte lässt mich zittern, denn ich kann nicht vom Stuhl aufstehen und mich warmlaufen. Meine Hände sind an die Armlehnen gefesselt und meine Fußgelenke an den Stuhlbeinen. Ich habe Angst und fühle mich allein.

„Hey! Pssst! Lacrima!", ruft eine leise Stimme und kurz darauf sehe ich den schwachen Schein einer Taschenlampe. „Ich hab dir was zu essen mitgebracht."

Erleichtert blicke ich auf. „Danke, aber ich habe keine Hand frei ... Sind die anderen auch da?"

„Nein. Ich bin allein. Die anderen bewachen den Kellereingang."

Auf unseren Geheimclub ist immer Verlass.

„Ich habe dir meinen Nachtisch aufgehoben. Schau mal."

Mir läuft das Wasser im Mund zusammen, als Balian ein Snickers aus der Hosentasche zieht und den Riegel aus der Verpackung schiebt.

„Mund auf."

Sofort öffne ich die Lippen und rieche die herrlich duftende Schokolade. Mir schießen Tränen in die Augen, als ich hineinbeiße und den Riegel gierig verschlinge.

„Du musst noch etwas trinken. Hier. Schnell." Aus der anderen Hosentasche zieht er eine kleine Wasserflasche, öffnet den Deckel und gibt mir zu trinken.

Wohltuend rinnt das Wasser meinen Hals hinab und löscht das Brennen in meiner Kehle. „Danke. Du bist echt mein bester Freund, Balian."

„Und du bist meiner." Lächelnd legt er die Hand auf meine Schulter. „Sie werden sicher bald kommen, um dich rauszulassen. Ich muss jetzt wieder los, bevor sie mich erwischen." Er nickt mir zu und ich sehe ihm nach, wie er durch das Gitter huscht. Lautlos umgreifen seine Finger die Eisenstangen und ziehen sie zu.

„Danke", flüstere ich und sehe zu, wie er langsam in der Dunkelheit verschwindet.

Er lässt mich nie im Stich.

Wir werden für immer beste Freunde sein.

1. Kapitel

BALIAN

Indischer Ozean

Knarrendes Holz – unsanftes Schaukeln. Eine salzige Brise liegt in der Luft und der Wind peitscht mir unaufhörlich ins Gesicht. Die Sonne ist vor wenigen Minuten untergegangen – zeitgleich ist ein fieser Wetterumschwung gekommen. Der Fischerkahn klatscht immer wieder mit voller Wucht auf die stürmische See. Es ist düster. Das Firmament hat sich mit grummelnden Wolken zugezogen. Jeden Augenblick könnte es krachen. Möwen ziehen ihre Kreise am dunklen Himmel wie Geier, wenn sie Aas erspähen. Ein vortrefflicher Vergleich, denn ich fühle bereits den nahenden Tod. Wehrlos, mit auf dem Rücken gefesselten Händen, sitze ich in dem Kahn, habe die Beine angezogen und bin meinem Schicksal ausgeliefert. Einem Schicksal, das mich zu Unrecht ereilen wird. Schweiß rinnt mir über die Stirn, was weniger mit dem tropischen Klima, sondern viel mehr mit dem zu tun hat, was mich erwartet.

Meine Strafe.

Ich bin unschuldig. Doch davon möchte hier niemand etwas hören.

Amir sitzt mir gegenüber und sieht mich ausdruckslos an.

Ein Blitz zuckt hinter ihm über den schwarzen Himmel und wird schon wenige Sekunden später von krachendem Donner abgelöst.

Die beiden Männer, die hinter Amir den Kahn lenken, liegen im Schatten verborgen.

Neben Amir liegt ein kleiner grauer Koffer aus Hartplastik, doch diesem schenkt er keine Beachtung – er sieht nur mich an. Seine markanten und doch engelsgleichen Züge trügen heute ganz besonders. In den vielen Jahren, die wir uns kennen, war er nicht ansatzweise so grausam wie in den letzten zwei Wochen. Jemand hat die Darmawan beschissen und dann meinem alten Herrn und mir feige alles in die Schuhe geschoben, um die eigene Haut zu retten. Ich habe keine Ahnung, wer der Drahtzieher des Ganzen ist – wer uns loswerden will –, aber ich habe keine Gelder aus Waffendeals an Zarnu vorbeigeschmuggelt, verdammt! Und ich habe auch nicht versucht, es Amir anzuhängen! Die Indizien sprechen eindeutig gegen meinen Vater und mich. Über ihn wurde bereits gerichtet. Er wurde nicht einmal angehört. Und nun muss mein Vater sterben, elendig und langsam. Seine Strafe war nicht nur das Exil auf Limanossa, sondern die Injektion eines langsam wirkenden Giftes, das ihm binnen weniger Wochen einen qualvollen Tod bereiten wird. Es gibt kein bekanntes Gegengift, denn die Darmawan selbst haben diese grausame Waffe in ihren geheimen Laboren entwickelt. Dieses Gift, das nach und nach die Organe des Betroffenen befällt, ist nur eine von vielen Grausamkeiten, die dort erdacht werden. Hauptsächlich werden dort jedoch Drogen hergestellt, die die Mitglieder des Syndikats im großen Stil an den Mann bringen. Ich selbst habe schon einige Deals damit abgewickelt, es jedoch nie gewagt, diese Drogen selbst zu probieren. „Crystal Meth ist ein Scheiß dagegen" – das habe ich aus den engeren Kreisen über dieses Zeug gehört. Neben Zarnu, unserem Anführer, existiert nur eine Handvoll Menschen, die um die genauen Standorte der Labore weiß. Das hat zur Folge, dass diese Gifte und Drogen von niemandem näher erforscht werden können, es allerdings schon zahlreiche Tote gibt.

Eine Welle schlägt hart gegen das Boot, sodass ich ziemlich nass werde. Doch das ist nicht unangenehm, obwohl die Wassertemperatur recht niedrig ist.

„König Triton ist heute wohl auch ein kleiner Miesepeter, was? Hey, jetzt mach ein anderes Gesicht. So eine tolle Bootstour erlebt man nicht alle Tage." Amir grinst abfällig und flüstert dem breiten Kerl neben sich etwas ins Ohr.

Fieberhaft überlege ich, wie ich mich aus dieser misslichen Lage befreien könnte, doch es ist aussichtslos. Harter Strick schneidet bei jeder Bewegung tiefer in meine Handgelenke, die Amir zuvor hinter meinem Rücken zusammengenommen hat. Ich könnte ihn jetzt anbetteln, er solle mich verschonen, doch ich will kein Wort mehr mit diesem Bastard sprechen. Das, was er meinem Vater auf Zarnus Befehl hin angetan hat, ist unverzeihlich. Schließlich hat mein alter Herr sich sein Leben lang um Amir gekümmert – im Gegensatz zu seinen eigenen Eltern. Mir ist immer noch schleierhaft, wie mein Vater in so eine Misere geraten konnte. Er hat nie mit mir darüber gesprochen. Unzählige Male habe ich mich gefragt, ob er Feinde hatte. Hat er sich ohne mein Wissen in Sachen eingemischt, aus denen er sich hätte raushalten sollen und so den Unmut des Drahtziehers auf sich gelenkt? Er müsste es doch besser wissen. Schließlich ist er schon länger als ich Teil des Darmawan-Syndikats und sogar ich weiß es. Bei uns gibt es eine Regel: *Brichst du den Kodex, renn um dein Leben.* Dieser Kodex ist einer der ersten Dinge, die Neulinge eingebläut bekommen. Amir und ich konnten ihn bereits im Alter von dreizehn Jahren runterbeten:

1. Ehre unseren Anführer Zarnu.
2. Respektiere jeden, der über dir steht.
3. Das Blut jedes Mitglieds des Darmawan-Syndikats ist dein Leben wert.
4. Loyalität, Ehrlichkeit und Schuldbegleichung sind nicht verhandelbar.
5. Die Frau eines Darmawan darf von niemand anderem berührt oder mit lüsternen Gedanken angesehen werden.
6. Berichte über jede Außerplanmäßigkeit werden unverzüglich Zarnus Beratern mitgeteilt.
7. Das Darmawan-Syndikat ist deine einzige Familie.
8. Verrat kostet ein Leben.

„Wir wären dann soweit." Amir unterbricht meinen inneren Monolog. Er erhebt sich, streicht die Hose seines schwarzen Anzugs glatt, die vom Sitzen Falten geschlagen hat, und greift nach dem Koffer. Seine tätowierte Hand hält den Griff fest umschlossen. „Rate mal, welche nette Überraschung ich dir mitgebracht habe, mein Freund."

„Du wagst es wirklich, dieses Wort noch in den Mund zu nehmen? *Freund?*“ Abfällig spucke ich ihm vor die Füße und werfe ihm einen vernichtenden Blick zu. Unsere Freundschaft ist einen Dreck wert, seit er meinen Vater zum Tode verurteilt hat. „Du bist so ein verdammter Wichser! Du hast keine Eier, nach der Wahrheit zu suchen! Du weißt genau, dass weder mein Vater, noch ich das Syndikat betrogen haben! Jemand hat uns das alles in die Schuhe geschoben!“ Ich hole tief Luft, denn die Bilder, die mich vor meinem inneren Auge ereilen, sind brutaler, als ich es ertragen kann. „Weil *du* lieber die Augen verschließt, muss mein Vater auf bestialische Weise sterben. Weil *du* ein mieser Verräter unserer Freundschaft und ein neidischer Feigling bist!“

„Pah! Neidisch. Worauf?“

„Darauf, dass ich mit meinem Vater immer noch Familie habe und du nicht. Dass du wirklich glaubst, dass er oder ich Zarnu so hintergehen könnten ... ist unfassbar! Das habe ich nie getan und würde ich nie tun! Warum glaubst du mir nicht, verdammt?! Du kennst mich doch!“

Amir, der seit Kindertagen mein bester Freund war, zögert, bevor er wieder spricht. „Du kennst die Regeln“, antwortet er emotionslos und ignoriert meinen letzten Kommentar.

„Mir sind die Regeln mehr als bekannt. Dir auch, oder? Du solltest nicht richten, ohne die Wahrheit zu kennen!“ Es ist die blanke Machtlosigkeit, die wie Gift meinen Lippen entweicht.

Unbeeindruckt nickt Amir einem der Männer zu, die sich mit uns im Kahn befinden. Einer von ihnen klettert zu mir herüber. Der Fettsack sorgt für ein noch heftigeres Schaukeln. Er hakt sich bei mir ein und reißt mich hoch. Ich bin kein Schwächling und durch das viele Krafttraining weiß Gott nicht schlecht gebaut, doch mit auf dem Rücken gefesselten Händen habe ich schlechte Karten.

Amir nickt ihm zu.

Der Kerl verpasst mir eine Kopfnuss.

Kurz sehe ich verschwommen und nehme den stechenden Schmerz erst einen Wimpernschlag später richtig wahr.

Mein ehemals bester Freund lächelt zufrieden.

Ich schüttele den Kopf, um wieder klar denken zu können. Durch zwei Strähnen meiner Haare, die mir bis zum Nacken reichen, fixiere ich den Mann, der sich von meinem engsten Vertrauten zu meinem größten Feind gewandelt hat.

Etwas Warmes, Nasses rinnt mir vom Haaransatz und schließlich an meiner linken Schläfe hinab. Kurz ereilt mich heftiger Schwindel, sodass ich wegknicke, mich aber schnell wieder fange und aufrichte. Auf den Holzboden des schwankenden Bootes tropft zu meinen Füßen frisches Blut.

Amir lacht dunkel und ich frage mich, wie ein Mensch sich zu solch einem skrupellosen Monster entwickeln kann.

„Irgendwann wird Zarnu alles erfahren. Die Wahrheit kommt immer raus. Früher oder später. Dann wirst du an meiner Stelle stehen, weil du mir verwehrt hast, die Wahrheit ans Tageslicht zu bringen! Und glaube mir, auf diesen Tag freue ich mich."

„So? Tust du das?“ Amir schmunzelt und reibt sich den gestutzten Bart. „Ich denke, dazu wird es nicht kommen.“

„Wird es, Amir. Zarnu bekommt alles raus. Glaubst du, er wird nicht nachforschen, wenn die Betrügereien weitergehen? Weder ich noch mein Vater haben mit der Sache zu tun! Und erst recht nicht, um es dann dir in die Schuhe zu schieben! Denk doch mal nach, verdammt!“ Ich versuche, stark zu bleiben, doch der nahende Tod ist mir gewiss und lässt mich hart schlucken.

„Halts Maul! Ich will nichts mehr aus deinem verlogenen Mund hören!“

„Und das war's jetzt?“

„Glaubst du, ich will dich umbringen?“ Amir kneift seine Augen zusammen, sodass sie dank seiner ausgeprägten Schlupflider fast verschwinden. Dann lacht er plötzlich auf. Verhöhnt er mich?! „Du glaubst wirklich, dass ich es dir so einfach machen werde?“ Er lacht dem Gorilla neben mir zu. „Hast du das gehört, Rico?“

Der Gorilla und die schattenhaften Gestalten, die hinter ihm den Kahn durch die Wellen lenken, lachen aufgesetzt mit.

Amir öffnet den Koffer und nimmt eine Manschette heraus. „Das ist eine Fußfessel der besonderen Art. Für meinen *besonderen* Freund.“ Mit dem Finger fährt er über die dunkle Manschette. „Aus Stahl gefertigt, mit einem Bewegungssensor und GPS. Damit ich immer weiß, wo mein Verräter-Freund gerade ist. Doch das Beste kommt noch.“ Er grinst höhnisch und ich kann den Teufel in seinen Augen sehen. „Das besondere Feature ist der eingebaute Sprengsatz." Er sieht zu einer nahegelegenen Insel hinüber. Die Insel der Verbannung. „Limanossa ist jetzt dein neues Zuhause, Balian. Da kannst du deinem alten Herrn beim Sterben zusehen – vorausgesetzt, du schaffst es bis an Land. Und wenn du vorhast, diese Insel zu verlassen, kannst du das gern tun ... Aber die Explosion wird gigantisch. – Glaub mir." Mit der freien Hand, die er vor sich haltend erst zur Faust ballt und dann schlagartig die Finger spreizt, untermauert er seine Aussage. „Zehn Kilometer Radius von Anwesen Lishia lasse ich dir. Aber keinen Meter mehr." Amir lächelt finster. „Sieh es mir nach, dass ich dich dort nicht besuchen werde. Es gibt gewisse Differenzen, wie du weißt. Aber ich werde ganz bestimmt jeden Tag an dich denken." Sein höhnischer Blick provoziert mich bis aufs Blut. „Ob es sehr unansehnlich wird, wenn deinem Daddy bald nach und nach die Organe platzen? Das wird bestimmt eine fiese Sauerei. Du musst mir unbedingt davon berichten."

Das reicht! „Du elender Bastard!" Ich reiße mich vom Gorilla los und stürme auf diesen Wichser zu. Doch plötzlich werde ich zurückgerissen.

„Nicht so eilig!" Der Gorilla hat mich wieder fest im Griff.

Eine Hand greift nach meinem Fußgelenk und legt mir die Fessel an.

Es klickt.

Mein Schicksal ist besiegelt.

Amir schnalzt tadelnd mit der Zunge. „Na, na, na. Kein Grund, die Beherrschung zu verlieren, Balian." Er nickt dem Affen hinter mir zu, der mich an den Rand des Bootes drängt.

„Eines will ich noch von dir wissen, Amir."

Er strafft die Schultern, legt den Kopf schief und durchbohrt mich fast mit seinem raubtierhaften Blick. „Ich bin ganz Ohr."

„Erst mein Vater, jetzt ich ... Sag mir: Warum hast du solche Angst vor der Wahrheit? Du weißt, wer es in Wirklichkeit war, habe ich recht?"

Amirs linke Braue zuckt. Das tut sie immer, wenn er nervös wird. Ich kenne ihn lange genug, um das zu deuten. *„Warum gibst du es nicht einfach zu?"*

Er lässt die Finger knacken und packt mich am Kragen. Dabei blitzt Wut aus seinen Augen. „Weil du ein verdammter Egoist bist, der den Hals nicht voll genug bekommt! So warst du schon immer! Hast du eine Ahnung, was du damit angerichtet hast, den Verdacht auf mich zu lenken?! Eine Woche hat man mich weggesperrt! Ins Detail brauche ich wohl nicht zu gehen."

„Das habe ich nicht!"

„Natürlich nicht." Amir lacht ungläubig auf. „Hast dich immer für den Besseren von uns gehalten! Prinz Charming." In seinem Gesicht braut sich ein Gewitter zusammen. „Der mit dem besonderen Charisma, der mit dem meisten Geld, der mit den härtesten Muskeln und der mit den schöneren Frauen. Ein verdammt genialer Ganove und trotzdem Schwiegermamas Liebling. Du bist so verlogen! Und du willst über Jahre wie ein Bruder für mich gewesen sein? Du bist ein Verräter!" Der abfällige Ton, mit dem er diese Worte spricht, untermauert seine blinde Wut auf mich. Hat er mich wirklich immer so gesehen? Nein. Garantiert nicht.

„Wir hatten es beide nie leicht", verteidige ich mich und vergesse für einen Moment meinen Zorn. „In meinen Augen habe ich uns immer als gleichwertig angesehen." Das Bild meines Vaters schleicht sich in mein Bewusstsein und schon ist meine Wut auf Amir wieder da. Abschätzig sehe ich an ihm herab. „Bis jetzt."

„Nun ist es genug, mein Freund! Auf Nimmerwiedersehen. Wenn du es lebend bis zur Insel schaffst, hast du dir wenigstens noch meinen Respekt verdient." Amirs grausames Lachen ist das Letzte, das ich wahrnehme, bevor ich ins Wasser gestoßen werde und die Dunkelheit mich einhüllt.

2. Kapitel

SAMIRA

Portland, USA
Vier Monate später …

Die Sonne steht in leuchtendem Orange längst tief am Himmel, als ich – wieder einmal viel zu spät dran – durch Portlands Straßen hetze. Aber schneller war es mir nicht möglich, mich von meinem mäßig gut bezahlten Job als Babysitter loszureißen. Lauren wollte um Punkt acht Uhr zu Hause sein. Jetzt ist es zwanzig vor zehn und Jade wartet bereits seit einigen Minuten auf mich. Ich hatte nicht einmal Zeit, um mich ein bisschen schick zu machen – schließlich wollen wir heute Abend feiern. Gründe genug haben wir ja: Jade hat ihr Jurastudium erfolgreich absolviert und ich meines in Kunst. Nur was ich damit anfange, weiß ich noch nicht. Ich bin Mitte zwanzig und habe keine Ahnung, wie mein Leben weitergehen soll. Im Gegensatz zu Jade, deren Eltern ihr schon vor Wochen eine Anstellung in einer Kanzlei verschafft haben, stehe ich immer noch mit leeren Händen da – dabei habe ich mir das Studium hart erarbeitet.

Das *Black Leopard* in Old Chinatown gerät endlich in mein Sichtfeld – die angesagte Bar mit dem goldenen Raubtier auf dem schwarzen Eingangsschild, die wir heute mal ausprobieren wollten.

An der letzten roten Fußgängerampel, die mich von der Bar trennt, trete ich ungeduldig mit den Füßen auf der Stelle, als würde sie so schneller auf Grün umschlagen.

Etwas platscht mir auf den Kopf.

Erschrocken sehe ich zum Himmel auf. *Herrgott, das war hoffentlich kein Vogel!* Hastig taste ich meinen Kopf ab und schaue auf meine Finger. Mein Atem geht schnell. Ein Zwischenfall mit Vogelkot würde mir den Abend ruinieren. Erleichtert stelle ich fest, dass es bloß Wasser und keine stinkende, weiße Masse ist. *Glück gehabt.* Auf dem Steinboden mehren sich Regentropfen. *Bitte nicht jetzt auf den letzten Metern. Ich möchte gern trocken ankommen.*

Die Ampel schlägt um und ich flitze los. In Ballerinas zu der Boyfriendjeans und einer bunten Strickjacke über dem weißen Top werde ich wohl heute nicht glänzen. *Tolles Partyoutfit, Samira ...*

Erleichtert darüber, die Bar erreicht zu haben und dem zunehmenden Regen entgangen zu sein, ziehe ich die quietschende Tür auf und erfasse noch kurz den Leoparden über mir. Zeitgleich mit dem Läuten eines Türglöckchens trete ich ein.

Musik und der Geruch von Nebelmaschinen und Whiskey dringen mir entgegen. Sofort hebt sich meine Laune. Die schwarze Fußmatte zu meinen Füßen weist ebenfalls einen goldenen Leoparden auf. *Schick.* Hinter mir gleitet die Tür rüde ins Schloss, als ich nach Jade

Ausschau halte. Es ist wie eine der Szenen, die im Film immer in Zeitlupe dargestellt werden. In der alle Augen auf der Hauptperson liegen, die sich umsieht, mit einer Hand durch das wallende Haar fährt, um sich dann elegant und in aller Ruhe zu ihrem Ziel durch den Raum zu bewegen. Ein Auftritt wie dieser wäre mir eher unangenehm. Ich suhle mich nicht gern in Aufmerksamkeit, obwohl ich ein sehr geselliger Mensch bin.

Die Einrichtung der Bar ist in dunklen, satten Farben gehalten – tiefschwarzes Holz, Lederpolster und goldene Akzente, die im gedämpften Licht schimmern. An den Wänden hängen Bilder, die Leoparden in Anzügen und menschlicher Haltung zeigen. Die Musik dringt durch die Räume, während Schatten in den Ecken tanzen. Die Augen gewöhnen sich langsam an das schummrige Lichtspiel, das die Umgebung in eine geheimnisvolle Aura taucht.

Jade steht an einem Tisch unweit der Bar, hat das mittellange blonde Haar streng zurückgekämmt und trägt ein silberglitzerndes Top über einer schwarzen High-Waist-Jeans. Auf ihren Pumps ist sie beinahe genauso groß wie ich mit meinen abgelaufenen Ballerinas. Wobei das noch das beste Paar von allen ist. Jade und ich müssen unbedingt mal wieder shoppen, wenn ich ein wenig Geld zusammengespart habe. Meine Freundin nimmt mich in Augenschein und lächelt mir zu. Ich beneide sie um ihre Schminkkunst, denn ihre hellblauen Iriden werden von einem atemberaubenden Cat-Eye-Make-up betont. Warum kann ich mich nicht so toll aufhübschen? Wenn ich einen Eyeliner-Strich ziehe, sehe ich aus wie Cleopatra auf Speed.

Schnell eile ich zu ihr an den Tisch, bevor mich in meinem Normalo-Outfit hier noch jemand genauer mustert, und begrüße meine beste Freundin seit Sandkastenzeiten mit einer innigen Umarmung. „Tut mir sooo leid. Lauren hat mal wieder getrödelt und ich –"

„Du konntest die Kleinen ja schlecht sich selbst überlassen", beendet Jade den Satz mit einem Lächeln. „Ist doch kein Problem. Ich bin auch gerade erst gekommen", sagt sie, damit ich mich besser fühle, aber ich weiß genau, dass sie flunkert. Jade ist die Pünktlichkeit in Person. Sie ist immer ein paar Minuten zu früh, aber niemals zu spät.

„Ich hasse diesen Job", stöhne ich schmollend, presse entschuldigend die Lippen aufeinander und greife nach der Getränkekarte.

„Du brauchst das Geld – ich weiß. Mein Angebot steht übrigens noch, meine Liebe. Du brauchst nur etwas zu sagen." Ihr Augenzwinkern entlockt mir ein tiefes Brummen. „Hab dich nicht so. Es ist nur Geld – keine Niere."

Sofort werfe ich ihr einen düsteren Blick zu. „Jade, darüber haben wir schon gesprochen."

„Was ist an einem zinslosen Darlehen so schlimm? Ich habe das Geld, es tut mir nicht weh, wenn ich es dir gebe ... und du gibst es mir einfach irgendwann zurück." Das Wort *irgendwann* betont sie etwas zu sehr. Ich kenne Jade lange genug, um zu wissen, dass sie es gar nicht erst zurückhaben möchte und auch, wie vermögend ihre Familie ist. Jades Vater betreibt ein riesiges Bauunternehmen, in das sie nach dem Jahr in der Kanzlei, in dem sie nun Berufserfahrung sammeln will, als hauseigene Juristin einsteigen wird.

„Hast du eigentlich schon eine Antwort von der Galeristin? Wie hieß sie noch gleich? May...lie?"

„Mayla." Seufzend schüttele ich den Kopf. „Leider noch nicht." Dabei ist mir klar, dass Mayla Smith mich nicht bei sich anstellen wird. In einer Galerie zu arbeiten, mit Künstlern zu korrespondieren und Vernissagen zu organisieren, wäre mein absoluter Traum.

„Das wird schon. Ansonsten könnte ich -"

Schnell lege ich meinen Zeigefinger auf ihren Mund. „Schluss mit dem Bemuttern. Wir feiern jetzt", entgegne ich ihr mit dem gleichen optimistischen Lächeln, das meine Mom in schwierigen Situationen immer auf den Lippen trägt. Und davon hatten wir in der Vergangenheit leider so einige. Als alleinerziehende Mutter hatte sie es nie leicht mit mir. Trotzdem hat sie es mich nie spüren lassen. Aber je älter ich wurde, desto mehr fiel mir auf, wie kaputt sie jedes Mal von ihrer Arbeit als Krankenschwester nach Hause kam. Sie hat jede Schicht angenommen, die ihr zugeteilt wurde. Hat nie nach einer festen Schicht gefragt, weil sie dankbar war, diesen Job zu haben, der uns beiden ein Dach über dem Kopf und einen vollen Magen beschert hat. Noch lieber wäre mir allerdings Zeit mit ihr gewesen, denn meist habe ich sie tagsüber – wenn überhaupt – nur kurz zu Gesicht bekommen. Doch ich war nie sauer deswegen, weil ich wusste, dass sie das für uns tat. Daher kam ich auch nicht erst auf die Idee, für mein Studium bei ihr nach Geld zu fragen. Das habe ich mir durch einen Job als Babysitter bei einer reichen Familie, die Jade mir vermittelt hat und der gelegentlichen Tanzerei in einer russischen Bar selbst finanziert. Ich war schon immer zu stolz, um fremde Hilfe anzunehmen. Da komme ich ganz nach meiner Mom. Ich bin ihr in vielem so ähnlich. Ihre langen dunklen Haare und die bernsteinfarbenen Augen habe ich ebenfalls von ihr.

Jade bestellt eine Flasche Sekt und keine zehn Minuten später erheben wir die Gläser.

„Auf uns und eine schillernde Zukunft", toastet Jade mir zu. Aus ihrem Mund klingt es beinahe auch für mich realistisch.

„Auf uns und ein Leben voller Liebe und wildem Sex", füge ich breit grinsend hinzu, weil wir beide schon viel zu lange Singles sind.

Jade schmunzelt und eine zarte Röte legt sich verräterisch auf ihre Wangen. „Jaja. Darauf auch", sagt sie und lässt ihr Glas gegen meines klirren.

Ich nippe an dem prickelnden Getränk, das in Jades Gegenwart immer besser schmeckt.

Zwei Männer mit imposanter Gestalt gesellen sich an den Tisch neben uns. Ihrem Aussehen nach zu urteilen, sind sie Anfang dreißig, besitzen vermutlich asiatische Wurzeln und haben einen unnachahmlichen Charme, der sich perfekt in die düstere Szenerie einfügt. Kaum eine Minute später wird auch ihnen eine Flasche edler Prickelbrause in einem Sektkühler gebracht.

„Also, was machen wir in den nächsten sechs Wochen, bis der Ernst des Lebens losgeht?", frage ich Jade und lehne mich verschwörerisch mit den Ellbogen auf der Tischplatte vor.

„Ich bin für Urlaub", schlägt sie grinsend vor und kassiert von mir ein stummes Kopfschütteln.

„Falsche Antwort. Ich muss die Zeit auf jeden Fall nutzen, um noch ein paar Kröten auf die Seite zu legen. Außerdem ziehen die Goldwines bald weg. Bis dahin brauche ich den Job und am besten den Platz in der Galerie."

„Das klappt schon", versucht meine beste Freundin mich zu motivieren und hebt erneut das Glas. „Mayla wäre dumm, wenn sie eine Frau mit deinem Talent übersieht. Du lebst die Kunst. Wer wäre besser geeignet als du?"

Über Jades Schulter hinweg sehe ich, dass einer der beiden Männer sein Glas in unsere Richtung hebt, ein subtiler Gruß inmitten der undurchdringlichen Atmosphäre. Sein Blick ist intensiv, fast raubtierhaft, und doch strahlt er eine einnehmende Aura aus.

Mein Herz klopft wild in meiner Brust, als er sich erhebt und langsam auf uns zukommt. Seine dunklen Augen erfassen mich, während ich mich in dem lebhaften Bild des Hintergrunds verliere. Ich spüre eine Mischung aus Nervosität und einer seltsamen Faszination, die mich in ihren Bann zieht.

Die düstere Atmosphäre der Bar scheint sich plötzlich um uns herum zu verdichten, während die Spannung zwischen uns greifbar wird. Ein Hauch von Abenteuer und Geheimnis liegt in der Luft, und ich kann nicht anders, als mich von dieser unerklärlichen Anziehung mitreißen zu lassen.

Verwundert sehe ich den Fremden an, der mir sein Glas entgegenhält, als wolle er ebenfalls mit mir anstoßen. Ich kann nicht genau erraten, woher er wohl stammen mag. Seine mandelförmigen Augen und sein gebräunter Teint verleihen ihm eine gewisse Eleganz. Im

Vergleich zu den Männern, die ich bisher kennengelernt habe, ist dieser ziemlich groß und von stattlichem Körperbau.

„Entschuldigung, Mister, kennen wir uns?“, frage ich höflich, aber skeptisch.

Der Mann mit den scharfkantigen Gesichtszügen und den dunklen Augen mustert mich amüsiert, bevor er spricht. „Noch nicht, aber da du einen Job suchst, wie ich – zugegeben unfreiwillig – mitangehört habe, dachte ich mir, ich schalte mich kurz dazu.“ Der Fremde, der in seinem teuer anmutenden dunklen Anzug ziemlich wichtig wirkt, sieht mich wartend an.

Verdutzt hebe ich eine Braue und sehe zu Jade, die mit den Schultern zuckt.

„Oder habe ich das falsch verstanden?“, fragt er und schwenkt das Glas in seiner Hand, als sei es Wein. Seine Haare sind schwarz wie die Nacht und sein Blick stechend wie auch interessiert. Er fasziniert und verunsichert mich gleichermaßen.

„Doch, doch, das ist schon richtig, aber ...“, stammele ich überrumpelt und sehe an ihm vorbei zu seiner Begleitung. Dieser Mann trägt ebenfalls einen feinen Anzug, doch sein Haar ist hellbraun mit gefärbten Spitzen.

„Ich bin übrigens Amir“, entgegnet der Mann vor mir in einem beinahe akzentfreien Englisch und reicht erst mir und dann Jade die Hand. Der perfekt getrimmte Bart, der elegant seine Mundpartie umspielt ist nur ein Teil seines makellosen Gesichts. Die schlanke Nase wirkt wie in Stein gemeißelt und die dunklen Brauen über seinen Augen mit dem einnehmenden Blick tun ihr Übriges für einen einschüchternden Gesamteindruck. „Das ist mein Geschäftspartner Cahyono.“

„Amir, das klingt arabisch“, stelle ich mit einem Lächeln fest und nicke seinem Partner freundlich zu, bevor ich mich wieder Amir zuwende.

„Das ist richtig. Ich habe arabisch-asiatische Wurzeln“, antwortet dieser und nimmt mich so intensiv in Augenschein, dass sich ein aufgeregtes Kribbeln in mir ausbreitet.

„Interessant. Ähm ... ach so ... Ich habe noch ein paar Fragen. Möchtet ihr euch nicht zu uns stellen?“, schlage ich vor, da ich nicht unhöflich sein möchte und muss mir eingestehen, dass ich den Kerl irgendwie faszinierend finde. Normalerweise fallen eher harte Biker in mein Beuteschema. Außerdem könnten mein und Amirs Dresscode nicht unterschiedlicher sein.

Auf Jades Lippen liegt ein eindeutiges „Nein“, doch aus mir unerfindlichen Gründen ignoriere ich es. Vielleicht ist es eine kleine Racheaktion, weil sie mich ständig bemuttern will, aber möglicherweise auch die reine Neugierde, das Geheimnis zu lösen, das in Amirs dunklen Augen verborgen liegt. Seine Präsenz ist so fesselnd, dass es mir schwerfällt, den Blick von ihm abzuwenden.

„Gern, wenn es euch nichts ausmacht.“ Er scheint sich das Einverständnis von Jade einholen zu wollen, als er das Gesicht in ihre Richtung dreht. Jade jedoch hält inne und sucht meinen Blick. Als ich nicht reagiere, lächelt sie verhalten.

Die beiden Männer gesellen sich zu uns an den Tisch, was Jade ziemlich skeptisch beäugt. Sie traut den beiden nicht. Das kann ich an ihren Augen ablesen und daran, wie sie mit den Fingernägeln den Untersetzer ihres Glases malträtiert. Ich mache eine Abwarten-Geste mit der Hand, woraufhin sie unter einem Augenrollen nachgiebig schnauft.

„Also, wenn du", Amir lässt seinen Blick von mir zu Jade wandern, „beziehungsweise ihr beide kurzfristig lukrative und abwechslungsreiche Arbeit sucht, hätte ich eventuell etwas für euch. Vorausgesetzt, ihr seid spontan, zuverlässig und könnt gut mit Menschen umgehen. Die Anforderungen sind nicht sehr hoch. Dass ihr fließend Englisch sprecht, kommt euch zugute – uns sind nämlich zwei Mitarbeiter wegen Krankheit abgesprungen, für die wir dringend Ersatz suchen", beginnt er mit einem wohlwollenden Lächeln zu erzählen, während er uns von seinem Champagner einschenkt.

„Eigentlich sind wir nicht auf Jobsuche, sondern bei der Urlaubsplanung", entgegnet Jade, in deren Unterton klares Misstrauen liegt. Die Kälte, die sie ausstrahlt, lässt selbst mich auf einmal frösteln. Sie lehnt sich zu mir herüber und legt die Lippen an mein Ohr. „Süße, nimm einfach mein Geld und lass es gut sein. Die Typen sind mir nicht geheuer. Ein seriöses Unternehmen führt doch ein vernünftiges Personalgespräch."

„Nein, Jade", knurre ich leise und trete ihr sanft auf den Fuß. „Jetzt lass uns sein Angebot erst einmal anhören."

„Urlaubsplanung?" Amir tauscht stumme Blicke mit seinem Partner aus, der mir ziemlich introvertiert erscheint. Dann wendet er sich wieder mir zu. „Vielleicht kann man beides miteinander verbinden. Wir möchten euch natürlich keine Umstände machen", erwähnt Amir, der offenbar unsere kleine Unstimmigkeit aufgeschnappt hat. Natürlich hat er das. Jade legt die Ausstrahlung von drei Litern Fluorwasserstoffsäure an den Tag.

„Nein, nein“, werfe ich mit erhobener Hand ein und lächele besänftigend. „Erzähl uns bitte genauer, worum es geht.“ Aus dem Augenwinkel heraus erfasse ich Jades Augenrollen, doch entscheide mich dafür, nicht darauf zu reagieren.

„Nun, meine Geschäftsfreunde und ich machen eine Schiffsüberfahrt nach Jakarta. Ein Firmenevent zum Networking mit möglichen neuen Geschäftspartnern aus der Automobilbranche. Mit Zwischenstopp auf den Inseln natürlich. Auf dem Schiff werden viele helfende Hände gebraucht. Darunter auch zwei Stellen als Animateure, um die Gäste während der langen Überfahrt ein wenig zu unterhalten.“

„Wir sollen Partyclown spielen, Kinder schminken und Poolnoodle-Gymnastik mit Rentnern machen?“, wirft Jade ein und verzieht entgeistert das Gesicht, was ich nicht weiter beachte.

„Nun, Kinder werden aller Wahrscheinlichkeit nach nicht an Bord sein. Und ihr werdet natürlich anständig entlohnt.“

„Ja, ist klar ...“ Meine Freundin schüttelt den Kopf. „Samira, lass dich nicht ver –“

„In welcher Höhe?“, schieße ich dazwischen und nehme absichtlich keine Notiz von Jades Murren. *Kann sie sich nicht einmal für ein paar Minuten zusammennehmen?!*

Amir lehnt sich ein wenig vor. Dabei dringt mir sein fesselnder Geruch nach Zedernholz und Moschus in die

Nase. „Die Fahrt dauert vier Wochen, das solltet ihr einplanen. Dafür gibt es zehn Riesen für jede von euch. Eigentlich wäre es erheblich weniger, doch aufgrund der Dringlichkeit ist mein Vorgesetzter sehr wohlwollend."

Mit offen stehendem Mund starre ich Amir an und muss schlucken, während ich das Gehörte gedanklich wiederhole. *Zehn Riesen?! Damit wären all meine Sorgen erst einmal Geschichte.*

Jade lacht neben mir ungläubig auf und rollt mit den Augen.

„Du verarschst uns doch, oder?"

„Sehe ich etwa so aus?" Amir wirkt beinahe beleidigt, während seine Begleitung heiter schmunzelt. „Ich würde es als faires Angebot bezeichnen."

Mein Blick gleitet von oben wie ein Scanner über ihn. Erst jetzt fallen mir die dicke goldene Uhr an seinem Handgelenk und die teuren Schuhe auf. *Nein, dieser Mann macht keine Scherze.* Meine Augen wandern wieder hinauf und bleiben an seinem kantigen Gesicht mit dem gepflegten Dreitagebart und den dunklen, mandelförmigen Augen hängen.

Die zum Greifen nahen Möglichkeiten, die sich mir auftun, lassen mich nicht mehr los. *Zehntausend Dollar! Damit könnte ich einige Monate überbrücken und sogar meiner Mutter etwas unter die Arme greifen.* Gegen alle Vernunft und ohne mich mit Jade zu besprechen, straffe ich die Schultern und werfe Amir einen entschlossenen Blick zu. „Also ich wäre nicht abgeneigt. Bis wann müssen wir uns entscheiden?"

„Samira!", höre ich Jade und wage es nicht, zu ihr zu sehen.

Das ist meine Chance. Es geht um eine Menge Geld, die ich aus eigener Kraft verdienen kann, ohne jemandem etwas schuldig zu sein und die mir eine gewisse Freiheit und Erleichterung verschafft.

„Können wir nicht erst einmal zusammen darüber sprechen? Unter vier Augen?!" Wieder ist es meine beste Freundin, die protestierend ihre Einwände offenlegt.

„Deine Freundin hat recht. Überlegt es euch. Schlaft eine Nacht drüber und meldet euch bis morgen Abend." Amir zieht eine Visitenkarte aus der Innentasche seines Jacketts. „Wir legen Montag ab. Ihr habt also noch bis morgen um achtzehn Uhr Zeit, zu- oder abzusagen." Er sieht zu Jade, die ihn kritisch mustert.

Amir leert sein Glas. „Ich wünsche den Ladys noch einen angenehmen Abend." Er nickt dem anderen Mann zu, um den Aufbruch anzukündigen. „Hat mich gefreut, eure Bekanntschaft zu machen. Ich hoffe inständig, dass wir uns wiedersehen." Er reicht erst mir und dann Jade die Hand, die sie nur widerwillig schüttelt und den Blick sofort wieder von den beiden Männern abwendet. Ich sehe genau, wie es in ihr brodelt.

Schweigend sehen wir den beiden Männern nach, wie sie den Kellner mit einem dicken Schein bezahlen – er bedankt sich mit hochrotem Kopf – und dann die Bar verlassen. Wahrscheinlich haben sie ihm ein ordentliches Trinkgeld gegeben. Wie in Trance sieht der Kellner ihnen nach, bevor er seine Arbeit wieder aufnimmt.

„Samira, sag mal, bist du von allen guten Geistern verlassen?"

Sofort hebe ich die Hand. „Jade, bitte. Du weißt genau, dass ich das Geld wirklich dringend brauche."

„Aber das kannst du auch von *mir* bekommen."

„Ich weiß", entgegne ich und blicke ihr sanftmütig entgegen. „Aber ich will es mir selbst verdienen. Und du wolltest Urlaub. Warum also nicht beides miteinander verbinden?"

Jade seufzt und gibt ein nachgiebiges Brummen von sich. „Ach, Süße ..."

„Das werte ich jetzt mal als Zustimmung."

„Nein, das war keine -"

„Doch. War es", stelle ich tonangebend fest und drücke ihr einen Kuss auf die Wange. „Ich werde diesen Job wahrscheinlich annehmen und ich würde mich freuen, wenn du mich begleitest."

„Du bist total leichtsinnig! Du kennst diese Leute doch überhaupt nicht."

„Ich kenne auch Mayla von der Galerie nicht wirklich. Zwar weiß ich um ihre Position, aber über sie persönlich ist mir gar nichts bekannt. Vielleicht ist das eine durchgeknallte Psychopathin. Wer weiß das schon? Trotzdem wollte ich den Job. Und du kennst mit Sicherheit auch nicht jeden aus der Kanzlei."

Jade kneift verdutzt die Brauen zusammen.

„Weißt du, ob dieser Carlos, der bei euch die Post sortiert, nicht ein durchgeknallter Creep ist, der auf eBay getragene Schlüpfer ergattert, um sie zu sammeln?"

Jades Mundwinkel zucken. Sie muss lachen, doch sie will nicht. „Das kannst du doch gar nicht vergleichen", entgegnet Jade, als sie sich scheinbar wieder gefangen hat.

„Ich habe seine Karte und werde mich morgen früh über das Unternehmen, für das Amir arbeitet, genau informieren, okay? Der Name der steht ja hier." Entschlossen blicke ich meine Freundin an.

Jade stößt laut Luft aus. „Also schön. Informiere dich erst mal. Dann reden wir weiter."

„Du bist die Beste!", platzt es euphorisch aus mir heraus.

„Nicht so voreilig. Wahrscheinlich wirst du sowieso feststellen, dass dieses Unternehmen, was auch immer es ist, nicht seriös ist."

„Das werden wir ja sehen." Ich schenke uns Sekt nach und erhebe erneut mein Glas. „Auf den wahrscheinlich besten Trip unseres Lebens."

„Abwarten", murmelt Jade nachgiebig lächelnd und stößt ihr Glas an meines.

3. Kapitel

SAMIRA

Die Morgensonne kitzelt mein Gesicht, als ich langsam die Augen öffne. Mein Zimmer ist in ein warmes, sanftes Licht getaucht, das durch das halb geöffnete Fenster hereinsickert. Die frische Brise streicht durch den Raum und bringt den Duft von frisch gemähtem Gras mit sich.

Jakarta – das Erste, woran ich denke, als ich mir verschlafen die Augen reibe. War es nur ein Traum, oder hat sich mir gestern wirklich die Chance meines Lebens geboten? Ich richte mich auf und lasse meine Füße über den abgenutzten Teppich gleiten – bleibe jedoch sitzen, weil ich mich noch nicht ganz aufraffen kann. Gähnend strecke ich die Arme in die Luft, während mein Gehirn langsam hochfährt und die Eindrücke des gestrigen Abends sortiert.

Die Bilder mit meinen Zeichnungen an der Zimmerwand werden knisternd vom Wind hochgeweht. Ich habe die halbe Wand damit tapeziert, denn ich zeichne wahnsinnig gern. Meist sind es Dinge, von denen ich träume. Auch wenn vieles davon keinen Sinn hat, ergibt es am Ende ein schönes Bild – im wahrsten Sinne des Wortes. Eines davon habe ich mir sogar auf die Haut tätowiert. Ich nenne es *Sola Cristellima*.

Mein Blick fällt auf das Holzbrett an der Wand, an dem Fotos von meiner Mutter und Freunden hängen. Die meisten sind von Jade und mir. Ich lächle bei dem Anblick meiner Mom, die trotz ihres harten Alltags breit lächelt, als wüsste sie, dass das Leben besser wird. Ein weiteres Bild zeigt Jade und mich vor unserem kleinen Mietshaus. Es ist schon ziemlich in die Jahre gekommen und liegt am Stadtrand von Portland, einer Gegend, die nicht viel besitzt, aber die Menschen sind voller Stärke und Willen. So wie meine Mom.

Als ich die Decke zur Seite schiebe, erinnere ich mich erneut an den gestrigen Abend. Das Jobangebot. Mein Herz pocht bei dem Gedanken an die Chance, die sich mir bietet.

Ich stehe auf und gähne, während ich mich in Richtung meines Laptops bewege. Ich setze mich auf den alten Stuhl, der bei jedem Knarren die Geschichten vergangener Jahre zu erzählen scheint. Ich habe ihn zu meiner Einschulung zusammen mit dem Schreibtisch bekommen, von dem ich mich wahrscheinlich niemals trennen kann. Der Bildschirm erwacht zum Leben, als ich die Tastatur sanft berühre.

In meiner Tasche wühle ich nach der Visitenkarte, die Amir mir gegeben hat. „Wollen wir doch mal schauen." Meine Finger ertasten das Kärtchen mit dem dicken Papier und dem Firmennamen, der sich in einer Prägung in glänzendem Schwarz abhebt. „Zaizo Motors", lese ich den Namen laut von der Karte vor und gebe ihn in die Suchmaschine ein.

Hoffentlich finde ich positive Informationen über die Firma von Amir, dem Mann, der mir die Tür zu einer neuen Welt öffnen könnte.

Meine Finger fliegen über die Tastatur, während ich mich durch Artikel und Bewertungen arbeite. Schließlich lande ich auf der Website von *Zaizo Motors*. „Ihr Partner für Premium Power und Performance ... Wir arbeiten global und sind bereit, Ihr Auto überallhin auf der Welt zu liefern. Versandarten: LKW-Lieferung, Luftfracht und Lieferung auf See“, lese ich vor und versinke weiter in den Zeilen. „Was verkaufen die denn so?“ Neugierig scrolle ich die Seite hinab und stoppe. „Bentley, Ferrari, Lamborghini, Land Rover, Maybach, Mercedes Benz, Porsche, Rolls-Royce ...“ Mir steht der Mund offen. „Das sind Luxusschlitten vom Feinsten.“

Ich lese weiter. Über die Missionen des Unternehmens, über die Menschen, die dort arbeiten, über die Möglichkeiten, die sich bieten. Ein Gefühl von Aufregung und Nervenkitzel durchströmt mich bei jedem positiven Kommentar, den ich finde.

„Alles in allem, liebe Jade“, murmele ich, „ist an *Zaizo Motors* nichts Schlechtes zu finden. Ich bin gespannt, was du meiner Recherche entgegenbringst.“

Mein Herz klopft aufgeregt in meiner Brust, als ich nach meinem Handy greife und Amirs Nummer wähle. Gebannt halte ich es an mein Ohr und lausche den quälenden Freizeichen. Geistesabwesend greife ich nach einem Stift und drehe ihn zwischen zwei Fingern hin und her.

„Hallo?“

Aufgeregt räuspere ich mich und umfasse den armen Stift so fest, dass er fast zerbricht. „Hallo, Amir, hier ist Samira. Wir haben uns in der Bar kennengelernt."

„Freut mich, von dir zu hören", entgegnet er freundlich, sodass ich die Faust um den Stift wieder lockere. „Habt ihr schon eine Entscheidung getroffen oder hast du noch Rückfragen?"

„Ich würde gerne zusagen." Meine Stimme zittert leicht, so aufgeregt bin ich bei der Aussicht, dass die zehn Riesen nun zum Greifen nah sind.

„Prima, dann schicke ich dir den Arbeitsvertrag in zweifacher Ausführung mit. Nicht wundern – ich habe beide schon unterzeichnet. Bringt sie ausgedruckt vor der Abfahrt mit, dann maile ich sie vom Schiff aus ins Büro. Ist ja nur noch reine Formsache."

„Okay."

„Schreibst du mir eine kurze Mail? Meine Adresse steht auf der Visitenkarte. Dann kann ich darauf antworten." Der Klang seiner Stimme und das enorme Selbstbewusstsein, das darin mitschwingt sorgen bei mir für Gänsehaut.

„Mache ich. Danke. Dann bis Montag", antworte ich mit einem breiten Grinsen, das Amir zum Glück nicht sehen kann.

„Bis Montag, Samira."

„Bis Montag." Als ich auflege, entlade ich meine Anspannung in einem Jubelschrei.

Zehntausend Dollar.

In vier Wochen!

Unglaublich.

Grinsend stelle ich mir die sprachlose Miene meiner Freundin vor und spüre die aufkommende Sehnsucht, die mich antreibt, die Welt außerhalb der Grenzen meiner kleinen Ecke von Portland zu erkunden und meinen finanziellen Sorgen Lebewohl zu sagen. Ich werde Jade gleich meine Rechercheergebnisse schicken. *Jakarta – wir kommen!*

Der Signalton meines E-Mail-Postfachs erklingt und ein Brief mit Amirs Namen erscheint. *Der ist aber schnell.*

Aufgeregt öffne ich die E-Mail und drucke den blanko Arbeitsvertrag viermal aus. Für Jade und für mich, sowie zwei Exemplare für Amir.

Meine Hand zittert beim Ausfüllen, doch ich schaffe es gerade noch, einigermaßen lesbar zu schreiben. Knapp über dem Unterschriftenfeld stoppe ich. „Der Arbeitnehmer versichert, alle Informationen (Vertrag und Zusatzblatt) sorgfältig gelesen zu haben. Mit der Vertragsunterschrift versichert er, für die Stelle geeignet zu sein und verzichtet auf jegliche Rechtsmaßnahmen gegenüber dem Arbeitsgeber", lese ich vor und blicke erschrocken auf. *Was für ein Zusatzblatt?*

Im Anhang finde ich schließlich besagtes Dokument und öffne es.

„Mitarbeitererklärung", murmele ich laut lesend und überfliege die Zeilen. Diese lesen sich wie eine Art Regelwerk. Von Benimmregeln über Verhaltensweisen bei einem Schiffsnotfall ist alles dabei. Soweit, so gut. Doch eine Zeile bringt mich ins Schwitzen. „Schwangere, chronisch Kranke und Allergiker sind von der Teilnahme ausgeschlossen."

Sofort lasse ich den Stift fallen. „Scheiße, verdammte!" Wütend gleitet mein Blick zu meiner Handtasche, in der ich immer meinen EpiPen mit mir herumtrage. Meine Allergie gegen Meeresfrüchte zu verschweigen, ist die einzige Lösung, um die zehntausend Dollar nicht zu verlieren.

Ich ignoriere das Beiblatt und kritzele meine Unterschrift auf die beiden Verträge.

4. Kapitel

JADE

Mit einem unguten Gefühl in der Magengegend sitze ich am Sonntagabend mit meinen Eltern am Tisch beim Essen. Klassische Musik spielt über eine Anlage im Hintergrund und Kerzen flackern in den Ständern auf der reichlich gedeckten Tafel. George, unser Angestellter oder auch Diener, wie ihn meine Mutter nennt, steht mit einem piekfeinen Smoking am Ende des Raumes und wartet auf seinen Einsatz. Zu unserem Personal zählen einige Angestellte: zwei Zimmermädchen, eine Reinigungskraft, ein Koch, mehrere Küchenhelfer, ein Hausmeister und George, der sich um all unsere Anliegen kümmert.

Die Ente auf meinem Teller duftet vorzüglich, doch ich bin so aufgeregt, dass ich keinen Bissen herunterbekomme.

„Was ist los, Jade?" Vater hebt skeptisch eine seiner buschigen Brauen in die Stirn. Für seine fast sechzig Jahre hat er sich gut gehalten. Und er liest mich immer noch wie ein offenes Buch.

Nervös rutsche ich auf meinem Stuhl herum. Den Versuch, mir eine schöner klingende Lüge als: „Sam und ich fahren morgen mit ein paar unbekannten

Männern in den Urlaub Schrägstrich wir jobben", zurechtzulegen, starte ich erst gar nicht. Aber vielleicht kann ich es so erzählen, dass er gewisse Dinge gar nicht erst hinterfragt.

Meine Mutter Ruth, die gerade mal Mitte vierzig ist, isst unbehelligt weiter. Im Gegensatz zu meinem Vater ist sie eine ziemlich gefühlskalte Person. Großzügigkeit, Mitgefühl oder uneigennütziges Interesse sind nicht Bestandteil ihres Repertoires, dafür ist sie Perfektionistin, was Finanzen angeht, weswegen sie unentbehrlich für die Firma ist, die mein Vater aufgebaut hat. Ich spreche sie mit Ruth an, denn unser Verhältnis ist ... keines. Ich habe keinerlei Bindung zu dieser Frau, denn großgezogen hat mich das Kindermädchen Charlene.

Ein lautes Räuspern reißt mich aus meinen Gedanken. Vater neigt den Kopf, wodurch seine Brille ein Stück die Nase hinunterrutscht.

„Ich habe spontan mit Samira Urlaub gebucht."

„Aha. Und wo geht es hin?", versucht er, mir weitere Infos zu entlocken, und sieht mich interessiert an.

Die Frau mit der Hochsteckfrisur und der Ausstrahlung einer Gefriertruhe, die sich meine biologische Mutter nennt, reagiert nicht weiter.

„Es geht auf Kreuzfahrt nach Jakarta."

„So plötzlich? Davon hast du uns noch gar nichts erzählt."

Okay, jetzt muss ich lügen. „Es war auch nicht geplant. Samiras Cousine sollte die Reise mit ihrem Verlobten antreten. Doch der muss operiert werden und da haben sie Samira gefragt."

„Mhm“, brummt Vater und ich sehe die Bedenken in seinen Augen. „Das ist ganz schön weit weg.“

„Sie wird sicher Spaß haben“, wirft Ruth ein und schenkt ihm ein affektiertes Lächeln. Mich sieht sie nicht einmal an, sondern blickt wieder auf ihren Teller, auf dem sie das Gemüse zusammenkratzt.

„Ja, das werden wir. Und dann bin ich gut erholt für die Arbeit in der Kanzlei“, werfe ich mit einem Lächeln ein.

„Das ist ja gut und schön, aber trotzdem kommt das sehr plötzlich.“

„Gelegenheiten muss man nutzen, Daddy.“

„Na schön, aber melde dich zwischendurch, ja? Ich bin zwar ab morgen selbst auf Geschäftsreise, aber ich bin erreichbar.“

Ich lege meine Hand auf seine, die neben dem Teller auf dem Tisch aufliegt. „Natürlich.“

„Müsste ich nicht schon in vier Stunden am Flugha–“

„Alles gut, Daddy. Ich habe mir ein Taxi bestellt. Ich bin schon groß“, lache ich.

Ruth lacht mitspielend auf, aber zu gekünstelt, dass es ihr jemand als echt abkaufen würde. „Ja, schon so groß ... Reichst du mir mal den Nachtisch, Schatz?“, richtet sie das Wort an meinen Vater, der gerade die Stoffserviette über seinem feinen, hellblauen Hemd richtet.

„Der steht direkt neben dir“, antwortet er, ohne sie anzusehen, und unterhält sich weiter mit mir. „Jakarta ist eine aufregende Stadt. Aber auch der Weg dorthin. Ihr werdet sicher Halt auf Bali machen, oder?“

„Kann gut sein“, entgegne ich baff und greife zur Gabel. Der Hunger hat über die Aufregung gesiegt. Schließlich ist das Geheimnis nun gelüftet. Na ja. Fast.

„Nun gut“, sagt er und wischt sich den Mund mit der Serviette sauber. „Ich muss sehr früh raus und werde versuchen, mich noch ein wenig hinzulegen.“ Vater erhebt sich und beugt sich zu mir vor. „Gute Reise, mein Schatz.“ Er küsst mich auf die Stirn – eine Ehre, die meiner Mutter nie zuteilwird.

„Dir auch, Daddy. Ich melde mich“, verspreche ich und habe plötzlich einen leichten Schleier vor den Augen. Verträumt sehe ich ihm hinterher, wie er den Raum verlässt. Ich liebe meinen Vater und jedes Mal, wenn er auf Geschäftsreisen ist, fehlt er mir. Im Gegensatz zu meiner Mutter.

Diese bleibt sitzen und regt sich nicht.

„Du wirst Vater sicher auch sehr vermissen, oder?“, stichele ich.

„Natürlich. Wie immer“, antwortet sie kühl, ohne aufzuschauen, und isst weiter.

„Das sieht man“, platzt es sarkastischer aus mir heraus, als beabsichtigt.

„Hüte deine Zunge, junge Dame!“, zischt sie und sieht zu mir auf. Ein kaltes Funkeln liegt in ihren eisblauen Augen. Die blonden Haare, die sie zu einem strengen Knoten gebunden hat, lassen sie älter erscheinen, als sie eigentlich ist. Wie ist sie nur zu dem kalten Menschen geworden? Es war mal anders. Früher hat sie sehr an meinem Vater gehangen und ihn vermisst, wenn er auf Reisen war. Heute nutzt Ruth solche Situationen gern, um ausgiebig mit ihren Freundinnen zu brunchen, beim Shopping Vaters Geld zu verpulvern oder ausgiebige Partys zu feiern. Von vermissen oder Sehnsucht keine Spur.

Ruths Smartphone vibriert. Sie nimmt es aus der Tasche, die an ihrem Stuhl hängt. Erst jetzt fällt sie mir auf. Wozu hängt sie da? Will sie noch ausgehen? Ruth errötet, als sie auf das Display schaut, als hätte ihr ein Lover geschrieben. Ich vermute ja schon länger, dass sie meinen Vater betrügt, so gleichgültig, wie er ihr zu sein scheint. Sie tippt etwas, lächelt für einen kurzen Augenblick und legt das Handy weg.

Wie gern würde ich jetzt etwas sagen, doch ich verkneife es mir. Schnell schaufele ich das Essen auf meinem Teller in mich hinein und beschließe, auf den Nachtisch zu verzichten, um nicht länger bei Ruth sitzen zu müssen. Ihre Gegenwart ist mir unerträglich. Vielleicht ist diese Reise doch keine so verkehrte Idee. Je weiter weg von ihr, desto besser. Diese Gleichgültigkeit mir gegenüber von der Frau, die ich einst Mutter nannte, ist nicht zu ertragen.

„Weißt du, worüber ich echt froh bin?“ *Jade, halt doch einfach deinen Mund*, ermahne ich mich im Geiste, doch es ist zu spät.

Ruth hebt schnaufend ihre Nase.

Es entsteht eine kurze, angespannte Pause, in der wir uns ein erbarmungsloses Blickduell liefern.

„Dass ich nicht so bin, wie du!“

Echauffiert sieht sie mich an und legt bedeutend langsam das Besteck neben ihrem Teller ab.

„So kalt und berechenbar! Einfach ekelerregend!“, füge ich hinzu und erwidere emotionslos ihren abfälligen Blick. Ohne auf ihre Antwort zu warten, verlasse ich den Tisch und marschiere aus dem Raum.

5. Kapitel

AMIR

Die ersten Sonnenstrahlen bahnen sich zaghaft ihren Weg über die Häuserdächer, als ich mit meinem Partner Chalid am Hafen von Portland ankomme. Der Auftrag, den wir zuvor ausgehandelt haben, hat ziemlich blutig geendet. Doch ich bin vorbereitet – habe immer einen Ersatzanzug im Wagen. Chalid ebenso. Mein langjähriger Geschäftspartner kommt wie ich aus Jakarta, dem Hotspot Indonesiens für die ganz großen Deals. Einst waren wir die härtesten Konkurrenten im Drogen-, Immobilien- und Automobilgeschäft. Letzteres ist meine Tarnung, um dem in Jakarta durchaus lukrativen Drogenhandel nachzugehen. Vor Jahren habe ich auch mit Waffen und antiken Möbeln oder Kunstwerken gehandelt, doch aus dem Geschäft habe ich mich zurückgezogen. Das Risiko hat immer mehr zugenommen. Dann kamen die Luxusschlitten, deren Karosserie vortreffliche Verstecke bieten. Drogen schmuggeln sich eben um einiges leichter in einem Maybach als mit einem van Gogh.

Chalid fährt sich mit den Händen, über denen er schwarze Lederhandschuhe mit Schnüren trägt, durch das silber-graue mittellange Haar, das er stets nach hinten gestylt trägt. Seine Statur wirkt etwas kräftiger als meine und es ist fast eine Kunst, mit welcher Geschmeidigkeit er in einen Anzug in etwas mehr als meiner Größe passt, ohne dick zu wirken. Dadurch, dass er einen ganzen Kopf größer ist als ich mit eins vierundachtzig, wirkt er wie ein Koloss. Und weil er von Natur aus einen ziemlich grimmigen Gesichtsausdruck an den Tag legt, kenne ich niemanden, der sich freiwillig mit ihm anlegen würde – es würde kein gutes Ende nehmen. Allein schon wegen seiner Kampfausbildung, die auch ich genossen habe. Das musste unser ehemaliger Geschäftspartner vor wenigen Stunden am eigenen Leib erfahren. Nun liegt er mit einigen Brüchen in seinem Blut, sucht vielleicht gerade seine Finger zusammen und heult wie ein Baby.

Dass Chalid und ich uns zusammengetan haben, grenzt für mich immer noch an ein Wunder. Nach jahrelangem Streit, Konkurrenzdenken und verletztem Stolz haben wir erkannt, dass es klüger ist, zusammenzuarbeiten. Die Erfolge, die unsere Bankkonten in den letzten Jahren bis zum Anschlag gefüllt haben, sprechen für sich. Wir mögen uns nicht sonderlich, aber wir schätzen die Qualitäten des anderen und funktionieren exzellent im Team. Also lassen wir den anderen gewähren und besprechen nur Berufliches. Wobei ich wegen meines großen Erfahrungsschatzes und meiner weitreichenden Kontakte am längeren Hebel sitze und er mir daher untersteht.

In einer halben Stunde werden wir mit einem kleinen Fischerboot übersetzen. Die Strecke auf dem Columbia River geht es hinauf bis Ilwaco, wo wir ein weiteres Mal umsteigen. Die Yacht liegt circa zwanzig Kilometer westlich von Long Beach. Ich bin gespannt, ob die beiden Mädchen aus der Bar auftauchen werden. Die Blonde war ziemlich skeptisch. Es ist nur zu hoffen, dass sie sich von ihrer Freundin überzeugen lässt, dass alles mit rechten Dingen zugeht. Sind sie erst einmal auf dem Schiff, soll es mir egal sein, was sie denken – Hauptsache, es läuft unkompliziert ab. Zwei Ladys wie diese bringen mir garantiert mehr ein als der langweilige Standard. In der Brünetten brennt ein Feuer – das kann ich bis in die Fingerspitzen spüren. Sie hat dieses Leuchten in den Augen, das mehr verspricht, als das, was sie mir bisher preisgegeben hat. Das Mädchen scheint mutig ... und naiv. Wie töricht – mein Glück.

Das Wasser plätschert gegen den mit Algen und Muscheln umrandeten Pier, der viel zu tief im Wasser liegt. Das baufällige Ding sollte unbedingt saniert werden, denn immer wieder tritt das Wasser hinüber.

Möwen ziehen ihre Kreise über unsere Köpfe hinweg. Eine davon hat Chalid um ein Haar mit ihren Exkrementen verfehlt.

„Blödes Vieh“, schimpft er leise und schaut in den Himmel auf.

Langsam steigt die Ungeduld in mir. Ich sehe auf die goldene Uhr an meinem Handgelenk und knirsche angespannt mit den Zähnen, als mir klar wird, dass wir bereits in zehn Minuten abgeholt werden.

„Wo bleiben denn deine beiden Schätze?“ Chalid steckt sich eine Zigarette zwischen die Zähne, wobei seine Goldkronen durch das Sonnenlicht kurz aufblitzen und zündet sie an. Einen Moment darauf werde ich von kaltem Qualm eingenebelt. Ich bevorzuge eher Zigarren zu besonderen Anlässen. Aber jeder wie er will.

„Sie müssten jeden Augenblick kommen", antworte ich und schiebe die Ärmel meiner Anzugjacke hoch.

„Das will ich für dich hoffen."

Ungläubig lache ich auf. „Wieso für mich?" Ich drehe mich von der Straße weg und mache einen Schritt auf meinen Geschäftspartner zu.

„Weil ich definitiv gleich übersetze. Du kannst ja gern warten, wenn dir der Fick so wichtig ist." Er zwinkert mir zu.

„Zu diesem Zweck habe ich sie nicht angeheuert. Sie sollen die Gäste unterhalten, ein bisschen tanzen; für weitere Dienste haben wir Extrapersonal." Samira würde ich ohnehin nicht dafür opfern. Dafür gefällt sie mir zu gut. Sie hat etwas Anziehendes an sich. Was genau es ist, werde ich hoffentlich noch herausfinden. Aber etwas sagt mir, dass sie keine Zeitverschwendung sein wird. Ich werde mir nehmen, was ich will, und wenn ich genug von ihr habe, kommt sie eben zu den anderen Mädchen.

„Du willst sie verscherbeln, hab ich recht?"

Nachdenklich greife ich mir ans Kinn und sehe in den Himmel. „Mal sehen. Sie gehören mir, mein Freund. Ich muss mir noch überlegen, in welcher Form ich für die beiden Verwendung habe."

„Mir würde da so einiges einfallen, Amir." Chalid lacht dunkel und hebt plötzlich den Blick. Sein Lächeln gefriert und die trüben Augen leuchten, als er an mir vorbeisieht. Schließlich entspringt ein beeindrucktes Pfeifen seinen Lippen.

Als ich mich umdrehe, sehe ich ein Taxi am Straßenrand, aus dem zwei Frauen gestiegen sind. Es sind Samira und ihre zickige Freundin, die ziemlich düster dreinblickt, als sie sich den Rucksack über die Schulter wirft und zu uns heruntersieht. *Hochmut kommt vor dem Fall, Kleine.*

„Aber hallo. Auf die hätte ich auch gewartet", grunzt Chalid aufgeregt und ich kann seine schmutzigen Gedanken beinahe hören. Sein Grinsen verrät, dass er sich gerade ausmalt, was er mit den beiden in seiner Kabine alles anstellen will. Doch das werde ich zu verhindern wissen. Sie gehören mir ganz allein!

„Denk nicht mal dran, Chalid", knurre ich. „Du kannst dir jede andere Frau auf dem Schiff zum Ficken aussuchen. Aber die beiden sind tabu."

„Wieso? Soweit ich weiß, gibt es für die zwei noch keinen konkreten Deal." Chalid schnippt die Zigarette weg, bläst den Qualm aus und schiebt sich an mir vorbei.

„*Du* handelst die Deals nicht aus. Das mache *ich*. Also halte dich an meine Befehle, Mistkerl." Mit finsterem Blick untermauere ich meine Ansage.

Doch Chalid grinst nur düster, indes er die beiden Frauen weiterhin taxiert. Ich kenne keinen schwanzgesteuerteren Menschen als ihn.

Für einen kurzen Moment halte ich ihn grob am Jackett fest. „Haben wir uns verstanden?!"

Die Tatsache, dass Chalid nicht reagiert, macht mich wütend. Ich festige meinen Griff und ziehe ihn zurück, sodass sein Ohr nah an meinem Gesicht ist. „Ob wir uns verstanden haben?!" Ich möchte ungern von meiner Waffe Gebrauch machen. Das würde die Frauen sofort verscheuchen. Das weiß auch der Drecksack. „Oder muss ich Zarnu informieren?"

Er seufzt nachgiebig und sieht mich an. „Nein. Wir haben uns verstanden." Chalid spuckt verachtend auf den Boden. „Du bist so ein Spielverderber."

„Juckt mich einen Scheiß. Du tust, was ich sage, sonst lasse ich dich in einen Eimer mit Beton gießen und von Bord werfen, klar?!"

„Übertreib nicht gleich ... elender Mistkerl", brummt er und reißt sich los.

„Nimm dir 'ne Nutte, wenn du deinen Druck nicht selbst loswirst."

„Pfff!" Chalid spaziert galant auf die beiden Frauen zu, die sich uns von der Straße aus nähern. Ich hoffe sehr, dass er sich zurückhalten wird, doch aus der Erfahrung heraus weiß ich genau, wie schwer ihm das fällt. Ich werde ihn gut im Auge behalten müssen.

6. Kapitel

SAMIRA

Old Oakland Port
Wenige Minuten zuvor ...

Ich sitze neben Jade auf dem Rücksitz des Taxis und starre aus dem Fenster. Der Verkehr in Oakland ist typisch chaotisch, die Straßen belebt mit Menschen, die eilig an ihrem Ziel ankommen wollen.

Die ganze Fahrt über habe ich aufgeregt geschnattert, denn Jade hat den Vertrag erst im Taxi unterzeichnet. Widerwillig. Ich weiß, dass sie es nur für mich getan hat. Vom schlechten Gewissen getrieben habe ich daraufhin mein Bestes gegeben, Jades Stimmung zu pushen. Beinahe wäre es mir auch gelungen, wäre ihre Mutter nicht ... Sie hatte mal wieder Krach mit ihr, weswegen ich Jades miese Laune absolut nachvollziehen kann. Ein Glück, dass sie dabei die Sache mit dem Beiblatt überlesen hat. Wie ich sie kenne, hätte sie mich garantiert auf meine Allergie angesprochen. Als auch noch der breitschultrige Riese auf uns zumarschiert, der mir nicht geheuer ist, hängen ihre Mundwinkel noch tiefer.

„Samira, hör mal –“

„Mach jetzt keinen Rückzieher", stoppe ich sie augenblicklich, bevor sie zu Ende sprechen kann, was ich nicht hören will.

Das Taxi rattert über die holprigen Straßen und nähert sich langsam dem kleinen Hafen. Ich fühle einen Stich der Vorfreude und zugleich eine Prise Angst vor dem Unbekannten.

Jade sitzt gedankenverloren neben mir und sagt keinen Ton.

Als das Taxi am Hafen ankommt, helfen wir einander, das Gepäck aus dem Kofferraum zu hieven. Der Wind trägt den salzigen Geruch des Meeres herüber, während wir den Weg zum Check-in-Schalter des Kreuzfahrtschiffs suchen.

Die Luft ist erfüllt vom Geruch des Meeres und dem Klang der Wellen, die sanft gegen die Anlegestelle des Schiffes plätschern. Plötzlich durchbricht ein lautes Kreischen die ruhige Kulisse. Ich blicke nach oben und sehe, wie eine Gruppe Möwen durch die Luft gleitet.

Ihre Flügel schneiden durch den Himmel, während sie spielerisch auf den Windströmungen reiten. Einige drehen elegant ihre Kreise, andere gleiten in geraden Linien dahin.

Ich schließe die Augen und lasse mir kurz die Seeluft ins Gesicht wehen. „Riechst du das?" Ich wedele mir Luft zu und sauge diese geräuschvoll ein. „Das riecht nach Abenteuer", versuche ich sie mit meiner Euphorie anzustecken, doch sie hebt nur skeptisch eine Braue.

„Nein", zischt sie mit glühenden Augen. „Das stinkt verdammt nach Gefahr, Samira." Jade atmet hörbar Luft ein, greift nach meiner Hand, bleibt stehen und zieht mich zu sich. „Der große Typ ist mir absolut unheimlich“, flüstert sie mir zu.

Ich blicke an ihr vorbei zu dem Riesen, der sich in großen Schritten auf uns zubewegt.

„Abgesehen von dem anderen Kerl aus der Bar. Das fühlt sich nicht richtig an, Samira.“

Sofort schweift mein Blick zu dem riesigen Kerl mit dem silber-grauen Haar und den Lederhandschuhen. Auch mir ist er nicht geheuer, doch wenn ich das nun vor Jade zugebe, ist der Trip schneller vorbei, als er begonnen hat ... und ich brauche das Geld wirklich dringend. „Jetzt warte doch erst mal ab. Vielleicht gehört er gar nicht zu Amir“, entgegne ich, meine eigene Unsicherheit weglächelnd und entdecke den attraktiven Geschäftsmann am Pier.

Er nickt mir mit einem Lächeln zu, als sich unsere Blicke treffen, was mein Herz stolpern und sich alle Härchen meines Körpers aufrichten lässt.

Schnell lege ich den Fokus wieder auf Jade, um der Gefahr, zu erröten, zu entgehen.

Diese sieht mit flehendem Blick dem abfahrenden Taxi nach. Damit man die Verzweiflung in ihren Augen nicht sieht, schiebt sie sich die Sonnenbrille, die zuvor locker in ihrem zu einem Zopf geflochtenen Haar gesteckt hat, auf die Nase. Das macht sie immer, wenn sie nicht möchte, dass man ihr aus den Augen liest.

„Hör mal“, setze ich in beruhigendem Ton an und ergreife ihre Hände. Sanft streiche ich mit den Daumen über ihre Handinnenfläche. „Wir werden eine verdammt geile Zeit haben, die wir unser Lebtag nicht vergessen werden. Das wird der Trip unseres Lebens! Und den lassen wir uns von niemandem versauen. Okay?“

Meine eindringlichen Worte in Kombination mit einem Hundeblick bringen Jade nun doch zum Lächeln.

Sie atmet tief durch, nimmt die Brille von der Nase und sieht mich aus ihren klaren blauen Augen an. „Na schön. Du hast recht."

„Natürlich habe ich recht", necke ich sie, lasse erleichtert ihre Hände los und stecke ihr die Brille wieder auf den Kopf. Aufmunternd lächelnd stupse ich sie in die Seite. „Los, komm jetzt."

„Okay", seufzt sie und lässt sich an der Hand hinter mir herziehen.

Als wir dem imposanten Mann mit dem silber-grauen Haar immer näherkommen, bekomme ich wacklige Knie. Daher blende ich sie bewusst aus und denke einfach an das viele Geld, das Mom und mir das Leben erleichtern wird.

„Ladys." Der Große ergreift ungefragt erst meine und dann Jades Hand für einen Handkuss. Die Dunkelheit in seinen Augen ist wie ein leiser Bote niederträchtiger Gedanken, während er erst mich und dann Jade angrinst. Der herbe Geruch von Benzin, Whiskey und kaltem Qualm, der ihn umgibt, ist eine drohende Gefahr, die ich nicht leugnen kann – sehr wohl aber immer noch ausblenden will, bevor sie uns den Trip versaut. Es steht einfach zu viel auf dem Spiel.

Ein Blick zu Jade und ich sehe ihr sofort an, wie sie beim Anblick des Mannes, der sich mit dem Namen Chalid vorstellt, zurückweicht und sich furchtbar schwertut, die Fassung zu wahren. Ich weiß, dass sie diesen Trip für mich macht und mein schlechtes Gewissen wächst mit jeder unangenehmen Sekunde, die wir ihm gegenüberstehen. Zwar bin ich nicht die Kleinste, doch neben Chalid komme ich mir winzig und schwach vor. Die breiten Arme, die sich unter dem gutsitzenden Jackett abzeichnen, lassen Unmengen von Kraft erahnen. Ich hätte keine Chance gegen ihn, wenn es hart auf hart käme.

Hinter dem Riesen kommt schließlich Amir näher. Er hat ein strahlendes Lächeln auf den Lippen, als er uns erblickt. Sein dunkles Haar weht leicht im Wind, während er mit einer selbstsicheren Eleganz auf uns zukommt. Als Amir lächelt und sich dabei kleine Fältchen an seinen Augenwinkeln abzeichnen, wirkt es echt und löst meine innere Unruhe schließlich mit Vorfreude ab. „Schön, euch an Bord zu haben. Eine gute Entscheidung."

„Wir freuen uns auch", antworte ich und traue mich bei dieser Aussage gar nicht erst, meine Freundin anzusehen. Zudem ruht mein Blick auf dem gutaussehenden Amir. Mir ist schleierhaft, was ich an ihm so anziehend finde, da ich eigentlich nicht auf diesen Typ Mann im Anzug stehe, doch meine Mundwinkel heben sich wie von selbst, während die von Jade eisern schmal bleiben. Meine Ex-Freunde oder besser gesagt Affären waren eher Bad Boys mit Biker-Kleidung und dicken Maschinen, die sich gern mal am Abend ein Bier oder einen Whiskey genehmigen. Meiner Mutter war das immer schon ein Dorn im Auge, doch ich brauchte einen Kontrast zu meinem braven, unscheinbaren Dasein. Etwas Aufregung in meinem Leben, das von Einsamkeit geprägt war, da meine Mom so viel arbeiten musste. In mir wohnt eine kleine Rebellin, die ab und zu mal ans Tagelicht möchte.

„Habt ihr die Verträge dabei?"

Nickend ziehe ich den Umschlag mit Jades und meinem Vertrag aus der Tasche und drücke ihn Amir in die Hand.

„Prima. Ich hoffe, ihr seid ausgeschlafen. Das wird sicher ein langer und mit Sicherheit sehr ereignisreicher Tag." Eine Windböe erfasst Amirs Hemdkragen und lässt ihn kurz hochflattern. Der Anzug, den er darüber trägt, muss maßgeschneidert und ziemlich teuer sein. So einen feinen Stoff habe ich zuvor selten gesehen. Nahtlos schmiegt er sich an Amirs Körper wie eine zweite Haut.

„Wir sind fit für die große Tour", antworte ich, nachdem ich mich gezwungen habe, ihn nicht weiter anzustarren und sehe zu Jade, die abwesend in die Ferne schaut und mit ihrer Sonnenbrille spielt. Zweifelsohne ist sie nervös. „Und wir sind sehr gespannt auf das, was uns erwartet", füge ich hinzu und lüge, weil ich nicht für uns beide spreche. Doch ich möchte nicht unhöflich sein, deswegen zeige ich ein wenig mehr Vorfreude, als ich sie tatsächlich empfinde. Schließlich bin ich dankbar für die finanziellen Möglichkeiten, die sich mir mit diesem Job bieten. Die Begegnung mit Chalid und die immer noch währende Unsicherheit, die von seiner Anwesenheit ausgeht, zermürbt meine anfängliche Euphorie jedoch mehr, als ich zugeben möchte.

„Sehr schön." Amir senkt den Kopf. „Sind das all eure Koffer?" Seine Betonung ist etwas zu ironisch, sodass ich nachhake.

„Hast du mit mehr gerechnet?" Eigentlich fand ich die zwei Koffer pro Person absolut ausreichend. Ich gehe mal davon aus, dass es an Bord eine Waschgelegenheit gibt.

„Nun ja, die meisten Frauen –“

„Wir sind nicht wie die meisten Frauen“, unterbreche ich ihn mit einem galanten Augenaufschlag, was er mit einem schiefen Grinsen quittiert. Meine vorlaute Klappe lässt mich mal wieder nicht im Stich.

„Gut zu wissen. Aber ehrlich gesagt ... diesen Eindruck hatte ich auch nicht von euch“, sagt er mehr an mich, als an Jade gerichtet, da er mir dabei so tief in die Augen schaut, dass mir ein angenehmer Schauer über den Rücken läuft. *Flirtet er etwa mit mir? Ja – und wie er das tut.* Seine Blicke sagen mehr als tausend Worte. Doch das kann auch Einbildung sein. Was, wenn ich mir das schönrede? *Der Mann ist ein Profi, der flirtet nicht mit den Angestellten.*

Schrilles Glockenläuten unterbricht die unangenehme Stille, in der ich nicht weiß, was ich Amir entgegnen soll, ohne mich in die Nesseln zu setzen. Immer wenn ich aufgeregt bin, rede ich völligen Unsinn. Erst recht, wenn mein Gegenüber so gutaussehend ist. In solchen Situationen wünschte ich, dass ich ein bisschen mehr so wäre wie Jade, die sich jedes ihrer Worte zuvor gut überlegt.

Es läutet erneut.

Gleichzeitig reißen wir die Köpfe herum.

Beim Anblick des sich nähernden, ziemlich marode wirkenden Fischkutters schlucke ich hart. *Das ist doch jetzt ein Scherz, oder?* Der Bug des Kutters ist stellenweise von ziemlich großen Rostflecken überzogen und die Holzlatten teilweise brüchig. Ich traue mich nicht, zu Jade zu sehen. Ihren Gesichtsausdruck kann ich mir lebhaft vorstellen.

„Keine Sorge", wirft Amir ein, als könne er meine Gedanken lesen. „Mit dem Kutter setzen wir nur schnell auf das Schiff über. Es wäre nicht wirtschaftlich, mit dem Schiff nur für uns vier hierherzufahren. Der direkte Weg ist nicht passierbar und ein Umweg würde dreimal länger dauern." Er blickt zum Ende des Piers, das mit Wasser überspült ist. „Zudem ist der Anlegepunkt eine Zumutung."

„Verstehe." Erst jetzt drehe ich das Gesicht zu meiner Freundin, die ein wenig blass um die Nase wirkt, aber keinen Ton von sich gibt. *Oje, jetzt fühle ich mich mies, wo ich sehe, wie unwohl sie sich fühlt. Bin ich egoistisch, weil ich die Nummer nicht abbreche? Vielleicht wäre ein Pauschalreisen-Urlaub doch die bessere Wahl gewesen? Ach, Mensch. Ich weiß es doch auch nicht. Aber was ich weiß, ist, dass ich das Geld brauche und bereit bin, dafür hart zu arbeiten. So hart wie meine Mutter, die sich für uns abgemüht hat. Es ist längst Zeit, dass ich ihr etwas zurückgebe, für all das, was sie geleistet hat.*

7. Kapitel

JADE

Der marode Fischkutter schwankt auf den sanften Wellen, als wir uns vom Kai entfernen. Die Holzplanken knarren bedrohlich unter unseren Füßen, und das Rattern des Motors übertönt das Plätschern des Wassers. Ein Hauch von Salz und Verwitterung hängt in der Luft, während wir uns durch das Gewässer vorarbeiten.

Der Kloß, der sich beim Betreten des maroden Kutters in meinem Hals gebildet hat, scheint mit jeder Meile, die wir fahren, an Größe zuzunehmen. *Was ist nur mit Samira los? Schrillen bei ihr etwa nicht alle Alarmglocken?* Wahrscheinlich drehen bei ihr gerade die Hormone durch, so wie sie Amir immer wieder ansieht. Sie braucht nicht denken, dass mir die Blicke, die sie ihm heimlich zuwirft, nicht auffallen würden. *Meine Güte, Samira! Ich weiß, wir sind beide eine gefühlte Ewigkeit Single – aber so einen? Der hat garantiert keinen guten Leumund. Von seinem Partner will ich gar nicht erst sprechen. Der hat garantiert schon gesessen, so bedrohlich wie der wirkt. Und wozu trägt er die albernen Lederhandschuhe?* Irgendetwas stimmt mit den Kerlen nicht. Mein Bauchgefühl täuscht mich nie.

Das Wasser um uns herum scheint düsterer zu werden, als würde sich eine undurchsichtige Schwärze langsam über die Wellen legen. Ein Gefühl der Unbehaglichkeit breitet sich aus, während wir uns durch diese unheimliche Passage bewegen. Der schmale Pfad zwischen Felsen und Untiefen macht die Fahrt zu einer Herausforderung, die ich so nicht erwartet hatte.

Amir, der ein paar Meter von mir entfernt steht, schiebt die Ärmel seines Jacketts nach oben und lehnt sich an die Reling des Kutters. Dabei kommen seine tätowierten Unterarme zum Vorschein, die kaum einen Zentimeter tintenlose Haut aufzeigen. Besonders fällt mir eine Schlange mit gefährlich glühenden Augen auf. Sie scheint mit ihren scharfen Zähnen wie aus der Hölle entsprungen. *Wie kann man sich nur mit solch einem grausigen Motiv verschandeln? Zu welchem Zweck sucht man sich so etwas überhaupt aus?*

„Hey, jetzt zieh nicht so ein Gesicht." Samira hakt sich bei mir unter, den dunkelhaarigen Asiaten jedoch immer noch im Fokus. „Wir haben doch eben darüber gesprochen." Sie muss nicht einmal ihren gern eingesetzten leicht vorwurfsvollen Unterton einbringen – ihre Augen verraten mir, dass sie genervt von meinem Misstrauen ist, auch, wenn sie es nicht ausspricht.

„Was findest du an ihm?", platzt es leise und ungewollt aus mir heraus.

„Was?" Samira sieht mich aus großen Augen an. Das kleine Zucken ihres rechten Mundwinkels offenbart mir, dass ich sie eiskalt erwischt habe. Eine Eigenart, die sie schon immer sofort verraten hat, seit wir uns kennen.

„Ich bin nicht blind. Du ziehst ihn ja förmlich aus mit deinem Blick“, flüstere ich ihr zu und ernte einen Stoß mit dem Ellenbogen.

„Entschuldigung?“, entgegnet sie gespielt echauffiert und sieht mich an, während sie das schelmische Grinsen vergeblich zu unterdrücken versucht, das sich auf ihren Lippen ausgebreitet hat. Ihre Wangen haben ein zartes Rot angenommen, was mich mit den Augen rollen und dem Kopf schütteln lässt. „Man wird ja wohl noch gucken dürfen.“

„Samira, Samira“, flüstere ich tadelnd, damit uns ihr Objekt der Begierde nicht hört, und muss ungewollt grinsen.

Der Kutter windet sich durch die engen Passagen und ich kann das Kreuzfahrtschiff am Horizont erkennen, es ist wie ein sicherer Hafen in weiter Ferne. Ich atme tief durch, halte fest an der Hoffnung, dass wir bald aus diesem unheimlichen Gewässer herauskommen und dass die sichere Ankunft auf dem Schiff eine Wende zum Besseren bringen wird.

Amir lässt von der Reling ab und hält trotz des Seegangs mit galanten Schritten auf uns zu. „Wir müssten in wenigen Minuten Sicht auf die *SeaHell* haben.“

„Sea...“ Den Rest spare ich mir. Die Hölle auf See. Was auch sonst?! Und was kommt als Nächstes? Mich schockt bald gar nichts mehr. Samira scheinbar auch nicht.

„War nur Spaß“, schiebt Amir nach, was mich nicht ruhiger werden lässt. „Wir setzen gleich auf die *Infinite Horizon* über.“ Er schickt ein Zwinkern in Samiras Richtung, was das Rot auf ihren Wangen dezent aufglühen lässt. Meine Güte. Das ist ja schon fast peinlich.

Was ist denn los mit ihr? So untervögelt kann doch kein Mensch sein. Ihre letzte Affäre ist doch noch gar nicht so lange her. Seit ihrer letzten Beziehung, die schon einige Zeit zurückliegt, bindet sie sich nicht mehr, was ich bei ihrem Ex, diesem Biker-Idiot absolut verstehen kann. Seth war ein richtiges Arschloch. Ich konnte ihn von Anfang an nicht leiden und wusste, dass er ihr das Herz brechen wird. Aber davon wollte Samira nichts hören. Sie ist wie ein Vogel – voller Freiheitsdrang, unerschütterlich und gepolt, die Welt auf eigene Faust zu erkunden. Seth war ihr Abenteuer – bis zum dem Tag, als er sie betrogen hat. Am Ende war dann ihr Schmerz umso größer. Seitdem unterhält sie hier und da mal eine kurze Affäre oder einen One-Night-Stand – jedoch niemals mehr als das. Ich bete, dass dieser Amir nicht der Nächste in ihrer Arschloch- oder ONS-Sammlung sein wird.

Minuten vergehen, die mir endlos lang vorkommen. Samira und ich stehen nebeneinander und hüllen uns in Schweigen. Zu spüren ist einzig meine wachsende Unsicherheit. Mein Herz schlägt schneller, als der Kutter durch das düstere Gewässer navigiert. Die Enge des Bootes fühlt sich plötzlich erstickend an, und ein Gefühl der Beklemmung überkommt mich. Die unheimliche Atmosphäre lässt meine Gedanken kreisen, während Zweifel an der Entscheidung, diese Fahrt anzutreten, mich überfluten. Ein innerer Kampf beginnt, während ich mit dem Verlangen ringe, umzukehren und diesem unheimlichen Ort zu entfliehen. Doch der Gedanke, Samira im Stich zu lassen, hält mich zurück.

Wir steuern auf meterhohe Felsen zu, zwischen denen es durch eine Art Tunnel geht. Jetzt verstehe ich, warum das Schiff nicht anders zu erreichen ist. Der Kutter schlängelt sich behutsam an den meterhohen Felsen entlang, die wie gigantische Wächter aus dem Wasser aufragen. Das Gestein wirkt verwittert und düster, als trotze es seit Ewigkeiten den Launen des Meeres und der Zeit. Das Gefühl, winzig zu sein, überkommt mich, als ich mir vorstelle, wie diese kolossalen Felsformationen über Jahrhunderte hinweg geformt wurden. Die Felsen ragen bedrohlich nahe an der Wasserlinie empor, ihre kantigen Konturen und dunklen Schatten erwecken eine Aura der Unnahbarkeit. Die Wellen brechen sich an ihren rauen Oberflächen, und das laute Grollen des Meeres verstärkt die Bedrohlichkeit der Szenerie.

Amirs Partner Chalid, der sich die Fahrt über zum Glück im Hintergrund gehalten hat, ruft etwas in unsere Richtung, das ich nicht verstehen kann. Er steht direkt neben einem kleinen Mann, der den Kutter lenkt.

Ich vermeide es, zu nah an die Reling zu treten, aus Angst, dass der Anblick der Felsen mein ohnehin schon wankendes Sicherheitsgefühl noch weiter erschüttern könnte. Die Kombination aus der unheimlichen Umgebung und der Nähe zu diesen massiven Gesteinsbrocken verstärkt mein Unwohlsein. Ich versuche, mich auf die winzigen Details zu konzentrieren, die neben der bedrohlichen Szenerie existieren: das leise Plätschern des Wassers, das Spiel der Möwen am Himmel, oder die ferne Silhouette des Kreuzfahrtschiffs, die Hoffnung und Trost spendet. Trotzdem bleibt ein Gefühl der Beklommenheit, als würden diese Felsen etwas Dunkles und Geheimnisvolles bergen. Im Stillen bete ich, dass diese Passage bald hinter uns liegt und wir ohne Zwischenfall den sicheren Hafen des Kreuzfahrtschiffs erreichen werden.

„Wir sind gleich da", ruft Amir zu uns herüber, was mich erleichtert aufatmen lässt.

Samira reckt den Kopf, um einen Blick hinter das Gestein zu erhaschen.

Hinter einer Felsenbank taucht in der Ferne ein riesiges Kreuzfahrtschiff auf. Es ist so prächtig, dass mir der Atem stockt und Samira, zu der ich verstohlen herübersehe, keucht überwältigt.

Sonnenstrahlen lassen die *Infinite Horizon* in einem unvergleichlichen Glanz erstrahlen. Es scheint wie aus einer anderen Welt entsprungen. Das glänzende Weiß der oberen Bughälfte weist kleine, goldene Fenster auf, während der untere, schwarzblaue Teil schier lautlos durch das Wasser gleitet und die Wellen wie Butter schneidet. Die Reling und auch der Oberbau an Deck sind in Gold und Onyx-Schwarz gehalten. Die Schornsteine ragen meterhoch in den Himmel. So sprachlos wie Jade und ich müssen wohl auch die Passagiere am 10. April 1912 in Southampton gewesen sein, als die Titanic bei ihrer Jungfernfahrt auslief. Ich mag mir gar nicht ausmalen, was ein Ticket für diesen schwimmenden Palast vor uns kostet.

Amir räuspert sich und stellt sich zwischen uns. Seine düstere Aura ist förmlich spürbar und lässt mich kurz zurückweichen. Dann lehnt er sich mit bedeutsamer Miene vor und umgreift mit festem Griff die Reling. „Ladys, seid bereit für das beste Work-and-Travel-Erlebnis eures Lebens!", kündigt er wie auf der Premiere eines neuen Hollywood-Spielfilms an.

Wozu diese Show? Ist das nicht ein wenig übertrieben? Doch schon wenige Minuten später halte ich doch den Atem an und ein Schwall neuer Hoffnung erfasst mich, dass der Trip doch noch gut werden kann.

8. Kapitel

SAMIRA

Ein sanfter Wind streicht über die gewellte Oberfläche des Wassers, während die goldenen Sonnenstrahlen die letzten Schatten der Nacht vertreiben. Die Kühle des Morgenlichts umhüllt mich, als das luxuriöse Schiff majestätisch vor mir aufragt und ein Aufstieg zum Kutter heruntergelassen wird. Mein Herz pocht aufgeregt, als ich hinter Chalid hinaufsteige.

Jade ist direkt hinter mir – stumm wie eh und je.

An der Seitenwand des Schiffes steht ein Einstieg offen, durch den ich mich mutig hindurchwage.

Der erste Schritt, den ich auf dem edlen Steinboden dieses unfassbaren Schiffes mache, ist märchenhaft, als würde ich eine andere Welt betreten. Das gedämpfte Licht der Laternen taucht alles in eine schummrig-goldene Aura. Das Deck unter meinen Absätzen fühlt sich fest und kraftvoll an, als trage es die Geschichten zahlloser Seereisen.

„Bitte, hier entlang.“ Amir winkt Jade und mich hinter sich her. Doch wir verharren, erschlagen von den Eindrücken.

„Nun geht schon“, drängt Chalid, der hinter uns steht.

Meine Schritte führen mich durch einen Korridor aus poliertem Marmor, flankiert von vergoldeten Geländern. Ich fühle mich ein bisschen wie Rose auf der *Titanic.* Voller Begeisterung für diesen prachtvollen Luxusdampfer, der so groß ist, dass man ihn kaum mit einem Blick erfassen kann.

Jade, die den ganzen Vormittag genauso echauffiert dreingeschaut hat, wie Rose' Mutter bei der Spuckaktion von Jack, geht schweigend neben mir. Beim Anblick der goldenen Löwenstatuen auf dem pechschwarzen Marmorboden, durch den sich ebenfalls filigrane, goldene Linien schlängeln, ist sie seit dem Betreten der *Infinite Horizon* ganz verstummt.

„Willkommen an Bord, meine Damen." Amirs geheimnisvolle Stimme lässt mich vor Aufregung leicht frösteln. Seine dunkle Präsenz spüre ich so nah bei mir, dass ich mich gar nicht erst herumdrehen muss, um ihn dicht hinter mir zu wissen.

„O mein Gott! Ist das schön", hauche ich ehrfürchtig, als ich mich weiter umsehe.

Jade nickt zustimmend, ihre Augen leuchten vor Begeisterung. Der Hauch von Nostalgie und zeitloser Eleganz hängt in der Luft, als würden die Wände Geschichten vergangener Epochen flüstern.

„Es fühlt sich an, als wären wir in eine andere Welt getaucht", sagt Jade ehrfürchtig.

Ich nicke, mein Herz pulsiert vor Aufregung. Es ist, als würde die Zeit stillstehen und uns in eine Ära voller Glanz und Pracht entführen. Die kunstvollen Verzierungen und die Liebe zum Detail lassen keine Wünsche offen. Jeder Zentimeter dieses Schiffs strahlt Luxus aus, der unsere Sinne betört und uns in seinen Bann zieht.

Gemälde exquisiter Meereslandschaften zieren die Wände, jedes Detail liebevoll in Szene gesetzt. In den Nischen verbirgt sich das Flüstern vergangener Liebschaften und dunkler Geheimnisse.

Die Lobby des Schiffes empfängt uns mit opulentem Luxus. Kristalllüster werfen funkelnde Reflexionen an die Decke, während schwere Samtvorhänge im sanften Morgenlicht schwingen. Ein dezenter Duft nach exotischen Blumen und Hölzern liegt in der Luft.

„Das ist einfach der Wahnsinn", hauche ich in Jades Richtung.

In der Ferne erklingt das gedämpfte Klirren von Geschirr, während das Frühstück für die Gäste vorbereitet wird. Die Tische sind mit edlem Porzellan gedeckt, silberne Bestecke funkeln im Licht. Ob wir auch Kellnern müssen? Ein wenig Erfahrung habe ich. Bei Jade bin ich mir nicht so sicher.

Mein Blick schweift über das Meer, das sich endlos vor mir erstreckt, und eine düstere Faszination fesselt mich an diesen Ort der verführerischen Extravaganz. Ein Flüstern der Sehnsucht und nach Abenteuer liegt in der Luft, als wir weiter durch die prunkvollen Gänge des Luxusschiffs schreiten.

Wir folgen Amir zu den Treppen, die nach oben und nach unten führen und steigen sie hinauf.

Jade sieht immer wieder flüchtig nach hinten, wo Chalid ihr mit einem widerlichen Lächeln folgt. Es ist ihm sicher ein Fest, unsere Ärsche aus dieser Perspektive zu begaffen. Widerlich.

Oben angekommen, schlägt uns raue Seeluft um die Ohren. Wir schlendern über das Deck, bewundern die vielen Lampen und die kunstvollen Statuen aus Gold und Kristall. Dankbarkeit erfüllt mich, diese Schönheit erleben zu dürfen. Es ist, als ob ein Hauch von Magie über diesem Ort schwebt und uns in seinen Zauber einschließt.

Während wir weiter das Schiff erkunden, höre ich Amir hin und wieder mit Chalid sprechen und den Hall einer weiteren, leisen Stimme. Er scheint zu telefonieren, doch was er sagt, verstehe ich nicht. Es kommt mir fast so vor, als spräche Amir nur Englisch, wenn es um etwas geht, das wir hören dürfen. Und diese andere Sprache, wenn nicht.

Eine Kellnerin mit einem Smoking Body und mörderisch hohen Heels, auf denen nicht einmal Jade laufen könnte, empfängt uns mit einem Sekttablett. „Herzlich willkommen. Darf ich Ihnen eine kleine Erfrischung anbieten?" Sie sieht aus, wie dem Playboy entsprungen. Es fehlen nur noch die Hasenohren. „Greifen Sie zu und genießen Sie Ihren Aufenthalt auf der *Infinite Horizon*."

Das lasse ich mir nicht zweimal sagen und greife am Orangensaft vorbei nach zwei Gläsern der teuren Prickelbrause und drücke eines davon Jade in die Hand, die immer noch alle Eindrücke aufzusaugen scheint. „O mein Gott! Ich kann das alles nicht glauben. Ist es nicht unfassbar toll hier?"

Jade nimmt einen großen Schluck, als müsse sie sich Mut antrinken und presst anschließend das Glas fest an ihre Brust. „Ich muss zugeben", sie lässt ihren Blick von links nach rechts schweifen, um mich dann erstaunt anzusehen, „damit habe ich nicht gerechnet."

Wir schlendern einige Meter vor den Männern, deren Stimmen sich entfernt haben, nippen an unseren Gläsern und saugen alle Eindrücke auf, die sich uns bieten.

Neben einem gläsernen Whirlpool bleiben wir schließlich stehen. Er ist beleuchtet und ein Duft von wilden Zitrusfrüchten liegt in der Luft.

Am liebsten würde ich mir die Klamotten vom Leib reißen, in meinen Bikini schlüpfen und den Tag im Pool verbringen – als eine der *oberen Zehntausend*. „Das ist doch echt der Hammer, oder?! Ich meine, hast du jemals so ein Schiff gesehen?! Hier gibt es sogar eine Mall!", schwärme ich, als ich ein Schild entdecke, dass uns weitere Highlights aufzeigt. „Und ein Kino, Fitnessstudio, zwei Haarsalons und und und!"

Ein Lächeln huscht über Jades Gesicht.

Endlich! „Das ist ja ein Paradies auf dem Wasser!" Ich lege meinen Arm um sie und kann es mir nicht weiter verkneifen: „Komm, gib es zu – es war eine super Idee, hierherzukommen."

Zunächst erwidert sie nichts, aber dann spiegelt sich doch ein Funkeln in ihre Iriden. „Okay, okay", sagt sie und lacht. Ihre Augen glitzern noch mehr und ihre Schultern wirken nicht weiter angespannt. „Du hast wahrscheinlich recht."

„Wahrscheinlich?", necke ich sie mit hochgezogener Augenbraue. „Das hier ist der absolute Wahnsinn. Darauf genehmige ich mir noch einen Sekt", schwärme ich voller Entzückung, stibitze der vorbeigehenden Kellnerin ein Glas vom Tablett und stelle das leere neben mir auf einem Tisch ab.

Aus dem Augenwinkel heraus bemerke ich schließlich Amir, der nähergetreten ist. „Seht euch in Ruhe um. In der Zwischenzeit lasse ich euer Gepäck in die Kabine bringen, die für euch reserviert ist. Hier ist der Schlüssel." Er hält mir grinsend einen kleinen Schlüssel hin.

Auf einem goldenen Anhänger ist die Kabinennummer 284 eingraviert. „Die Gäste treffen erst gegen Abend ein. Da wird es eine Willkommensparty geben, auf der ihr euch bitte blicken lasst. Euer eigentlicher Job beginnt allerdings erst morgen. Wie ihr vielleicht schon gesehen habt, gibt es hier einige Möglichkeiten, sich unterhalten zu lassen. Mehrere Restaurants, drei Clubs, ein Spa, ein gut ausgestattetes Gym, ein Casino und etliche Shops und kleine Geschäfte des täglichen Bedarfs."

„Schon gesehen", schwärme ich. „Wahnsinn, da muss man ja gar nicht mehr von Bord gehen."

„Das ist der Sinn dieses Schiffes. Die Gesellschaft soll sich rundum umsorgt fühlen."

„Gesellschaft?" *Spricht man nicht normalerweise von Passagieren? Ich meine, das ist doch ein Urlaub.*

„Dies ist ein exklusives Schiff, wie dir vielleicht schon aufgefallen ist. Wir sind gern unter uns." Amir richtet den Blick auf Jade, die in seiner Gegenwart wieder reserviert wirkt. „Amüsiert euch, solange ihr morgen nicht mit einem Kater zur Arbeit erscheint. Um sechs Uhr erwarte ich euch an Deck eins."

„Sechs Uhr?", platzt es ungläubig aus mir hervor.

Amir schärft seinen Blick, indem er die Augen leicht zusammenkneift und den Kopf schief legt, als hätte er sich verhört.

„In Ordnung. Das ist kein Problem. Wir werden pünktlich sein", schiebe ich schnell hinterher, da er sich grübelnd den Dreitagebart reibt, als würde er seine Entscheidung mit uns noch einmal überdenken.

„Gut", sagt er schließlich und lässt den Schlüssel auf meine Handfläche fallen. Plötzlich spüre ich eine Kälte, die von ihm ausgeht. Im Inneren zucke ich zusammen, lasse es mir allerdings nicht anmerken. Nicht jetzt, wo Jade endlich aufgetaut ist. Amir nickt und wendet sich von uns ab.

Verdutzt sehe ich ihm hinterher. Meine Wangen glühen wie heiße Kohlen und mich beschleicht das beklemmende Gefühl, womöglich etwas furchtbar Dummes gesagt zu haben.

9. Kapitel

JADE

Pazifischer Ozean

Der Tag ist wie im Fluge vergangen. Nun geht die Sonne langsam unter und taucht das Schiff in ein warmes, goldenes Licht. Das Plätschern des Wassers und das leise Knistern der untergehenden Sonne verleihen diesem Moment eine magische Aura. Ich fühle mich von der Schönheit der Szenerie überwältigt und kann nicht anders, als den Augenblick in mich aufzusaugen. Jedes Detail, jeder Farbton des Sonnenuntergangs spiegelt sich auf der Oberfläche des Ozeans wider und verwandelt ihn in ein glitzerndes Gemälde.

So langsam glaube ich, dass dieser Trip vielleicht doch nicht die falsche Entscheidung war. Zum Glück nimmt Samira mir meinen anfänglichen Unmut nicht weiter übel. *Wo bleibt sie eigentlich?*

Ich stehe an einer Bar in der Nähe der Reling und trommele ungeduldig auf der Tischplatte herum, indes ich den Tag Revue passieren lasse. Wir haben es uns so richtig gut gehen lassen. Erst haben wir uns im Spa verwöhnen und im Salon die Haare stylen lassen, dann waren wir dekadent Essen und haben uns nach einer anstrengenden Shoppingtour noch spontan in einem Café niedergelassen. Das Abendprogramm wird wahrscheinlich genauso gut wie der Tag heute.

Samira und ich sind an der Bar verabredet und wollen erst einmal auf den gelungenen Tag anstoßen. Dafür habe ich mir extra das neue Kleid angezogen, das ich heute in einer Boutique ergattert habe. Samira hatte sich schon für ein Outfit entschieden, wollte sich auf den letzten Drücker aber doch noch einmal umziehen. Wahrscheinlich, um ihrem neuen Schwarm aufzufallen, was mir so gar nicht gefällt. Wartend schweift mein Blick umher, erfasst das viele Personal und die wichtigen Menschen im Anzug. Einige von ihnen sind in weiblicher Begleitung erschienen. Die müssen heute Nachmittag zugestiegen sein, als wir an einer Insel Halt gemacht haben. Viele von ihnen sind offensichtlich asiatischer Herkunft. Manche von ihnen sehen zu mir herüber, andere ignorieren mich. Ein Bediensteter flaniert mit einer Gruppe von sechs Dobermännern an mir vorbei. Vielleicht Wachhunde oder Haustiere einiger Gäste?

Ich komme mir langsam albern vor, weil ich hier allein rumstehe und hoffe, dass mich niemand anspricht. *Warum hat Samira sich nicht gleich für das Abendkleid entschieden, das ich ihr von mir angeboten habe?* Es ist dem ähnlich, das ich trage – nur, dass meines nicht schwarz, sondern silbern ist und durch die vielen mit Strass besetzten Steine wunderschön in den Lichtern an Deck funkelt. Es war mir einfach unmöglich, in der Boutique daran vorbeizugehen. Die gleichfarbigen High Heels und der Silberschmuck machen den Look perfekt. Unter den vielen Anzugträgern und schönen

Frauen an Deck fühle ich mich wie eine der oberen Zehntausend.

Was für ein Schiff.

Was für ein Trip.

Entspannt schließe ich die Augen und atme tief die salzige Meeresluft ein, als ich plötzlich ein Geräusch hinter mir höre. Ich drehe mich um und erwarte Samira, doch dann entdecke ich nur wenige Meter von mir einen Mann, der sich lässig an die Reling gelehnt hat. Er steht seitlich und sieht auf das Meer hinaus. Ich weiß nicht warum, aber er hat meine Aufmerksamkeit geweckt. Neugierig lehne ich mich vor, um mehr von ihm zu sehen.

Er hat mittelblondes, leicht gewelltes Haar in einem gepflegten Schnitt, ist gut gebaut und groß und trägt einen perfekt sitzenden schwarzen Anzug, der seine eleganten Züge unterstreicht. Die Hände, mit denen er breitgriffig die Reling umfasst, sind tätowiert. Als könne er meinen Blick spüren, dreht er sich zu mir um.

Unsere Blicke treffen sich und während sein Haar vom Wind erfasst wird, zieht er die Mundwinkel ein wenig hinauf. Doch seine Augen lächeln nicht mit. Schneller, als es mir bewusst wird, ist seine Miene von einer neugierigen zu einer strengen gewechselt.

Ist irgendetwas falsch mit mir? Habe ich ihn etwa zu sehr angestarrt? Schnell sehe ich an ihm vorbei und taxiere eine der Kellnerinnen. Mir ist die Situation furchtbar unangenehm. Mein Atem geht angestrengt, mir zittern die Knie und ich entspanne mich erst wieder, als ich aus dem Augenwinkel heraus erfasse, dass der Kerl sich wieder zur Reling umgedreht hat.

Ungeduldig suche ich die Umgebung nach meiner Freundin ab. *Samira, wo bleibst du?* Fahrig streiche ich mir über den Rock meines Kleides und zwinge mich, nicht erneut zu dem Mann hinüberzustarren.

Von ihm geht eine anziehende, aber düstere Ausstrahlung aus, die es mir unmöglich macht, dauerhaft den Blick von ihm abzuwenden. Ich zucke zusammen, als er sich mir zuwendet und mich ansieht, als hätte er erwartet, dass sich unsere Blicke erneut begegnen. Doch dieses Mal lächelt er mir zu und schickt mir damit einen elektrisierenden Stoß zwischen die Schenkel. *Herr im Himmel. Wer bist du bloß?*

Mir ist unverständlich, wie dieser Mann ein immer lauter werdendes Verlangen nach körperlicher Nähe in mir auslösen kann. Vielleicht bin ich schon zu lange Single. Ich fühle mich ein wenig unbehaglich in seiner Gegenwart, aber mein Mut und meine Neugierde überwiegen, sodass ich beschließe, höflich zu sein und ihn anzusprechen. Mit weichen Knien spaziere ich, untermalt vom Hall meiner Absätze, auf ihn zu.

Er kommt mir ein Stück entgegen und lächelt breiter, als scheine ihm zu gefallen, was er sieht.

Ein wenig irritiert über den erst so strengen Gesichtsausdruck, doch von steigernder Neugierde getrieben, erreiche ich ihn. Mehr als ein verlegenes Lächeln bringe ich nicht heraus, indes mein Herz sich beinahe überschlägt.

Mit einem lauten Knall bricht ein goldener Regen über uns herein. Das Eröffnungsfeuerwerk. Der Himmel ist hell erleuchtet und lässt mich staunen. Ein schöneres Bild kann es in Kombination mit dem unbekannten Schönling kaum geben.

„Ein beeindruckendes Feuerwerk, nicht wahr?"

„Oh ja, und ein beeindruckendes Schiff", entgegne ich mit zittriger Stimme und sehe mich erneut nach Samira um.

„Entschuldigen Sie, aber ... Sie sehen aus, als hätten sie jemanden unter dem aufkommenden Tumult verloren", beginnt er das Gespräch und sieht mich forschend an.

„Ja, da haben Sie recht. Ich warte auf meine Freundin. Eigentlich wollte sie längst hier sein."

„Oh, dann sind wir ja schon zu zweit. Mein Geschäftspartner hat mich ebenfalls kurzfristig versetzt." Der große Blonde, dessen faszinierende, kristallblaue Augen mich ein wenig einschüchtern, hält mir seine Hand entgegen. „Darf ich mich vorstellen? Mein Name ist Nero." Seine Stimme ist tief und sanft und ich fühle mich sofort wohl in seiner Gegenwart, obwohl er meinen Adrenalinpegel ganz schön hochjagt.

„Freut mich sehr. Ich bin Jade", entgegne ich und muss verhalten lächeln, als Nero mir einen Handkuss gibt. *Schön, dass es noch Männer der alten Schule gibt.* Mein Blick bleibt auf seinen Tattoos hängen, die von den Fingern bis unter den Ärmel seines Jacketts reichen. Totenköpfe, Schlangen, Schriftzeichen ... Sexy und warnend – doch ich blende es aus. Wenigstens heute.

„Wollen wir uns die Wartezeit vielleicht gemeinsam vertreiben? Wir könnten uns etwas an der Bar bestellen", schlägt er vor und blickt an mir vorbei zur Theke.

Kurz zögere ich und wäge alle Risiken ab. Ich bin auf einem Schiff unter vielen Leuten. Was kann da schon passieren? Samira wird in Kürze hier auftauchen. Außerdem komme ich mir dumm vor, hier alleine zu stehen. „Ja, warum nicht?“, entgegne ich deshalb schüchtern lächelnd.

„Aber das Sie werfen wir vorher über Bord, in Ordnung?“

„Sehr gern, Nero.“

Grinsend küsst er mich auf die Wange und legt seine Hand an meinen unteren Rücken, während er mich anschließend sanft in Richtung Bar schiebt. Sein Duft – ein herb-würziger Mix – hüllt mich ein, benebelt meine Sinne und meine Libido. Dieser Mann ist Gefahr und Versuchung zugleich. Das spüre ich bis ins Mark.

Wir bestellen Drinks und reden über die Schönheit dieses Schiffes, aber auch über unsere persönlichen Interessen und Hobbys. Ich schätze ihn mindestens fünf Jahre älter als mich, er wählt seine Worte mit Bedacht, weiß sich zu benehmen und zu artikulieren. Das macht ihn in meinen Augen noch attraktiver.

Wir plaudern eine Weile und mit jedem seiner Worte scheint er mich mehr und mehr in seinen Bann zu ziehen.

„Und du bist nun mit dem Studium fertig? Was erwartet dich nach dieser Fahrt?“ Sein smartes Lächeln ist es, das auch mich immer wieder ansteckt.

„Für mich erfüllt sich ein kleiner Traum, denn ich werde in einer Kanzlei anfangen. Das ist das, was ich immer schon machen wollte.“

„Schön. Es ist gut, wenn man seine Träume verwirklichen kann. Halte daran fest.“

Nun bin ich gespannt, womit Nero seine Brötchen verdient. Mit den Tattoos kann er sicher nicht überall arbeiten. „Was machst du denn beruflich, wenn ich fragen darf?“

„Selbstverständlich darfst du.“ Er sieht flüchtig an mir vorbei und nähert sich meinem Ohr. „Ich bin Auftragskiller und gerade im Dienst“, flüstert er geheimnisvoll. „Aber verrate mich nicht.“

Sofort weiche ich von ihm. Als mir das Herz tiefer rutscht und ich verdutzt die Augen aufreiße, lacht er los.

„Du glaubst aber auch alles.“ Wieder lacht er und kann kaum an sich halten. „Jade, das war Spaß. Ich bin Architekt und beruflich hier.“

Verlegen lächele ich, doch in Wirklichkeit ist mir überhaupt nicht nach Lachen zumute. „Ach, keinen Erholungsurlaub, du Scherzkeks?“

Er lächelt mit seinen makellosen, weißen Zähnen und umgarnt mich mit seinen tiefen Blicken. „Nein, kein Erholungsurlaub. Eigentlich habe ich neben Architektur damals auch Jura studieren wollen, aber letztendlich hat dann doch die Leidenschaft für die Erschaffung komplexer Gebäude, Boote und Anlagen gesiegt.“

„Bewundernswert. Wirklich.“

„Danke. Ich war am Bau dieses Schiffes maßgeblich beteiligt.“

Vor Erstaunen steht mir kurzzeitig der Mund offen. „Was du nicht sagst.“ Ich muss schlucken und sehe mich kurz um, um die Perfektion dieses Schiffes, die seine Handschrift trägt, erneut zu erfassen. „Unglaublich.“

„Zugegeben, es war schon eine enorme Herausforderung, all diesen außergewöhnlichen Luxus-Pipapo dieses Schiffes sicherheits- und unterhaltungskonform zu planen, aber es hat dann doch ganz gut funktioniert."

„Das ist dir wirklich hervorragend gelungen", schwärme ich und spüre, wie sich Hitze auf meine Wangen legt. *Bitte nicht rot werden, Jade. Du wirkst sonst wie ein verknalltes Groupie.* Doch ich bin restlos fasziniert von Neros Intelligenz und seinem Wissen über so viele verschiedene Bereiche. Er ist ein Mann mit Visionen und Ideen, die die Welt verändern können.

Galant schiebt Nero mir einen Sekt über die Marmorplatte des Tisches zu, an dem wir bereits mehr als eine volle Stunde stehen.

„Auf dieses prachtvolle Schiff, das du erschaffen hast." Langsam erhebe ich mein Glas, um mit ihm anzustoßen und ertappe mich dabei, dass ich den Moment am liebsten einfrieren möchte. Dieser Abend ist völlig anders verlaufen, als es der Tag bei der Abfahrt versprochen hat. Meine Skepsis ist beinahe wie weggeblasen. Es fällt mir schwer, ihm nicht ständig anerkennende Blicke zuzuwerfen.

Ein Feuerakrobat lenkt unsere Aufmerksamkeit auf sich, als er einen kometenhaften Feuerschweif mit einem lauten Rauschen in die Dunkelheit pustet.

Lautes Staunen von allen Seiten.

„Auf das Schiff und seine bezaubernden Gäste", prostet Nero mit einem smarten Lächeln zurück. Er strahlt das robuste Selbstvertrauen eines Mannes aus, der um seine imposante Erscheinung weiß.

Erst beim Schlucken bemerke ich peinlich berührt, dass es kein Sekt, sondern Champagner ist. Vermutlich ziemlich teurer Champagner. Und was für einer. Bereits der zweite Schluck benebelt kurzzeitig meine Sinne.

Für einen Augenblick ist es still und ich weiß nicht, was ich sagen soll, denn Neros stechender Blick bohrt sich in meinen, sodass mir noch schummriger wird. Das strahlende und gleichzeitig mysteriöse Blau von Neros Iriden, sowie die Art und Weise, wie er mich ansieht, lösen verborgene Sehnsüchte in mir aus. Die vielen Lichter, die nicht nur von den Lichterketten und den Spots im Boden des Decks kommen, verpassen der Szenerie den nötigen Touch Romantik, der mich innerlich seufzen lässt. Vor meinem inneren Auge blitzen Szenen einer heißen Liebesnacht mit diesem Fremden auf.

„Hier bist du!“ Samiras Stimme beendet den befremdlichen Porno im Phantasiezentrum meiner rechten Hirnhälfte, die auf Hochtouren laufen muss.

„Ähm, ja“, stammele ich und spüre wieder diese peinliche Hitze auf den Wagen.

Samira fokussiert Nero sofort, als sie sich zu uns gesellt. „Jade, möchtest du uns nicht vorstellen?“, stichelt sie breit grinsend.

„Nero“, entgegnet der sexy Kerl an meiner Seite und reicht ihr höflich die Hand.

„Ah ... Freut mich.“ Samira, die sofort auf seine tätowierten Hände starrt, schenkt ihm ein flüchtiges Lächeln und sieht mich verdutzt an. Das: „Was zur Hölle machst du da?“, steht ihr förmlich ins Gesicht geschrieben. Mir scheint, als hätten wir einen Rollentausch vollzogen. Normalerweise bin ich diejenige von uns mit diesem Blick. Doch da ich es schon über mich gebracht habe, dieses Schiff zu betreten, so kann ich wenigstens ein bisschen Spaß dabei haben. Wenn ich schon gegen jegliche Vernunft verstoße, macht ein bisschen Flirterei den Braten auch nicht mehr fett.

Mit den Augen gebe ich ihr ein Zeichen, dass ich gern noch etwas Zeit allein mit Nero haben möchte, worauf sie erst zögert, aber dann zu kapieren scheint und mir über die Schulter sieht.

„Sicher?“, flüstert sie wortlos, worauf ich eindringlich nicke. „Okaaay“, antwortet sie langgezogen und rollt mit den Augen, als könne sie nicht fassen, was ich im Begriff bin, zu tun. „Ah, ich glaube, da ist Amir. Ich wollte ihn noch etwas fragen. Ich komme nachher wieder. Seid ihr dann noch ... Ach, ich finde euch schon.“

Mit größter Mühe verkneife ich mir einen Lachanfall, weil Samira immer noch total ungläubig wirkt, und vermeide es entschieden, sie anzusehen.

„Jade, in dir steckt ein kleines Luder!“, flüstert sie mir ins Ohr, knufft mich in die Seite und verabschiedet sich bereit grinsend von uns.

„Wo waren wir stehengeblieben?“, werfe ich ein, als Nero seine Hand plötzlich auf meine legt, die immer noch den Stiel des Glases umfasst.

„Lust auf eine Clubtour? Viele gibt es hier zwar nicht, dafür die Besten. Zuerst gehen wir aber noch eine Kleinigkeit essen. Was sagst du?“

Bei dem Wort Essen muss ich an andere Dinge denken, auf die ich bei Neros Anblick Lust hätte. „Klingt nach einem super Abendprogramm.“ Und ziemlich verlockend – zumindest wenn wir nach dem Club noch einen Abstecher in seine Kabine machen würden. *Jade!*

Ermahne ich mich in Gedanken selbst. *Sag mal, spinnst du jetzt völlig?! Nero ist ein Fremder. Auch wenn er aussieht und ... riecht wie ein junger Gott. Nein!*

„Gut", sagt er ziemlich selbstsicher und nimmt mir das Glas aus der Hand, um es zusammen mit seinem beiseitezuschieben. Daraufhin rutscht er plötzlich näher zu mir heran und legt seine Hand auf meinen oberen Rücken, sodass mich ein angenehmer Schauer überkommt. Ich erteile Sendeverbot für jegliche Vernunft und Zweifel. Heute ist alles erlaubt. Nur heute.

Ich hake mich bei ihm ein und sauge das herb-männliche Parfüm auf, das er trägt. „Gut. Dann lass uns mal los. Ich bin gespannt, was mich erwartet."

Wir tauchen in die Lichter des Schiffes ein, während die Nacht den weiten Ozean verschluckt.

10. Kapitel

AMIR

Klassische Musik entspannt mein erhitztes Gemüt. Das sich anbahnende Tête-a-Tête, das ich zwischen Nero und dieser Jade aus der Ferne beobachtet habe, passt mir gar nicht. Ganz allein *ich* entscheide über die beiden Frauen. Weder Chalid noch Nero werden sich dort irgendwie einmischen oder in meinem Gebiet fischen.

Nero ist einer meiner engsten und langjährigsten Geschäftspartner. Auf seine Loyalität konnte ich in den vergangenen zwölf Jahren immer zählen – bis auf den Tag, an dem Balian uns verlassen hat. Ich hatte große Zweifel, ob Nero wirklich hinter mir stehen würde, wenn ich mich gegen meinen ehemals besten Freund stelle. Er hat die ganze Sache absolut nicht gutgeheißen und nur zähneknirschend hingenommen. Schließlich waren Balian, Nero und ich immer so etwas wie die „glorreichen Drei". Zu Beginn gab es nur Balian und mich. Er war mir eine große Stütze, als meine Mutter starb, und mein einziger Halt. Später kam Nero dazu. Wir waren wie Brüder. Manchmal war auch Neros Cousin Zuma dabei. Wir gründeten einen Geheimclub. Jeder von uns bekam einen lateinischen Decknamen. Balian hatte im Schrank seines Vaters ein Lateinisch-

Wörterbuch gefunden und wir fanden es irgendwie cool, da niemand diese Sprache verstand. Balian war Cordis – das Herz, wegen seiner Gutmütigkeit. Zuma entschied sich für den Stern – Stella, da er die Sterne liebte. Nero hieß Solis – wie die Sonne, weil er immer alles überstrahlte und dann gab es noch mich: Lacrima – die Träne, weil ich meine Mutter so vermisste und mich der Name immer an sie erinnern würde. Aber vor allem, weil es mir verboten ist, zu weinen. Also habe ich es verlernt. Unser Geheimclub - eine Familie, die ich lange nicht mehr hatte. Aber die Situation hat es erfordert – auch, wenn ich das nicht gewollt habe. Männer wie wir treffen große Entscheidungen, die manchmal ziemlich unangenehm sein können und weitreichende Konsequenzen mit sich ziehen. Unser Anführer kennt schließlich kein Erbarmen. So ist das nun einmal. Das hat mich mein Vater schon als Kind gelehrt.

Ich habe mich in meine Kabine zurückgezogen und stehe grübelnd vor dem Spiegel. Der Mann, der mir in dem Glas entgegenblickt, hat das Gesicht eines Engels – makellose Haut und eine Nase wie aus Stein gemeißelt – doch er ist keiner. Aus dem einst anständigen, kleinen Jungen mit den pechschwarzen Haaren, den mandelförmigen, dunklen Augen und dem unschuldigen Lächeln ist mit den Jahren eine Kreatur der Nacht geworden, für die sich seine Mutter schämen würde, würde sie noch leben. An meinen Fingern klebt das Blut von so vielen Menschen, dass ich irgendwann aufgehört habe, sie zu zählen. Es waren etliche. Und darauf bin ich nicht besonders stolz. Den ersten Menschen, den man getötet hat, vergisst man nicht, aber nach

Nummer drei und vier ist es Routine. Man sollte sich eben nicht mit uns anlegen. Die meisten Menschen zollen uns Respekt. Doch wer uns hintergeht – und das versuchen einige –, der sollte mit den Konsequenzen rechnen. Wir kommen im Stillen, tauchen ganz unbemerkt wie Schatten auf und zerstören unsere Feinde mit einem Lächeln. Ohne zu zögern.

Wie mein Vater, der ebenfalls ein einflussreiches Mitglied unseres Clans war, immer sagte: Wenn die Situation es erfordert, musst du funktionieren. Völlig emotionslos. Wie eine Maschine. Und genau so hat er mich erzogen. Zumindest so lange, bis es mit ihm zu Ende ging. Ab da war Balians Vater eine Art Vaterfigur für mich. Um ehrlich zu sein, fühle ich mich furchtbar wegen dem, was ich ihm antun musste. Doch ich hatte keine Wahl. Er hat mich verraten! Außerdem wären die Konsequenzen, die er durch das Darmawan-Syndikat hätte erleiden müssen, fatal gewesen. Am liebsten hätte ich ihm das Gegengift, von dem nur eine Handvoll Menschen wissen, heimlich zugesteckt. Leider hat sich keine Situation dafür ergeben.

Ich schlage den Kragen meines weißen Hemdes herunter und bringe meine dunkelblaue Seidenfliege in die richtige Position. *Was ist nur aus dir geworden, Amir?*

Hinter mir krächzt Karuzo, mein weißer Kakadu, den ich immer überallhin mitnehme. So abstrus das klingen mag, aber auch ein Mensch wie ich erfreut sich an schönen Dingen. In meinem Fall sind es Vögel, Katzen, klassische Musik und schöne Frauen. Allen vier lasse ich Raum in meinem Leben, doch stets nur zum kurzweiligen Vergnügen. Ich mag gutaussehenden Frauen, nicht die aufgestylten mit Tonnen von Make-up im Gesicht. Das ist auch der Grund, warum ich Sex nur in abgedunkelten Räumen habe. Ich will die Gesichter der Weiber, die ich ficke, nicht sehen – keine Bindung aufbauen. Einzig das Gefühl in der Situation bestimmt, ob ich komme oder nicht. Ein „bleibst du noch zum Frühstück“ hat es in meinem Leben nie gegeben und das wird es auch in Zukunft nicht. So bin ich eben – abgefuckt.

„Bist du soweit, Amir?“

Im Spiegel sehe ich, wie sich hinter mir die Kabinentür geöffnet hat und Chalid mit ungeduldiger Miene im Rahmen steht.

„Gib mir zwei Minuten.“

Chalid betritt die Kabine und lässt sich auf einem der Ohrensessel mit waldgrünem Samtbezug nieder.

Ich habe dich nicht hereingebeten.

Mit der Hand greift er in sein Jackett und fischt eine Zigarre heraus.

„Qualm mir nicht die Bude zu oder stell dich wenigstens ans Fenster. Karuzo mag das nicht besonders“, sage ich mit erhobener Stimme und ermahne ihn mit einem strengen Blick über das Spiegelglas, während ich mein Haar in Form bringe.

„Soll ich mal drüber lecken? Dann glänzt es noch schöner“, lacht Chalid, der meine Eitelkeit schon immer für verschwendet hielt. Dabei blitzt eine seiner Goldkronen im Kabinenlicht auf.

„Schnauze, Goldmine!“, zische ich gereizt und schließe die Manschettenknöpfe meiner Hemdärmel und ignoriere Chalids abschätziges Lachen.

„Wie aus dem Ei gepellt. Jetzt reicht's aber. Komm jetzt. Deine Perle nimmt dich auch so."

Grimmig hebe ich die Brauen in die Stirn. „Pass auf, was du sagst! Außerdem ist sie ganz bestimmt nicht meine Perle!"

„Ach komm, Amir. Ich habe genau beobachtet, wie du sie angesehen hast."

„Und wie?"

„Fasziniert." Chalid trifft es ausnahmsweise auf den Punkt, doch zustimmen werde ich ihm nicht. Das hätte er wohl gern.

„Ist das so?" Langsam drehe ich mich zu meinem Partner um und straffe die Schultern.

Die Luft im Raum scheint zu brennen, was ganz klar an mir liegt. *Warum bringt er mich mit Samira nur zu solch einer Reaktion?* Frauen sind mir in der Regel scheißegal. Ich bin kein Mann, der sich auf Beziehungen einlässt.

„Komm mal runter, Amir", höre ich Chalid in ruhigem Ton sagen, als ich die Augen schließe, um mich zu sammeln. „Das war nur ein Joke."

War es nicht. Das wissen wir beide.

„Was bist du nur so gereizt?" Die Frage meines Partners jagt mir die Hitze in den Nacken.

„Bin ich nicht", entgegne ich, lächele und deute mit dem Kopf zur Tür. „Lass uns gehen."

11. Kapitel

JADE

Das Knistern in der Luft nimmt mit jedem Schritt, den wir uns von der Bar entfernen, zu. Wir haben uns nach dem ersten Club doch dazu entschieden, an Deck spazieren zu gehen. Mein menschgewordenes Abenteuer hält mich an der Hand und zieht mich von Deck zu den Treppen.

So langsam kann ich Samira verstehen. Ein Abenteuer pusht das Ego. Daran kann nichts verkehrt sein.

Auf der oberen Stufe bleibt er stehen, dreht sich zu mir und drückt mich sanft mit dem Rücken gegen das Geländer. Eine Hand legt er auf eine Stelle knapp oberhalb meines Pos und zieht mich zu sich. Sein Blick bohrt sich intensiv in meinen, als würde er mich hier und jetzt vernaschen wollen. Langsam lehnt er sich vor und vergräbt seine Nase in meinem Haar. „Du riechst so gut", raunt er und liebkost begierig meinen Hals. Seine Küsse sind wie kleine Feuerquellen, die sich langsam ausbreiten und Stück für Stück meinen Körper in Brand stecken. Bevor ich etwas entgegnen kann, nimmt er mein Kinn und schiebt es mit dem Daumen in seine Richtung.

Ich finde mich in den Tiefen seiner Iriden wieder, die mich in seine Dunkelheit zu ziehen versuchen. Ein heftiges Kribbeln überrennt mich, als er seine Lippen auf meine legt. Seine Zunge erkundet meinen Mund und massiert die meine. Erst langsam, dann immer intensiver und schließlich leidenschaftlich.

Ein Räuspern lässt mich aufschrecken.

Es ist einer der Bediensteten, der Nero mit dem Kopf in Richtung des Treppenendes weist. „Könnten Sie vielleicht ... also nicht hier in der Öffentlichkeit ... Sie wissen schon. Das würde nur unnötiges Aufsehen –"

„Schon gut, mein Freund." Nero klopft dem Mann auf die Schulter. „Wir setzen unsere Orgie lieber unter Deck fort."

Ich kann nicht glauben, was er da gerade gesagt hat. Kichernd halte ich mir eine Hand vor den Mund, als der Bedienstete rot anläuft und kopfschüttelnd seiner Wege geht.

„Er weiß aber schon, wer du bist, oder?"

„Das will ich für ihn hoffen." Nero grinst verschmitzt. „Na dann wollen wir ihn mal nicht weiter in Verlegenheit bringen." Er geht in die Knie, umfasst meine Beine und wirft mich über seine Schulter.

Überrascht schreie ich auf und muss wieder lachen.

Wie seine erlegte Beute trägt Nero mich die Treppen hinab und ich habe den Eindruck, als wäre ich für ihn leicht wie eine Feder. „So bekommt der Satz: *Eine Frau abschleppen*, eine ganz andere Bedeutung", witzele ich.

Am Ende der Treppen setzt er mich ab.

„Ach ja? Glaubst du?"

„Eventuell ..."

Musik ertönt aus den Lautsprechern, die über den Gang verteilt an der Decke angebracht sind. Das Lied ist mir wohl bekannt. *Mirage* von *OneRepublic.* Ich trete einen Schritt vor Nero und tanze auffordernd auf ihn zu.

Elegant ergreift er meine Hand und wirbelt mich herum. Wir legen einen dunklen Tango-Rumba-Mix auf das Parkett und bewegen uns anmutig an den Kabinen vorbei. Dabei sehen wir uns so tief in die Augen, dass ich das Gefühl habe, wie auf Wolken durch ein Feuer zu tanzen. Mir ist abwechselnd heiß und kalt. Ich spüre förmlich das Adrenalin, das meinen Körper flutet wie ein Tsunami.

Wir tanzen an zwei Wachmännern vorbei, die links und rechts vom Gang jeweils einen Dobermann an der Leine führen.

Ich erfasse den Rechten in letzter Sekunde aus dem Augenwinkel heraus und muss ausweichen, um ihn nicht umzulaufen, denn ich habe – beschwipst wie ich bin – nur noch Augen für Nero.

Die Macht, die er ausstrahlt, übt er zweifelsfrei auch über mich aus. Zumindest solange er in meiner Nähe ist und meine Hand hält. Die Kontrolle über mein Lustzentrum habe ich längst oben an der Garderobe abgegeben.

Ich will schon weitertanzen, doch Nero zieht mich vor einer Kabine zurück. Seine Augen funkeln geheimnisvoll. „Hier wären wir." Er zieht eine schwarze Schlüsselkarte mit der goldenen Inschrift der *Infinite Horizon* aus der Tasche seiner Anzughose. Mit einem Klicken springt die Tür auf.

Hinter ihr verbirgt sich feinster Marmorboden, der zu einem großen Himmelbett mit Goldrahmen und schwarzen Satinlaken führt. Stilvolle Statuen im Stil der Zwanzigerjahre und große Palmen vor einer dunkelblauen Luxustapete schmücken den Raum.

Ich habe kaum Gelegenheit, mich genauer umzusehen, nachdem Nero die Tür zugedrückt hat, denn schon hebt er mich vor sich hoch. Und zwar so hoch, dass er mit dem Kopf unter dem silbernen Stoff meines Kleides abtaucht und ich meine Beine um seinen Hals klammere.

Sein heißer Atem trifft auf meine Mitte, die sich lustvoll zusammenzieht. Es sind nur wenige Schritte bis zum Bett, doch sie kommen mir wie eine Ewigkeit vor. Ich will diesen Mann spüren und mich in seine Dunkelheit reißen lassen. Jetzt!

Sanft legt er mich mit dem Rücken auf dem Bett ab. Ich tauche in glatten Satin und spüre, wie mein Slip seinen Weg über meine Schenkel findet. Nur wenige Sekunden später pfeffert Nero ihn in eine Ecke.

Er taucht wieder zwischen meinen Beinen ab und schon spüre ich die brennende Hitze, die sich wie ein Lauffeuer auf meinem Körper ausbreitet und jeden Zentimeter in Beschlag nimmt. Seine Zunge umspielt meine Klit und entfacht noch mehr Verlangen. Meine Hände graben sich in die schwarzen Laken, ich schließe meine Augen und lasse mich fallen.

Eine Welle der Lust bahnt sich in mir an, die ich plötzlich nicht mehr zulassen will. Ein ungutes Gefühl macht sich in mir breit, dass das, was ich im Begriff bin zu tun, nicht richtig ist. Das passt überhaupt nicht zu mir. „Halt, warte mal!"

„Was ist los?", fragt er, als er zwischen meinen Beinen wieder auftaucht.

„Ich … ich weiß nicht, wie ich es am besten sagen soll …“

Er legt den Kopf schief und sieht mich neugierig an.

Das ungute Gefühl nimmt immer mehr zu. Ich kann das nicht. Ich bin kein Typ für einen One-Night-Stand mit einem Fremden. So sexy er auch ist. „Ich fand den Abend wirklich schön …“

„Aber das ist dann doch etwas übereilt?“, liefert er mir, ganz Gentleman, eine Vorlage.

„Ja“, antworte ich und atme erleichtert aus. „Außerdem habe ich, glaube ich, ein wenig zu tief ins Glas geschaut. Du bist mir also nicht böse?“

Kurz sieht er mich einfach nur an. Dann lächelt er. „Natürlich nicht. Deine Reaktion zeigt, dass du eine verantwortungsbewusste Frau bist, die ihre moralischen Grenzen kennt und das spricht auf keinen Fall gegen dich.“ Nero rutscht an den Rand des Bettes und fährt sich mit einer Hand durch das Haar.

„Danke für dein Verständnis.“

„Ist doch klar.“

Langsam schwinge ich die Füße aus dem Bett, stehe auf und ziehe mein Outfit zurecht. „Ich sollte jetzt besser gehen. Es ist schon spät.“

Nero erhebt sich ebenfalls, hält auf mich zu und bleibt direkt vor mir stehen. Er greift nach meiner Hand und haucht einen seichten Kuss hinauf. „Es war mir eine Freude, dich kennenzulernen, Jade.“

„Mir auch“, wispere ich und lege die Hand auf die Klinke der Kabinentür, hinter der ich kurz darauf verschwinde.

12. Kapitel

BALIAN

Limanossa – die Insel der Verdammten, Bali

Die sengende Hitze und die hohe Luftfeuchtigkeit sind seit einiger Zeit meine ständigen Begleiter – die beim Auspowern wirklich keinen Spaß machen.

Mit meiner allseits präsenten Fußfessel beende ich meine Klimmzüge an dem alten, schmalen Torbogen der Ruine, die ich vorrübergehend mein Zuhause nennen muss. Zumindest, bis ich einen Plan habe, wie ich dieses Scheißding abbekomme. In welchem Umkreis ich mich bewegen kann, habe ich schon ausprobiert. Wenn ich einen bestimmten Radius überschreite, schaltet sich das kleine, rote Lämpchen ein und erlischt erst wieder, wenn ich mich zurückbewege. Die gesamte Insel habe ich mithilfe von Miroh mit kleinen Fähnchen abgesteckt, damit ich weiß, bis wohin ich mich gefahrlos bewegen kann. Bis zur nächsten kleinen Insel kann ich sogar schwimmen, doch dann endet mein Territorium. Verschiedene Versuche, meinen Fuß aus der Fessel zu lösen oder sie aufzuschrauben, haben nur dafür gesorgt, dass das rote Lämpchen aufleuchtete. Doch so schnell gebe ich nicht auf.

Aus den fernen Baumkronen sind der Gesang verschiedener Vögel und die Rufe von Affen und anderen größeren Tieren zu hören. Das ununterbrochene Zirpen aus den hohen Gräsern nehme ich schon gar nicht mehr wahr. Ein jeder, der zum ersten Mal den balinesischen Dschungel betritt, würde ehrfürchtig gebannt dieser Kakophonie lauschen, doch ich sehne mich nach Stadtlärm und richtiger Musik, die ich eine gefühlte Ewigkeit nicht mehr gehört habe.

„Hey, Balian, wir fahren gleich zum Strand. Brauchst du was?"

Ich recke den Kopf zu Miroh. Er ist wie ich Anfang dreißig und inzwischen wie ein Bruder für mich. Bei meiner Ankunft konnten wir uns beide nicht ausstehen. Ich war schließlich der verstoßene Mafiaeindringling und wurde hier nur geduldet, weil meine Mutter hier geboren wurde und mein Vater ihretwegen oft hier war. Ich weiß nicht mehr viel von ihr, denn sie starb, als ich fünf war. Ich war als Kind immer stolz auf sie, weil sie die einzige Tochter des Limanossa-Königs war. So hat das Volk hier seinen Stammesanführer genannt, als dieser noch lebte. Heute interessiert mich das nicht mehr, denn ich will gar nicht hier sein. Der Feindschaft des Volkes zu den Mitgliedern des Darmawan-Syndikats und meinen Wurzeln habe ich es zu verdanken, dass ich noch lebe und hier in Sicherheit bin. Die Darmawan, denen ich zuvor angehörte, dürfen diese Insel nicht betreten. Diese Regel ist Teil einer uralten Vereinbarung. So lange diese eingehalten wird, herrscht Waffenruhe. „Ob du was brauchst, habe ich gefragt, Mann!", reißt Miroh mich aus meinen Gedanken.

Kurz neige ich meinen Kopf und werfe ihm einen flüchtigen Blick zu. „Nein, für mich nichts. Danke."

„Willst du nicht wenigstens bis zur Grenze mitkommen?", möchte Miroh wissen, der in zerschlissenen Jeans und freiem, mit wilden Tattoos verziertem Oberkörper hinter mir steht.

„Bis zur Grenze", lache ich schief, drehe mich um und ziehe grimmig die Brauen zusammen. „Und dann parkt ihr mich wie einen angeleinten Hund, bis ihr wieder da seid? Nein danke."

„Komm schon. Wir schnappen uns die Maschinen und brettern ein bisschen durch den Dschungel. Racim und Dracu sind auch am Start."

„Ich sagte ...", ich mache eine kurze Pause und atme laut durch. „Nein danke."

„Na schön", er klopft mir aufmunternd auf die Schulter. „Wir sind in zwei Stunden zurück." Sein Blick wandert zu meinen Oberarmen. „Wenn du so weitermachst, machst du Popeye noch Konkurrenz."

Ich lächele verhalten und schüttele den Kopf. „Ist klar. Komm hau schon ab." Mit einem neckischen Grinsen verabschiedet Miroh sich von mir und verschwindet hinter einem Busch. Kurz darauf höre ich aus der Ferne die drei Motorräder aufheulen – begleitet von panischem Flattern einiger aufgescheuchter Vögel. Mir ist heute nicht nach Gesellschaft.

So wie gestern.

Und morgen.

13. Kapitel

SAMIRA

Es ist kurz vor Mitternacht. Zugegeben: Ich bin etwas gefrustet, weil ich Amir den ganzen Abend nicht gesehen habe, Jade und den blonden Kerl habe ich aus den Augen verloren und nun stehe ich ganz allein am Bug. So war das nicht geplant. In meinen Händen halte ich ein Sektglas, das ich schon bis zur Hälfte geleert habe, und sehe in den dunklen Abendhimmel.

Die Sterne spiegeln sich im glitzernden Wasser, das finster und unheimlich erscheint.

Ich komme mir lächerlich vor, weil ich mir eingebildet habe, dass mit Amir etwas laufen könnte und ich mich extra rausgeputzt habe mit diesem wunderschönen Kleid von Jade. Was nützt der wunderschöne Stoff an meinem Körper, wenn dieser nur dazu dient, mein wahres Ich zu verschleiern? Ich bin eine ehemalige Studentin, die keinen festen Plan für ihr Leben hat. Was will Amir also mit mir? Bei mir steht noch alles in den Sternen. Ich lebe von Tag zu Tag, bin der Kunst verfallen und schlage mich durch – in der Hoffnung, dass sich irgendwann meine Träume erfüllen. Nicht besonders anziehend für einen Mann wie Amir, der wahrscheinlich nichts dem Zufall überlässt.

Ich beuge mich ein wenig vor und beobachte, wie sich die Wellen am Bug des Schiffes brechen. Das Wasser muss eiskalt sein und, der Dunkelheit nach zu urteilen, auch verdammt tief. Hier möchte man nicht hineinfallen. Auch wäre ich nicht so leichtsinnig, hier hineinzuspringen, wie es manche Menschen tun, die mit ihren kleinen Yachten aufs Meer fahren und einfach ins kühle Blau springen. Was das angeht, bin ich ein bisschen wie Jade: vorsichtig. Man weiß nie, was gerade unter einem schwimmt und eine Bekanntschaft mit einem Raubtier der Tiefe möchte ich nicht machen.

Vor meinem inneren Auge baut sich das Bild von einem großen Weißen Hai auf, der sein Maul mit den messerscharfen Zähnen bedrohlich aufreißt, als sich etwas um meinen Hals legt. Sofort zucke ich zusammen und gebe einen leisen Schrei von mir. Ich sehe an mir herab und bemerke den Ärmel eines schwarzen Jacketts, der auf meiner Brust aufliegt, sowie eine tätowierte Hand.

„Wir kommen doch nicht etwa auf dumme Gedanken?“, raunt mir eine vertraute, dunkle Stimme ins Ohr, die im Nu dafür sorgt, dass sich alle Härchen meines Körpers aufstellen.

Ich schließe die Augen und sauge den herb-männlichen Geruch von Amir ein, den ich überall erkennen würde. „Das würde mir nie einfallen“, antworte ich flirtend, halte die Augen geschlossen und genieße den Moment, in dem ich ihm so nah bin. So nah, wie ich es mir den ganzen Abend gewünscht habe. *Samira, du redest hier mit deinem Boss!*, erinnert mich meine innere Stimme.

Zu meiner Überraschung wandert Amirs Hand langsam meinem Hals hinauf und löst damit ein heftiges Kribbeln in mir aus, das sich besonders in meinem Schoß intensiviert. *What the Fu…?!*

„Entschuldige, ich konnte mich von meinen Terminen nicht freimachen. Eigentlich hatte ich vor, früher hier aufzuschlagen."

„So?"

„Na, ich möchte gern genauer wissen, wer für mich arbeitet. Und von dir weiß ich noch nicht besonders viel." Er lehnt sich neben mir an die Reling.

„Oh, okay." Ich spüre, wie sich Hitze auf meine Wangen legt.

Seine Hand streicht über meine Schulter und für einen Augenblick wirkt er wie erstarrt. „Was hast du da auf der Schulter?"

„Ach, mein Tattoo." Ich lache auf. „Sag bloß, du findest es auch so merkwürdig wie Jade?"

„Nein, eher … interessant. Was stellt es dar?"

„So richtig ist mir das auch nicht klar. Ich habe oft davon geträumt, als ich jünger war. Ich erkenne darin so etwas wie eine Sonne, einen Tropfen und ein paar seltsame Zacken. Es könnte ein Stern sein, der sich versteckt."

„In jedem Fall eine interessante Interpretation", sagt er nachdenklich und wird still. Doch schnell fängt er sich wieder. „Hast du Lust, noch etwas zu unternehmen?"

„Sehr gern. An was hast du denn gedacht?" Neugierig lege ich meinen Kopf schief und sehe ihn an. *Wie kann ein Mensch nur so schön sein?*

„Du darfst aussuchen. Was es hier alles gibt, weißt du ja bereits, nehme ich an?"

„Natürlich. Ich habe mich als vorbildliche Mitarbeiterin selbstverständlich informiert."

„Gut, dann schieß mal los."

Mit dem Zeigefinger über meine Lippen reibend, taxiere ich ihn.

Etwas Geheimnisvolles liegt in seinem Blick, das ich noch nicht deuten kann.

„Wie wäre es mit Tanzen? Ich stehe mir schon die ganze Zeit die Beine in den Bauch. Ein wenig Bewegung könnte nicht schaden", schlage ich vor und bin überrascht, als Amir mit einem Nicken einwilligt. Die meisten Männer tanzen nicht gern.

Fünfzehn Minuten später erreichen wir den Club gegenüber eines Kinos. Vor dem Eingang bleibe ich stehen und sehe sehnsüchtig auf das große Filmplakat. *Casablanca.*

„Toller Film, nicht wahr?"

Amir zuckt mit den Schultern. „Keine Ahnung. Hab ihn nie gesehen."

Echauffiert reiße ich die Augen auf. „Waaas? Wie kann man den denn nicht gesehen haben?"

Ein Lächeln huscht über Amirs Lippen, während ich mich darüber amüsiere, eine Lücke in seinem scheinbar perfekten Mann-von-Welt-Dasein entdeckt zu haben.

„Weißt du was? – Ich habe es mir anders überlegt", sage ich und winke ihn mit dem Zeigefinger zu mir heran. „Vergiss das Tanzen. Wir schauen jetzt *Casablanca.*"

„Im Ernst? Das ist doch ein Frauenfilm, oder nicht?“, hakt er nach. „Okay. Du darfst aussuchen. Dann der Film. Ich glaube, die Nachtvorstellung hat allerdings schon angefangen.“

„Das macht mir nichts. *Ich* kenne ja den Film“, lache ich und hake mich bei Amir ein.

Wir schlendern durch den Eingang, genehmigen uns jeweils eine große Tüte Popcorn, Chips und Softdrinks und nehmen in der Loge des kleinen Filmsaals Platz. Von der Mitte der letzten Reihe aus hat man wirklich die beste Sicht.

Entspannt lehne ich mich im Sitz zurück und genieße es, dass Amir den Arm um mich legt.

Auf dem Sitz neben mir liegt eine Basecap, nach der ich greife und sie ihm aufsetze. „Hier, damit dich niemand in dem Weiberfilm erkennt.“

Lachend lässt er es zu und behält die Kappe auf.

Ich glaube, wir haben mehr als nur ein paar Minuten verpasst, doch das macht mir nichts aus. Flüsternd erzähle ich Amir, was bisher in der Handlung geschehen ist, doch vor uns dreht sich ein Mann herum und hält den Zeigefinger auf seine Lippen gepresst. „Shhh! Ich bitte um Ruhe.“

Amir lässt sich schmunzelnd tiefer in den Sitz sinken.

„Ich glaube, der hat dich nicht erkannt.“

„Das glaube ich auch“, entgegnet er sichtlich amüsiert. Es erweckt fast den Anschein, dass er es richtig genießt, mal nicht er sein zu müssen.

Als ich nach der Tüte Chips greife, die sich nur laut knisternd öffnen lässt, kassiere ich einen weiteren, bösen Schulterblick des Mannes vor uns. „Ich glaube, der mag mich nicht besonders", flüstere ich, den Kopf gegen Amirs Schulter gelehnt und stecke mir einen Chip in den Mund, den ich laut knuspernd und ausgiebig langsam kaue.

„Wieso? Kann ich gar nicht verstehen", albert Amir herum, wühlt ebenfalls in der knisternden Tüte und steckt sich zwei Chips zwischen die Zähne, die er laut krachend zerbeißt.

„Jetzt ist aber Schluss!" Dem Mann vor uns ist wohl die Hutschnur geplatzt. Er springt von seinem Sitz auf und baut sich bedrohlich vor uns auf.

Amir tut es ihm unvermittelt nach.

„Das ist eine Unverschämtheit!", schimpft der Mann. „Das werde ich melden!"

„Einverstanden. Dann machen Sie es doch gleich", Amir zieht die Basecap ab, „jetzt."

Der Mann, der ihn natürlich sofort erkennt, zuckt zusammen. „E-E-Entschuldigung", stammelt er und wird immer kleiner. Unsicher wandern seine Augen von Amir zu mir und wieder zurück. „Ich wünsche einen angenehmen Abend", sagt er schließlich und verlässt den Saal.

Amir sieht ihm nach und setzt sich wieder neben mich.

„Wow, der hatte aber die Hosen voll", stelle ich belustigt fest. „Du scheinst hier das Sagen zu haben."

„Zum Glück nicht. Sonst hätte ich hierfür keine Zeit." Ein Funkeln tritt in seine Augen. Dann rahmt er mein Gesicht mit seinen Händen und synchronisiert Rick, just in dem Moment, als dieser im Film die legendären Worte spricht: „Ich seh dir in die Augen, Kleines."

„Du kennst den Film doch."

„Was denkst du denn?", lacht er kurz und lässt dabei mein Gesicht nicht los. Dann lehnt er sich vor und legt seine Lippen auf meine.

Sehnsuchtsvoll gebe ich mich ihm hin. In seinem Kuss liegt etwas Forderndes und zugleich etwas Zartes. Unsere Zungen umgarnen einander, was mir ein heißes Prickeln auf die Haut zaubert.

Amir löst sich ganz langsam von mir und grinst. „Komm, lass uns etwas spazieren gehen. Den Film kennen wir ohnehin beide." Amir erhebt sich von seinem Platz und reicht mir die Hand.

„In Ordnung", sage ich und lasse mir von ihm aufhelfen.

Als wir durch den Ausgang des Kinos ins Freie treten, schlägt mir rauer Seewind um die Ohren.

Ganz Gentleman zieht Amir sein Jackett aus und legt es mir über die Schultern.

„Danke."

„Ich kann nicht verantworten, dass du dich erkältest und dann beim Arbeiten ausfällst", neckt er mich, woraufhin ich mit den Augen rolle.

Aus dem Club dröhnt laute Musik und die Lichter der Stroboskopblitze dringen durch die Fenster bis nach draußen.

„Na, dann komm." Amir legt seinen Arm um mich und wir flanieren über das Deck.

Der Himmel ist vollkommen wolkenlos und stockfinster. Die Sterne am Firmament leuchten so hell, dass ich nach wenigen Metern stehenbleibe und auf die Reling zusteuere.

Amir stellt sich hinter mich, während ich mit den Händen die Reling umfasse und hinauf in die Sternennacht sehe.

„Woran denkst du?", flüstert er geheimnisvoll und drückt sich an mich.

„Wie unglaublich schön es hier ist."

„Ist das so?", raunt er und ist mir plötzlich so nah, dass der verführerische Duft seines herb-männlichen Parfüms mich einhüllt.

Über die heißen Szenen, die sich daraufhin in meinem Kopf abspielen und selbst *Fifty Shades* in den Schatten stellen würden, möchte ich ihn lieber nicht in Kenntnis setzen. „Um ehrlich zu sein ... Ich genieße einfach diesen wunderschönen Abend auf dieser wahnsinnig abgefahrenen Yacht."

Hinter mir höre ich Amir dunkel auflachen. „Das findest du also schon abgefahren?"

„Du etwa ni–" Ich stoppe mich selbst, atme einmal tief durch und öffne die Augen. Ich drehe mich um, sodass ich mich von seinen Händen befreie und genau vor ihm stehe.

Unsere Gesichter sind nur eine Handbreit voneinander entfernt, was mich gleichermaßen erschreckt, wie in Ekstase versetzt.

„Oh ja. Schon klar", setze ich an und stocke kurz, weil ich mich in Amirs hübschem Gesicht verliere. „Du kennst das alles ja schon. Da wäre ich an deiner Stelle auch nicht mehr beeindruckt."

„Oh, ich bin sehr wohl beeindruckt." Er kneift kurz die Augen zusammen, in denen ich meine, ein kleines Feuer auflodern zu sehen. „Aber nicht vom Schiff."

Ich muss kräftig schlucken und drehe mich schnell wieder herum. Den Blick starr auf das dunkle Meer gerichtet. Amirs Worte gehen mir durch Mark und Bein, doch ich möchte nicht, dass er mir das ansieht. „Ist das so?", zitiere ich ihn schließlich frech und versuche, nicht zu lachen.

„Ganz schön kess, junge Dame. Warum glaubst du überhaupt, so mit mir reden zu dürfen?"

Kurz erstarre ich und spüre, wie mir die Hitze ins Gesicht schießt. Ich schlucke den Kloß, der sich in meinem Hals gebildet hat, hinunter und straffe unbeeindruckt die Schultern. „Warum hast du vorhin geglaubt, mich einfach küssen zu dürfen?" Meine vorlaute Gegenfrage lächelt er hörbar weg und räuspert sich. Dann drängt er sein Kinn auf meinen Hals, den ich instinktiv schief lege und vergräbt seine Nase in meinem Haar. Als er tief einatmet, schließe ich die Augen.

Mir jagt ein angenehmer Schauer über den Körper.

„Ich habe beobachtet, wie du mich schon den ganzen Tag über angesehen hast. Doch selbst wenn ich dich so heiß fände, dass ich dich auf der Stelle ficken würde, bedeutet das nicht, dass du hier den Ton angeben kannst. Das obliegt ausschließlich mir", höre ich seine Stimme ganz leise und nah an meinem Ohr und spüre, wie meine Knie butterweich werden.

„Entschuldige", entgegne ich, öffne die Augen erneut und kann mir ein Grinsen nicht verkneifen.

„Sieh auf das Meer", befiehlt er streng, als sich etwas Kaltes um meinen Hals legt.

Als meine Hand nach oben wandert, ertaste ich eine Kette mit einem Anhänger. „Was?"

„Es ist eine Nachbildung vom *Herz des Ozeans* aus dem Film *Titanic*. Der Klunker ist nicht ganz so teuer wie das Original, aber ich hoffe, es gefällt dir trotzdem. Als ich dich in der Bar gesehen habe, wusste ich, dass ich dir gern ein Geschenk wie dieses machen würde."

„Oh, wow. Danke. Ich weiß gar nicht, womit ich das verdient habe."

„Muss es denn immer einen Grund für Geschenke geben?", raunt Amir, als ich zeitgleich seine Hand spüre, wie sie unter meinen Rock wandert. „Jetzt sieh wieder auf das Meer. Spürst du", spricht er leise, während ich seine Lippen an meinem Ohr fühle, „die tiefen Abgründe?" Mit der anderen Hand schiebt er den Rock meines Kleides nach oben und bahnt sich mit der anderen den Weg unter meinen Slip. Seine Finger reiben meine Klit, was mich ziemlich tief die kühle Meeresluft einsaugen lässt. „So feucht und wild." Seine Berührungen sind gezielt, hart und lassen mich nass werden wie Schmelzeis.

Bei Gott, wo hat er gelernt, mich so zu berühren?! Meine Beine sind schon ganz wackelig, was definitiv nicht am Wellengang liegt. Ich spüre etwas Hartes, das gegen meinen Po drückt und mich beinahe um den Verstand bringt. Ich weiß kaum noch, wo unten und oben ist, als ich weiter Zeugin von Amirs Fingerfertigkeit werde. Damit habe ich nun wirklich nicht gerechnet. Dunkle Wolken ziehen in Schleiern vor den Mond und verwandeln den Himmel in ein malerisches Bild, als Amir mir Erlösung gibt. „Wow!" Ich räuspere mich. „Das kam überraschend." Aufgewühlt fahre ich mir durch das Haar und habe große Mühe, mich zu sammeln. Die Meeresbrise erfrischt meine glühenden Wangen, doch die Hitze zwischen meinen Beinen lässt sich nicht so einfach herunterkühlen.

„Ich würde gern noch intensiver die Weiten der Meere erkunden." Er küsst sanft meinen Nacken. „Aber nicht hier", raunt er geheimnisvoll und rückt den Rock meines Kleides wieder zurecht. Seine Worte klingen wie ein dunkles Versprechen. Ich bin wie erschlagen von diesem Mann, der so dunkel und verboten heiß ist!

14. Kapitel

JADE

Das gleißend helle Licht der Sonne blendet mich, als ich völlig übermüdet am Morgen meinen Dienst am Treffpunkt an Deck antrete. Salzige Luft wird durch eine kräftige Brise in mein Gesicht geweht, als ich die Treppe nehme. Als würde sie mich wachpeitschen wollen. Mein blondes Haar habe ich zu einem französischen Zopf geflochten, doch auf Make-up habe ich weitestgehend verzichtet. Die Augenringe hätte ich ohnehin nur schlecht wegschminken können. Die ganze Nacht habe ich kaum ein Auge zugetan, da Samira nicht wieder in unsere Kabine zurückgekehrt ist. *Wo hat sie sich rumgetrieben? Geht es ihr gut? Wo ist sie nur?*

Bleierne Müdigkeit nagt an mir. Ich bin noch nicht bereit für diesen Tag. Gerade noch pünktlich erscheine ich unweit der Gästeliegen auf Deck eins – dem, das noch am normalsten aussieht. Vielleicht ist dieses für die unteren Klassen. Wie ich gestern Abend von Nero erfahren habe, unterhalten Samira und ich in den nächsten Wochen eine geschlossene Gesellschaft, die auch in Klassen und somit in Decks unterteilt ist. Auf Deck eins befinden sich die Kabinen der Angestellten.

Deck zwei beheimatet die „untere" Klasse der Gesellschaft, die aus den Mitgliedern des Darmawan-Syndikats besteht, die eher Fußvolk sind. Was dieser Name genau bedeutet, darauf ist Nero nicht weiter eingegangen, sondern hat geschickt mit einem Handkuss und der Vorstellung einiger Gäste abgelenkt. Auf Deck drei halten sich die höher angesehenen Gäste und auf Deck vier die ganz hohen Tiere auf.

Zu mir gesellen sich nach und nach fünf Männer und sieben Frauen, doch Samira ist nicht dabei. Fahrig streiche ich mit den Fingern über die Spitzen meines Zopfes. Der Optik nach zu urteilen, sind wir ein bunt gemischter Haufen aus aller Welt. Verhalten lächele ich der Frau neben mir zu, doch sie ignoriert mich. *Hm. Dann eben nicht.*

Gedanklich tausche ich schon mit Samira die neusten Storys zu letzter Nacht aus. Sie wird nicht glauben, in wessen Bett ich beinahe gelandet bin. Beziehungsweise, dass ich überhaupt in jemandes Bett abgetaucht bin ... nun ja bevor ich die Flucht angetreten habe. Der Hall des berauschenden Gefühls, das ich durch Neros Berührungen erlebt habe, geht mir durch und durch. Es war toll – keine Frage. Aber es abzubrechen war die richtige Entscheidung. Ein One-Night-Stand ist nicht mein Ding.

Der Klang von Absätzen entführt mich schonungslos ins Hier und Jetzt.

Eine Frau im dunkelgrauen Stiftrock tritt vor uns und bedenkt uns mit einem strengen Blick. Ihr Erscheinungsbild mit dem aalglatt zurückgenommenen, dunklen Haar, das sie zu einem Dutt hochgesteckt hat und der weißen Bluse, hat etwas Oberlehrerhaftes an sich. In ihrem Arm hält sie ein Klemmbrett, das sie so nah an ihre Brust drückt, als müsse sie die Blätter oder was auch immer sie da mit sich herumträgt, mit ihrem Leben beschützen. Aus der Brusttasche ihrer Bluse zieht sie eine kleine Lesebrille, die sie auf ihre spitz zulaufende Nase setzt. Ihr Gesicht wirkt durch die hervortretenden Wangenknochen und die viel zu dünn gezupften Augenbrauen über den hellblauen Augen so seltsam, dass ich ständig hinschauen muss. Die glatte Haut um ihre Augen verrät mir, dass sie kaum älter ist als ich, aber dieser biedere Kleidungsstil lässt sie mindestens zwei Jahrzehnte älter aussehen.

Die Nervosität hängt in der Luft wie der Duft vor einem aufziehenden Gewitter, als ich mich nach Samira umsehe. Ich hoffe, dass sie doch noch auf den letzten Drücker angehechtet kommt, wie an manchen Tagen, wo sie mal wieder von einem Termin zum nächsten hetzen muss. Aber es ist keine Spur von ihr zu sehen. Jetzt mache ich mir ernsthaft Sorgen. *Wo zur Hölle ist sie? Das ist überhaupt nicht ihre Art. Ich würde die Hand dafür ins Feuer legen, dass sie mich niemals hängen lassen würde. Niemals! Aber diesem Amir ... dem traue ich nicht einen Meter über den Weg. Wenn er ihr etwas angetan hat ... Ich mag gar nicht daran denken.*

Die salzige Meeresluft weht durch mein geflochtenes Haar und löst eine Strähne, die ich schnell hinter das Ohr streiche.

„Meine Damen und Herren“, die strenge Oberlehrerin räuspert sich, kneift die Augen leicht zusammen und scannt uns, Person für Person, der Reihe nach ab. „Mein Name ist Mrs. Barcley – Ihre Ansprechpartnerin und in erster Regel Aufseherin.“ Ihr eisiger Blick bleibt an mir haften, als könne sie meine unruhigen Gedanken lesen, die immer noch um das Rätsel des Verbleibs meiner Freundin kreisen.

Daher versuche ich so entspannt wie möglich zu wirken und einen neutralen Gesichtsausdruck aufrechtzuerhalten. Dass es in mir von Minute zu Minute turbulenter zugeht, möchte ich lieber verbergen. Ich kenne diese Menschen hier nicht und werde einen Teufel tun, etwas Persönliches außer meinem Namen preiszugeben.

Mrs. Barcley nimmt das Klemmbrett zur Hand und geht eine Liste mit Namen durch. Jede aufgerufene Person tritt vor und wird von der Dame mit den eisblauen Augen genau ins Visier genommen.

Als mein Name fällt, gehe ich einen Schritt vor, doch mit ziemlich wackligen Beinen, was auch Mrs. Barcley aufzufallen scheint.

Misstrauisch hebt sie eine Braue. „Ich hoffe, wir sind nüchtern. Sie sollen sich gestern Abend an Deck regelrecht verausgabt haben." Sie scheint die Worte, die sie gesprochen hat, noch einmal von ihrem Klemmbrett abzulesen. „So wurde es mir vom Personal zugetragen."

„Natürlich bin ich nüchtern – und verausgabt habe ich mich nun wirklich nicht", entgegne ich und halte ihrem prüfenden Ausdruck stand.

„Wollen Sie nun hier die Aufsicht übernehmen?", entgegnet die Dame scharf. „Mir scheint, Sie maßen sich an, meine Kompetenz infrage zu stellen!"

„Nein, das habe ich doch gar nicht –", will ich mich verteidigen, doch die Frau hebt mahnend die Hand, um mich zum Schweigen zu bringen.

„Das will ich für Sie hoffen. Und dass ihr Alkoholpegel im Nullbereich ist, ebenfalls."

Ist denn das zu fassen? Ich kann nicht anders, als sie ungläubig anzusehen.

„Sie wären nicht die Erste, die bei der Aussicht auf den vielen Champagner zu tief ins Glas geschaut hat. Das Angebot auf diesem Schiff scheint für den ein oder anderen hier wohl doch zu verlockend zu sein."

„Entschuldigen Sie mal", starte ich einen weiteren Versuch, mich zu verteidigen, doch gebe es auf, als sie mir den Rücken zudreht.

„So, jetzt an die Arbeit!", scheucht sie uns auf und ich sehe baff dabei zu, wie die anderen Mitarbeiter sich hektisch auf dem Deck verteilen.

15. Kapitel

BALIAN

Lishia Anwesen, Limanossa, Bali

Eiskaltes Wasser hüllt mich ein und trifft mich wie tausend Nadelstiche, während Dunkelheit mich umgibt und ich von der Schwerkraft nach unten gezogen werde. Meine Lungen sind nicht vorbereitet für so einen Tauchgang, aber wenn ich nicht draufgehen will, muss ich durchhalten. Ich muss kämpfen wie ein Krieger für Gerechtigkeit. In meine Handgelenke, die ich unfreiwillig hinter dem Rücken halte, beißt sich ein fransiger Strick, den ich so schnell wie möglich loswerden muss. Die Bewegungen, mit denen ich mich zu befreien versuche, werden zunehmend hektischer, je tiefer ich sinke. Der Druck, der auf meiner Brust lastet, wird unerträglich und lässt Wut in mir aufkeimen. Eine Wut, mit der ich mir meinen Lebenswillen nicht nehmen lasse. Mit einer Kraft, die ich zuvor nie in dieser Intensität gespürt habe, reiße ich mich von den Fesseln los. Sehe Amirs schmieriges Lächeln vor mir und schaffe es, auch meine Füße zu befreien. Ich will und werde diesem Kerl für diesen Verrat an unserer Freundschaft die Fresse polieren. Sei es das Letzte, das ich tun werde. Mit letzter Kraft, die von Sekunde zu Sekunde schwindet, versuche ich, die Wasseroberfläche zu erreichen, und bin einer Ohnmacht nahe. Sollte ich das hier überleben, werde ich den Mistkerl ebenfalls versenken – aber mit einbetonierten Füßen. Scheiß auf die vielen Jahre, in denen wir Freunde waren, füreinander einstanden und einander beschützt haben – diese Sache macht uns nun zu Feinden. Für immer.

„Balian?“ Es ist Crita, eine der Stammesältesten, die den Kopf durch den Rahmen meiner Zimmertür steckt. „Kommst du? Wir warten unten schon auf dich, mein Junge.“

„Ich frühstücke später.“ Allein.

„Schon wieder?“ Ein trauriges Seufzen entkommt ihr.

„Akzeptiere es oder lass es“, antworte ich gleichgültig und stelle mich vor das große Bücherregal, das mit den persönlichen Schätzen meines Vaters gefüllt ist. Er hat schon als Teenager Erstausgaben großer Schriftsteller gesammelt. Mich hat es immer gewundert, dass ein so beschäftigter Mann wie er Zeit und Nerven für Literatur übrighat. Ich habe mich nie sonderlich dafür interessiert, aber nun habe ich mehr Zeit, als mir lieb ist, und die kann ich nicht nur mit Sport verbringen. Da ich im Augenblick kein besonders geselliger Mensch bin – erst recht seitdem ich hier bin –, halte ich mich viel in meinen Räumen auf, denn ich habe eine ganze Etage für mich.

„Also schön“, brummt Crita und stampft die Treppenstufen unüberhörbar laut hinab, um ihren Unmut gebührend zum Ausdruck zu bringen.

Ich bin kurz davor, ihr eine Entschuldigung hinterherzurufen, doch ich belasse es bei einem nüchternen Schulterzucken.

Crita ist eine wirklich gute Seele – so wie eigentlich alle hier auf Lishia, die mich in ihre Gemeinschaft, eher Familie, aufgenommen haben. Critas verstorbener Mann und mein Vater waren sehr gute Freunde. Daher gehöre ich irgendwie dazu. Erst recht, seit ich an diesen Ort gebunden bin, um meine Strafe abzusitzen und keine Gefahr mehr für Amir darzustellen. Ich denke zwar nicht, dass er Angst vor Rache durch meine Hand hat, aber seit einigen Jahren ist es mir unmöglich geworden, hinter seine kalte Fassade zu schauen. Das war einst anders.

Verärgert sehe ich zu dem Metallriemen an meinem Fußgelenk, der sofort zu blinken beginnt, wenn ich die Schutzzone verlasse. Es war eine ziemlich heikle Aktion, herauszufinden, wie weit ich mich wegbewegen kann. Doch inzwischen ist der Radius klar und markiert. So weiß ich wenigstens genau, bis wohin ich mich gefahrlos fortbewegen kann.

Der Radius beträgt genau zehn Kilometer von diesem Anwesen. Ein bisschen Wasser. Ein bisschen Land. Meine kleine Welt. So klein. So dunkel.

So einsam.

16. Kapitel

JADE

Infinite Horizon, irgendwo auf dem pazifischen Ozean

„Hey, du bist Jade, richtig?“ Eine Blondine winkt mich zu sich.

„Ja.“

„Ich bin Masha. Komm, ich erkläre dir, was zu tun ist.“

Da ich der strengen Mrs. Barcley nicht erneut begegnen möchte, eile ich zu Masha herüber.

„Also, im Prinzip ist es schnell erklärt. Auf Deck eins ist es ein ganz normaler Wassergymnastikkurs. Auf Deck zwei musst du ein bisschen dazu tanzen“, erzählt die platinblonde Frau mit den kleinen Augen und dem russischen Akzent. Sie hat eine tolle Figur, die sie in ihren engen Hotpants und dem weißen Shirt nicht versteckt.

„Tanzen?“

„Natürlich. Soll den Gästen doch hier gefallen.“ Masha nickt, als sei es das Normalste der Welt, dass die Gäste auf diese Art bespaßt werden.

„*T-tanzen*?", stammele ich und habe diese Frage mehr als Hinterfragen gemeint, ob ich ihre Aussage richtig verstanden habe.

Verwirrt sehe ich Masha an, als sie ihre Hüften lasziv schwingt. Und zwar so gekonnt, als habe sie jahrelang in einem Stripclub gearbeitet.

„Gehst du nicht zum Unterricht bei Mrs. Barcley?"

„Hm?"

„Da bekommst du alles beigebracht. Tanzen und noch vieles mehr."

Ich kann ihr nicht ganz folgen und hebe eine Braue.

„Siehst du? Ungefähr so." Masha lächelt, als sei ihre verwirrende Aussage irgendwie verständlich. Es sieht so leicht aus, als sie ihre Hüften schwingt, doch ich bin mir sicher, dass jede Menge hartes Training dahintersteckt. „Das kriegst du sicher hin. Sonst helfe ich dir."

Ich schlucke heftig, denn sie scheint das wirklich ernst zu meinen. Stutzig fokussiere ich ihre Bewegungen. „Ähm ..."

„Dein oberstes Ziel ist es, die Gäste zufriedenzustellen. Wenn du so tanzt wie ich, ist das gut. Manche von ihnen wollen berührt werden. Das machst du dann auch."

„Entschuldige, was?!"

Masha dreht den Kopf zu einer der digitalen Uhren, die an Bord verteilt hängen. „Stell nicht so viele Fragen und tu, was man dir sagt. Wir haben nicht ewig Zeit. Du sollst bei mir etwas lernen, das du heute im Unterricht verpasst hast. Also sieh zu und lerne."

Sprachlos starre ich die Frau an, die immer noch sinnlich die Hüften bewegt. *Das muss doch ein schlechter Scherz sein. Das alles hier.*

„So bewegt man sich. Hast du verstanden?! Ich hoffe, es für dich. So, aber nun Poolgymnastik." Masha stoppt ungehalten ihre Bewegungen und greift nach einem Beutel, den sie unweit vom Pool auf einer der Liegen abgelegt hat. Sie holt einen silberfarbenen Pailletten-Bikini heraus, der aufreizender nicht hätte sein können. „Das ist dein Outfit." Mit entschlossener Miene hält sie mir das Teil entgegen, das ich höchstens vor meinem Freund tragen würde, wenn ich einen hätte. Und das auch nur, um ihn zu verführen. „Hierzu gehören noch diese Strapse hier." Sie zieht das silberfarbene Zubehör ebenfalls heraus, während mir die Kinnlade offen steht.

Wo bin ich hier gelandet? Das ist doch nicht normal!

„Nein. Das zieh ich so ganz bestimmt *nicht* an." Meine Reaktion ist ein Mix aus lächelnder Hysterie und purer Verzweiflung.

„Stimmt, warte ... Hier fehlt noch etwas." Masha kramt erneut in dem Beutel und holt einen silberfarbenen Stoff heraus, der auf den ersten Blick wie Chiffon aussieht, doch als ich ihn in die Hand gedrückt bekomme, fühle ich, dass das Material deutlich teurer sein muss. „Das nimmst du als Rock dazu."

Aus dem Augenwinkel entdecke ich die alte Dame, die sich uns im patrouillierenden Gang nähert. Daher bin ich bemüht, der Russin vor mir so diplomatisch wie möglich zu verklickern, dass ich diesen Fummel nicht tragen werde. Und dieser Rock ... Der macht das Outfit zwar nicht mehr ganz so freizügig, aber auch nicht besser. „Hör mal, Masha", beginne ich beschwichtigend auf sie einzureden. „Das ist echt nett von dir, dass du mir etwas von dir leihen möchtest, aber ich werde etwas von mir nehmen und", ich schlucke hart, „ganz bestimmt nicht tanzen." *Und schon gar nicht so, wie du es tust.*

In Maschas Gesicht breitet sich der Ausdruck von Finsternis und völligem Unverständnis aus. Die hochgezogenen Brauen zieht sie finster zusammen.

„Ist nicht böse gemeint."

Masha räuspert sich und setzt einen Blick auf, der etwas aus Überheblichkeit und Überlegenheit an sich hat. „Jetzt hör du mal zu, Mädchen! Du –"

„Jade", unterbreche ich sie. „Mein Name ist Jade."

„Wie auch immer! Wir tragen hier alle dasselbe. Und wer sich nicht daranhält, wird bestraft. So einfach ist das."

Meine freundliche Miene erstarrt. Dann muss ich auflachen. „Das ist wohl ein Scherz."

Masha starrt mich mit einem frostigen Blick an, bei dem es mir eiskalt den Rücken herunterläuft. „Sehe ich aus, als würde ich Witze machen?! Nur zu deiner Info: Ich stehe in der Rangfolge nicht unwesentlich weit unter Mrs. Barcley und ich habe strengste Anweisung zu melden, wenn sich hier jemand den Regeln widersetzt." Mit einem unerschütterlichen Selbstbewusstsein beugt sie sich zu mir vor. „Mrs. Barcley setzt großes Vertrauen in mich und du kannst deinen kleinen Arsch darauf verwetten, dass ich keine Sekunde zögern werde, dich anzuschwärzen, Schätzchen."

Für einen Augenblick fehlen mir die Worte. Egal, was ich mir jetzt auch zurechtlege – die Russin wird es nicht akzeptieren. „Masha." Ungläubig schüttele ich den Kopf. „Ich glaube, das ist ein großes Missverständnis.

Meine Freundin – *von der ich im Übrigen echt gern wüsste, wo sie steckt* – und ich haben eine Absprache mit diesem Amir. Wir sind hier für Work-and-Travel. Und garantiert nicht für Travel-Work-and-Dance."

„Na, da hast du es ja. Deine Absprache mit Amir. Wie mir scheint, hast du dich nicht ausreichend über die Details dieses Jobs informiert: Das Tanzen in den Outfits ist Teil der Arbeit."

„Das war aber so nicht abgesprochen!", zische ich, denn so langsam werde ich echt wütend. „Ich will mit Amir sprechen. Vorher mache ich gar nichts."

„Gut. – Wie du meinst. Aber das werde ich als Widersetzungsversuch melden müssen." Masha stemmt die Arme in die Hüfte.

„Was?! Du meinst im Ernst, mich melden zu müssen, dass ich auf mein Recht bestehe, ordentlich aufgeklärt zu werden? Unfassbar!" Während ich mich noch weiter über diese unverschämten Arbeitsbedingungen echauffiere, werde ich von Masha stehengelassen. Völlig baff über den Verlauf des Morgens sehe ich ihr hinterher, wie sie unter Deck verschwindet. *Ja, geh ruhig petzen. Aber hol mir Amir her und wir klären das. Außerdem will ich von ihm verdammt noch mal wissen, wo Samira ist. Das wird der Stress hoffentlich wert sein. Und dann verschwinden wir beim nächsten Halt von hier.*

17. Kapitel

SAMIRA

Erdrückende Müdigkeit liegt wie ein schweres, nasses Tuch über meinem Kopf und hüllt mich in einen leichten Schlaf, aus dem ich immer wieder kurz erwache. Um mich herum ist es weich. Meine Fingerspitzen tasten weichen Stoff. Es ist derselbe, der über meinen Beinen und meinem unteren Rücken liegt. Er ist eins mit mir, denn weiteren Stoff spüre ich nicht an meinem Körper.

Je mehr ich ins Hier und Jetzt übergehe, desto deutlicher wird der schleichende Schmerz in meinen Schläfen.

Wo bin ich? Verzweifelt grabe ich in den Tiefen meines Hippocampus, doch beim besten Willen bekomme ich die letzte Nacht nicht mehr zusammen. Hin und wieder blitzen Bilder von einem ziemlich unbekleideten Amir vor meinem inneren Auge auf. Davon, wie er mit einer glühenden Dunkelheit und seinem Adoniskörper zu mir ins Bett steigt und mich schon mit seinen Blicken vernascht, bevor er mich berührt. Ohne jeden Zweifel – er hat etwas Animalisches an sich, das mir schon beim bloßen Hinsehen eine glühende Hitze zwischen die Schenkel treibt. Ich bin mir nicht sicher, ob das ein Traum oder die Realität war. *Warum kann ich mich nicht mehr erinnern? Habe ich etwa so viel getrunken?* Ab dem Verlassen des Decks habe ich einen Filmriss. Ich weiß nur noch, dass ich, begleitet von einem unfassbar heftigen Kribbeln, mit Amir bis zu Deck drei gelaufen bin und wir in einer der dunklen Ecken stehengeblieben sind, um wild zu knutschen.

Neben mir auf dem Beistelltisch entdecke ich zwei leere Flaschen Champagner. Zeitgleich ereilt mich das Bild, wie Amir und ich uns gegenseitig spielerisch die Prickelbrause in den Hals kippen und ich kurz darauf einen Striptease hinlege. „Shiiit ... wie peinlich", seufze ich leise und rolle mit den Augen. Samira, das ist dein Boss! So etwas kann auch echt nur dir passieren.

Während ich weiterhin den Rest des gestrigen Abends zu rekonstruieren versuche, höre ich unweit von mir eine Frauen- und eine Männerstimme. Sofort reibe ich mir den Schlaf aus den Augen und blinzele das gleißend helle Licht weg.

„Wieso hast du die beiden Amerikanerinnen hier angeschleppt, verdammt?! Die Blonde fragt zu viel. Und widerse–" Die Frau, die mit einem russischen Akzent spricht und sich offenbar im Nebenraum befindet, klingt ziemlich aufgebracht.

„Beruhige dich, Masha", unterbricht sie eine mir sehr bekannte Stimme. „Ich werde mich darum kümmern." Es ist Amir, der die Dame zu beruhigen versucht.

„Das trifft sich gut, denn sie besteht darauf, dich umgehend zu sprechen. Sie sucht ihre Freundin. Ich glaube, ich muss nicht groß raten, wo sie ist, oder?"

Amir seufzt laut und murmelt etwas so leise, dass ich es nicht hören kann. Ich beschließe, das Laken höher zu ziehen und vorzugeben, dass ich noch schlafe. Sprechen die beiden über Jade und mich? *Jade. Oh nein!* Mein schlechtes Gewissen überrollt mich wie eine Lawine. Sie macht sich sicher Sorgen. Ich habe ja versucht, ihr Bescheid zu sagen, aber ich war so froh, dass sie sich nach dem ganzen anfänglichen Stress doch noch amüsiert hat, dass ich sie nicht stören wollte und dann aus den Augen verloren habe.

„Schmeiß deine Kleine aus dem Bett. Ihr Dienst hat schon angefangen. Wie Mrs. Barcley das gefällt, brauche ich dir ja nicht zu erzählen. Du weißt, dass sie solche Vorfälle sofort Zarnu meldet."

„Ich sagte doch, dass ich mich darum kümmere, Masha", knurrt Amir, gefolgt von dem Einrasten eines Türschlosses. Als sich Schritte nähern, konzentriere ich mich darauf, ruhig zu atmen, denn die Konversation mit dieser Masha und die Tatsache, dass Jade wahrscheinlich gerade vor Sorge um mich die Wände hochgeht, haben meinen Puls beschleunigt.

Eine spürbare Finsternis nimmt den Raum ein und ich brauche nicht einmal hinsehen, um zu wissen, dass es Amir ist. Gänsehaut stellt sich mir auf den Armen auf, als er wie eine Raubkatze mit leisen Schritten das Bett umrundet.

Mein Herz hämmert vor Aufregung verräterisch laut, sodass ich befürchte, er könnte es hören. Ich spüre kalte Haut auf meiner. Finger, die von meinem Schlüsselbein über meinen Hals bin zu meinen Wangen fahren. Als meine Lider ruhelos zucken, gebe ich vor zu erwachen.

„Samira. Aufstehen." In Amirs Stimme schwingt Kälte und sie ist keineswegs so sanft wie am Vorabend.

Die Realität hat mich eingeholt, die keineswegs so verlockend und einlullend ist wie die letzten Stunden vor meinem Filmriss. Als ich nicht sofort reagiere, erklingt ein lautes Räuspern.

Erschrocken schlage ich die Augen auf.

Amir lehnt an einer antiken Kommode aus dunklem Holz und sieht mich scharf an.

Irritiert über sein distanziertes Verhalten setze ich mich auf und spüre die Unsicherheit in mir wachsen.

„Los, geh duschen und zieh dich an, Samira. Du hast Dienst."

Mir wird ein Hauch von nichts entgegengeworfen. Eine Art Bikini mit silbernen Pailletten und ein Tuch dazu.

„Dir auch einen guten Morgen", entgegne ich leicht beleidigt und starre auf das aufreizende Teil. „Was soll das sein?"

„Das ist deine Dienstkleidung."

Kurz muss ich auflachen, doch mein Gesicht gefriert sofort, als Amir die Finger knacken lässt. „Füge dich oder du wirst bestraft", entgegnet er und klingt dabei völlig emotionslos.

„Bitte, was?"

„Du hast schon verstanden." Ungeduldig klatscht er in die Hände. „Jetzt mach schon! Die Dusche ist da vorne." Mit dem Kopf deutet er auf eine kleine Tür.

„Das ist viel zu sexy. Sowas trage ich nicht", widerspreche ich und starte ein trotziges Blickduell mit Amir.

„Es ist Teil des Deals. Du warst damit einverstanden. Also los jetzt", knurrt er und weist mit dem Finger, um den sich ein Siegelring in Form einer Natter schlängelt auf den silberfarbenen Fetzen in meinen Händen.

Was ist das für ein Ton? Wo ist der charmante Mann von gestern Abend hin? Für einen ziemlich unangenehmen Moment, in dem ich ihn immer noch anstarre, herrscht Stille.

„Das wird Jade niemals mitmachen“, fluche ich leise, als ich die Decke über meiner nackten Haut wegschlage.

Amir drückt sich von der Kommode ab und macht einen Schritt auf mich zu. „Du irrst dich. Sie macht es bereits mit.“

„Was?“ Baff über seine Aussage starre ich ihn an. Erst ein dezenter, aber wirkungsvoller Wink mit der Hand von Amir, lenkt meine Gedanken wieder zu meinem Vorhaben. Duschen und Anziehen.

„Geht doch“, brummt Amir dunkel hinter mir, als ich mich nach einer kurzen Dusche kritisch im Spiegel betrachte und mir dieses nuttig wirkende Teil zurechtziehe. Hätte er mir das gestern Abend kommentarlos in die Hand gedrückt, hätte ich es liebend gern für ihn getragen, aber als Arbeitskleidung, in der mich jeder hier an Bord sieht ... Nope. Definitiv nicht.

„Und Jade trägt das auch?“

„Davon kannst du ausgehen. Das viele Geld bekommt ihr schließlich, weil das hier ein exklusives Schiff ist, wie du sicher mitbekommen hast. Da ist auch die Arbeitskleidung exklusiv. Deine Freundin hat das eingesehen.“

„Okay.“ Seinem Argument habe ich nichts mehr entgegenzusetzen. Zudem bin ich eingeschüchtert wie ein kleines Duckmäuschen. „Dann gehe ich wohl jetzt zu ihr.“

Amir schnalzt verneinend mit der Zunge und stellt sich direkt vor mich. Dann hebt er mein Kinn an, sodass ich keine Chance habe, der Dunkelheit seiner Augen zu entkommen. „Es hat eine kleine Planänderung gegeben. Du bist für Deck zwei eingeteilt. Deine Freundin wurde Deck eins zugewiesen."

Unsicher verlagere ich mein Körpergewicht von einem Fuß auf den anderen. „Warum? Kannst du das nicht wieder ändern?"

„Natürlich kann ich. Aber ich werde es nicht tun."

Der Ausdruck auf meinem Gesicht ist eine Mischung aus Verwirrung und einem verzweifelten Verlangen nach Klarheit. Meine Stirn ist leicht gerunzelt, meine Augen weiten sich in einem stummen Flehen nach Antworten. Die Welt scheint sich plötzlich um mich herum zu drehen, und ich fühle mich wie eine verlorene Figur in einem Rätsel, von dem ich nicht weiß, wie sie es lösen soll. „Warum wirst du es nicht tun?"

„Weil ich dich ausgewählt habe. Du schläfst ab sofort bei mir und arbeitest da, wo ich dich im Auge behalten kann."

Was?! Ausgewählt? Meine Lippen formen Worte, die im Raum hängen bleiben, während ich versuche, das Durcheinander in meinem Kopf zu entwirren. Doch die Fäden der Verwirrung scheinen sich nur noch enger zu verweben.

„Jetzt guck nicht so. Es ist eine einfache Arbeitsanweisung, die zu deinem Job dazugehört." Er sieht mich forschend an, als ich mich nicht rege. „Und der hast du Folge zu leisten", schiebt er mit Nachdruck hinterher.

Ein Gefühl der Unruhe breitet sich in mir aus, ein unangenehmes Kribbeln, das ich nicht abschütteln kann.

Wie konnte Amir über Nacht so eine Gratwanderung durchmachen? Es kommt mir vor, als wäre ein unsichtbares Puzzle vor mir ausgebreitet, dessen Teile sich immer wieder anders zusammensetzen, und bei dem ich einfach nicht den richtigen Anfang finden kann, um es zu lösen. *Das passt mir überhaupt nicht.*

Der Versuch, mich aus seinem Griff zu befreien, endet mit seiner Hand zwischen meinen Schenkeln, die die glühende Hitze von gestern auflodern lässt. Kurzweilig schweige ich irritiert, doch das Bild meiner besten Freundin vor Augen, lässt mich zur Vernunft kommen. „Amir, bitte. Jade und ich wollten gemeinsam diesen Trip machen. Das war der Plan. Ein gemeinsamer Urlaub mit ein bisschen arbeiten."

Die Wangenknochen meines Gegenübers mahlen und treten dabei so stark hervor, dass meine Beine ganz wackelig werden. Langsam hebt sich seine Hand, sodass ich verschreckt zurückweiche. Doch statt auszuholen, wie ich befürchtet hatte, streicht er mir eine Strähne meiner braunen Haare hinter das Ohr. „Deck zwei. Ende der Unterhaltung."

Ich schlucke hart, verkneife mir weitere Widerrede und sehe Amir hinterher, wie er zur Tür des Zimmers läuft. „Komm jetzt."

Ich bleibe stehen. In mir brodelt es. *Was bildet er sich ein, mir vorzuschreiben, wo ich mich aufzuhalten habe und mit wem?! Außerdem lasse ich mich nicht von Jade trennen!* Die Luft in meiner Brust wird erdrückend knapp, als ich mir schließlich ein Herz nehme und das Kinn recke. „Und was, wenn nicht?" Ich versuche ihn mit meiner frechen Art von gestern Abend zu besänftigen. Da hat ihm das schließlich sehr gefallen.

Abrupt bleibt Amir stehen und dreht sich langsam zu mir um.

Erschrocken weiche ich zurück, als er die Hände in die Hüfte stemmt und ich die Waffe in der Innentasche seines Jacketts entdecke. „Frag mich das lieber nicht noch einmal, Samira. Ich möchte dir nichts Böses, viel lieber möchte ich dir Geschenke machen." Er deutet mit dem Blick auf die Kette um meinen Hals. „Aber ich muss durchgreifen, wenn es Probleme gibt. Sonst bekomme ich selbst eines."

18. Kapitel

AMIR

Mit einer Flasche Whiskey in der einen und einem Glas in der anderen Hand lasse ich mich in dem mit Samt bezogenen Sessel meiner Kabine nieder, nachdem ich Samira zu ihrem Arbeitsbereich geleitet habe. Allein, um sicherzustellen, dass sie sich nicht zufällig auf Deck eins verirrt, bin ich mit ihr mitgegangen. Auch, wenn es ihr nicht gefällt – es ist die vernünftigste Entscheidung, die beiden Frauen zu trennen. Zumindest erst einmal ... bis ich mir meiner Pläne sicher sein kann. Ein Geschäftsfreund von mir handelt mit Mädchen und hat mir sofort eine riesige Stange Geld für Samira und Jade angeboten. Jetzt allerdings, wo ich weiß wie sie schmeckt, sich bewegt und welche Lust sie mir verschafft, kommen mir Zweifel. Doch der Hauptgrund, der meine Entscheidungen ins Wanken bringt, ist ihr Tattoo. Wie kann es sein, dass sie eine Kombination aus den Namen von unserem längst vergessenen Geheimclub meine Kindheit auf ihrer Haut trägt? Dass sie davon geträumt hat? Zwar sollte ich nicht allzu viel dort hineininterpretieren ... dennoch. Samira ist eine ganz besondere Frau. Ich bin mir nicht sicher, ob ich sie für einen Handel verschwenden will. Vom Sex und dem Tattoo einmal abgesehen ... in ihr steckt so viel Leben und Freude, wie ich sie selten bei einem Menschen erlebt habe. Dabei hatte sie es nicht leicht im Leben. Der Privatdetektiv, den ich sofort nach unserem Kennenlernen in der Bar auf Samira angesetzt habe, konnte ein wenig über sie in Erfahrung bringen. Und das meiste davon war überwiegend unschön. Wie macht sie das? Ohne Vater aufgewachsen, bis auf Jade keine richtigen Freunde, die Mutter so gut wie nie zu Hause ... jeder andere Mensch würde mit hängenden Schultern durch das Leben gehen. Aber bei Samira habe ich den Eindruck, sie tanze über jede Hürde hinweg. Und das mit einer Leichtigkeit, die unmöglich scheint. Wie auf einem Drahtseil, das zwischen Hoffnung und Gefahr gespannt wurde. Doch stets mit einem Lächeln im Gesicht. Beeindruckend – das muss ich zugeben.

Ich brauche etwas Starkes und visiere die Flasche an. Ein Mann meines Kalibers sollte wissen, was gut für ihn ist, also schütte ich mir ein wenig vom Rye Whiskey ein, den ich mir in die Kabine bestellt habe, und nehme einen Schluck. Sofort erklimmt das würzige Aroma meine Geschmacksknospen. Genießend schließe ich die Augen und lehne mich in dem Sessel zurück, der ein leises Knarzen von sich gibt. Im Hintergrund läuft Jazzmusik, die mich langsam entspannt. Erst jetzt bemerke ich, wie gestresst ich in den letzten Wochen war. So viele Termine ... Geschäfte, wo der Deal gut war und ich mir eine goldene Nase verdient habe ... Und Geschäfte, die unschön ausgingen und bei denen ich mir die Hände schmutzig machen musste. Von Letzteren gab es zum Glück nur eine Handvoll.

Der Anblick von Samiras unbeschwertem Lächeln schleicht sich erneut vor mein inneres Auge. „Was mache ich nur mit dir, meine Schöne?", spreche ich, in Gedanken versunken, zu mir selbst, nachdem der Whiskey meine Kehle hinabgekrochen ist. „Was mache ich nur mit dir?"

„Amir. Was mache ich mit dir?", wiederholt mein Vogel aus seinem Käfig.

„Klappe! Mit dir hat keiner geredet."

Ich nehme noch einen Schluck und stelle das Glas auf einem Beistelltisch neben mir ab.

Samira und Jade erinnern mich verdammt genau an Balian und mich ... damals, als wir noch Kinder waren. Als die Welt noch in den schillerndsten Farben existiert hat und als wir noch unbeschwert waren, bevor uns der Ernst des Lebens und die Verpflichtungen des Clans geformt oder, besser gesagt, verdorben haben. Vielleicht gelingt es mir deswegen nicht, Samira mit derselben Gleichgültigkeit zu betrachten, wie ich es sonst bei Frauen mache. Ich muss herausfinden, warum sie sich langsam aber sicher in mein Hirn frisst wie ein Virus. Warum ihr Gesicht ständig vor meinem inneren Auge auftaucht und weshalb ich den Blick nicht von ihr lassen kann. Doch dafür muss ich die Blonde loswerden. Am besten so schnell wie möglich. Sie ist ein Störfaktor. Jede Wette: Ohne ihre Freundin würde Samira mir blind vertrauen und aus der Hand fressen. Also muss diese Jade weg. Am besten gleich morgen.

Im Hintergrund krächzt mein Vogel und stört damit meinen inneren Frieden.

Mahnend hebe ich die Hand. „Stör mich nicht! Ich muss nachdenken." *Ich muss verdammt noch mal nachdenken.*

Es klopft an der Tür.

Entnervt stoße ich laut Luft aus. Ehe ich den Plagegeist – wer auch immer es ist – hereinbitten kann, fliegt die Kabinentür auf.

Chalid stürmt herein. Er hat einen Mann im Schlepptau, den er am Kragen gepackt hat und hinter sich her schleift. „Diese Ratte hat mich beklaut, Amir!"

Mit hochgezogener Braue blicke ich zunächst auf Chalid, der außer einem Duschhandtuch um die Hüften nichts trägt. Sein Haar ist nass und Tropfen rinnen über sein Gesicht. Dann wandert mein Blick auf den Mann bei ihm, der wie Espenlaub zittert. Es ist Semir – einer unserer Hehler.

„Ich habe diesen Abschaum dabei erwischt, wie er meine Rolex einstecken wollte, als ich Duschen war!"

„Stimmt das, Semir?", frage ich und erhebe mich aus meinem Sessel.

„Nein, nein! Das würde ich nie tun!", wimmert er. Sein erbärmlicher Gesichtsausdruck verrät ihn.

Räuspernd taxiere ich den Hehler. „Was hattest du dann in seiner Kabine zu suchen?"

Semirs Kinnlade bebt, was mir die Antwort verrät, ohne dass er auch nur ein einziges Wort gesagt hat.

„Hm?", hake ich scharf nach und starre ihn mit einem finsteren Blick nieder.

„Man hat mich zu ihm geschickt. Ich sollte einen Auftrag mit ihm besprechen." Er schwitzt wie ein Schwein und verschluckt sich fast an seinen Worten vor Angst.

„Ich wusste nicht, dass er duschen war. Als ich das bemerkte, wollte ich gerade wieder gehen –"

„Du hast vor meinem Safe gestanden, du mieser Bastard!", faucht Chalid und drückt Semir zu Boden.

„Nein! Nein! Wirklich!" Flehend sieht er zu mir. „Amir du musst mir glauben!"

„Wie bitte?" Ich knie mich zu ihm herunter. „Was hast du da gerade gesagt?", knurre ich. „Ich *muss* dir glauben?" Knurrend erhebe ich mich. „Das ist doch nicht zu fassen", murmele ich, als ich wieder zurück zu meinem Stuhl flaniere. „Du glaubst, mir Vorschriften machen zu können", sage ich kopfschüttelnd und drehe mich um, indes ich zeitgleich den Revolver aus meinem Jackett ziehe.

„Nein. Amir! Bitte! Tu das nicht!", bettelt er wie eine kleine Heulsuse.

Unbeeindruckt lächele ich, stecke den Revolver zurück in mein Jackett, sehe auf und richte mich an Chalid. „Keiner sagt mir, was ich zu tun oder zu lassen habe. Los bring ihn raus und steck ihn in eine der unteren Kabinen. Er soll sich in den nächsten Tagen darüber klar werden, ob er das noch einmal wagt."

„Was? Mehr nicht?!"

„Möchtest du dich dazugesellen?"

Stille schneidet die Luft, bevor ich weiterspreche. Chalid sieht mich irritiert an, dabei habe ich mich klar und deutlich ausgedrückt. „Ich habe hier das Sagen. Und wenn ich der Meinung bin, dass das reicht, hast du das zu akzeptieren. Außerdem brauchen wir ihn noch", entgegne ich streng und verlasse meine Kabine, denn ich habe noch eine wichtige Aufgabe zu erledigen.

19. Kapitel

JADE

Hafen von Bama Beach, Java

Die Sonne steht hoch am Himmel, als wir den Hafen ansteuern. Ich habe eine ganze Stunde Mittagspause und vertreibe mir meine Zeit mit Warten im Angestelltenbereich auf Deck eins. Es gibt immer noch kein Lebenszeichen von Samira, was meine Gedanken durchbrennen und sich die schlimmsten Szenarien ausdenken lässt. *Warum meldet sie sich nicht oder lässt mir etwas ausrichten? Das ist nicht ihre Art. Sie weiß ganz genau, dass ich gerade durchdrehe.*

Wir haben den Hafen fast erreicht. Möwen ziehen ihre Kreise über dem Schiff.

Ich sehe mich um und beschließe, mir bei einem älteren Herrn mit Zylinder eine Zigarette zu schnorren. Mit einem Lächeln bewege ich mich auf ihn zu.

„Entschuldigung, dürfte ich Sie nach einer Zigarette fragen?"

Der Mann mustert mich. Mit seinem Anzug sieht er aus, als sei er den Zwanzigern des letzten Jahrhunderts entsprungen. Mir ist bereits aufgefallen, dass sich die gesamte Gesellschaft an einen dunklen und eleganten Dresscode zu halten scheint.

„Natürlich“, antwortet er und kramt in der Innentasche seines Jacketts.

Der dunkelgraue Zweireiher des Mannes verströmt den Charme einer Ära, die von Gatsby und Jazz durchzogen ist. Die fein gestreifte Weste und die dazu passende Krawatte vervollständigen das Ensemble, während seine Manschettenknöpfe wie kleine Juwelen im Dämmerlicht glänzen. Der Zylinder, perfekt geneigt auf seinem silbern schimmernden Haar, verleiht ihm eine gewisse Noblesse. Sein Blick unter einer randlosen Brille ist scharfsinnig und von einer unnachahmlichen Ruhe geprägt. Die Linien auf seinem Gesicht erzählen Geschichten vergangener Tage, von einem Leben gelebt mit der Intensität eines Hemingway-Romans. Der Geruch von feinem Whiskey und Zigarrenrauch umgibt ihn wie ein persönliches Parfüm. Eine angedeutete Note von Eichenholz und das Aroma von getrockneten Tabakblättern fügen sich zu einem markanten Duft zusammen, der in der Luft hängt, wenn er sich bewegt. Seine Hände, gehüllt in handschuhweiches Leder, halten eine Zigarre mit einer Gelassenheit, die von jahrzehntelanger Erfahrung zeugt.

„Bitte sehr.“ Er hält mir ein geöffnetes, silbernes Etui hin, in dem sich Zigaretten befinden. „Ach, und hier ist noch Feuer, junges Fräulein.“

„Danke sehr.“ Die Sonne blendet mich, als ich die Zigarette annehme, sie zwischen die Lippen stecke und mit dem Feuerzeug meines Gönners anzünde.

„Schönen Tag noch, die Dame.“

„Danke, für Sie auch." Der Rauch füllt meine Lunge, was für mich so unangenehm ist, dass ich eruptiv huste. Eigentlich rauche ich schon vier Jahre nicht mehr, aber ich bin so angespannt, dass ich das Gefühl habe, gerade tausend Tode zu sterben. Mit Beinen weich wie Wackelpudding stelle ich mich an die Reling und sehe ein paar Männern dabei zu, wie sie das Schiff mit Seilen am Rand einer kleinen Promenade befestigen, nachdem der Anker zu Wasser gelassen wurde.

Mit einer ziemlich zitternden Hand führe ich die Zigarette zu meinen Lippen und bemerke, wie eklig ich mich plötzlich fühle. Das ist auch nicht das Wahre. Ich habe nicht umsonst aufgehört. Zwar habe ich nur auf Partys geraucht, aber das war mir irgendwann zuwider.

„Scheiß drauf", fluche ich leise, nehme die Zigarette hinunter und werfe sie ins Wasser. Gedankenverloren sehe ich ihr nach, wie sie von den Wellen wie auf Federn getragen wird. Angewidert wedele ich den Qualm um mich herum weg. Als ich aufschaue, hat sich die Promenade mit Menschen gefüllt. Einige davon steigen gerade von Bord und sehen sich neugierig um. Andere kommen von der Straße unweit der Promenade auf das Schiff zu und blicken staunend hinauf. So ein prächtiges Schiff legt hier sicher nicht oft an, so erstaunt wie die Leute, die ich für Einwohner halte, aussehen.

Das Aufheulen von Motorrädern ist zu hören und einen Wimpernschlag später schießen gleich fünf aus einer Hecke. Es sind Männer mit Tüchern vor dem Mund, dunklen Shirts und Hosen. Sie rasen die Serpentinen hinab in Richtung Hafen, von der Straße in unsere Richtung und kommen erst kurz vor dem Ende der

Promenade zum Stehen. Einige der Männer mit schwarzen Jeans und T-Shirt über den tätowierten Armen ziehen die Helme ab und scheinen nach jemandem Ausschau zu halten. Die anderen bleiben auf den Motorrädern sitzen und blicken sich um.

Fast hätte ich sie übersehen, doch aus dem Augenwinkel erfasse ich die Brünette, die von Bord geht und auf die Männer zuhält. Blitzschnell richte ich den Fokus auf die Frau. Leider sehe ich sie nur von hinten. Sie hat den gleichen Kleidungsstil wie Samira – ein bisschen Boho, ein bisschen trashig ... Haarfarbe und -länge stimmen auch. *Das kann doch nicht wahr sein. Ist sie das etwa?* Meinen Augen kaum trauend, lehne ich mich ein Stück vor, damit ich eine bessere Sicht habe. Beinahe wäre ich über ein Tau gestolpert und kann mich gerade noch auffangen. Durch den Beinahesturz habe ich die Brünette aus den Augen verloren. *Wo bist du?* Nervös überfliege ich den Hafen und sehe sie unweit der Motorräder. Sie hält einen Helm in der Hand und dreht sich erst zu mir, als sie ihn aufgesetzt hat.

Verdammt! Samira, bitte nicht. Diese scheiß Motorradtypen ziehen sie an wie Fraß die Schmeißfliegen. Nero kann das nicht sein. Der war doch blond.

Der Kerl auf der Maschine, auf die sie sich zubewegt, greift in das Fach einer Seitentasche und hält ihr eine Lederjacke hin.

Die Brünette zieht sie über und steigt hinter dem Typ auf. Dabei entgeht mir ihr Lederarmband nicht. Samira besitzt auch so eines. Sie hat es sich auf einem Festival gekauft, auf dem wir beide vor einem Jahr zusammen gewesen sind. *Samira, nein! Was tust du denn da? Bist du von allen guten Geistern verlassen?!* Mein Herz rast und mir wird abwechselnd heiß und kalt. *Scheiße! Wo will sie verdammt noch mal hin?!*

„Mach keine Dummheiten, Samira“, murmele ich und fasse mir ein Herz. Ich muss sie davon abhalten. Diese Männer sehen keineswegs vertrauenerweckend aus. Panik bricht in mir aus. Ich renne auf die Menschentraube zu, die am Ausgang steht, um das Schiff zu verlassen. „Entschuldigung! Dürfte ich bitte vorbei?“

Einige der Gäste lassen mich kommentarlos passieren, doch andere wiederum beschweren sich lauthals und versuchen, mir den Weg zu versperren. „Ich muss hier durch. Das ist ein Notfall!“ Schließlich gelingt es mir doch, mich an ihnen vorbeizumogeln.

Hektisch stürme ich die Gangway hinab auf den Pier zu, an dem noch einer der Motorradtypen steht und gerade im Begriff ist, seinen Helm aufzusetzen.

„Entschuldigung!“, rufe ich auf Englisch und renne fast atemlos auf ihn zu, um ihn am Losfahren zu hindern. „Warten Sie bitte!“

Der schwarzhaarige, junge Mann sieht zu mir auf und zieht verwirrt die Brauen zusammen. Er nimmt das Tuch vom Mund und mustert mich interessiert. Mit einem Blick auf seine breite Armbanduhr bedeutet er mir, dass er in Eile ist.

„Entschuldigung, aber ... Die junge Frau gerade ...“ Wild mit den Händen gestikulierend weise ich in Richtung Straße und bete, dass der Typ der englischen Sprache mächtig ist. „Wohin ist sie mit dem Mann gefahren?“

Der Schwarzhaarige sieht mich wortlos an.

Versteht er meine Sprache nicht oder will er mir nichts sagen? „Bitte, ich muss es wissen. Das war meine Freundin." *Das glaube und hoffe ich zumindest.*

„Wer will das wissen?" Sein Englisch ist ziemlich gebrochen und die Stimme von Skepsis erfüllt.

„Na, ich – ihre Freundin. Warum sonst sollte ich dich danach fragen?" Langsam bekomme ich weiche Knie, denn der Blick des Kerls verfinstert sich zunehmend.

„Woher kommst du, Mädchen? Du bist nicht von hier", stellt er treffend fest und reibt mit seinen Händen über den Lenker.

Meine Alarmglocken schrillen und meine innere Stimme rät mir, nicht zu viel preiszugeben. Oder sollte ich doch? Es geht doch schließlich um Samira. Mit dem Zeigefinger weise ich auf das Schiff und will mich gerade erklären, als der Typ mir zuvorkommt.

„Willst mir nichts sagen, eh? Du bist Amerikanerin – das höre ich. Und kommst offensichtlich vom Schiff ... Nun gut", murmelt er leise und mehr zu sich selbst, statt an mich gerichtet.

„Könnten Sie mir jetzt bitte sagen, wohin meine Freundin und der Mann gefahren sind?"

Nach einem kurzen Augenblick des Schweigens wird mir der Motorradhelm in die Hand gedrückt, den der Kerl sich eben noch selbst aufsetzen wollte. „Was soll ich damit?", frage ich mit hämmerndem Herzen.

„Du willst wissen, wo deine Freundin ist? Dann komm mit."

Auf keinen Fall, Jade! Das wäre der reinste Wahnsinn! Wenn der Kerl dir nicht helfen will, ruf einfach die örtliche Polizei aber steig auf keinen Fall auf seine Maschine!, mahnt mich meine innere Stimme. Nervös suche ich nach passenden Worten, um höflich abzulehnen, denn ich glaube, mit dem Kerl ist nicht gut Kirschen essen. „Ähm ... Danke, aber das ist nicht nötig. Sagen Sie mir die Adresse und dann werde ich mir ein Taxi nehmen."

Der Kerl hebt sein T-Shirt leicht an, woraufhin der Abzug einer Waffe zum Vorschein kommt. „Doch, das ist nötig", knurrt er dunkel, woraufhin sich ein riesiger Kloß in meinem Hals bildet. „Zu der Adresse wird dich kein Taxi der Welt bringen. Also was ist jetzt?"

Sprachlos starre ich ihn an.

Ungeduld spiegelt sich in seinen Augen wider. „Das ist die letzte Chance. Du hast die Wahl."

20. Kapitel

BALIAN

Limanossa, Bali

Der Geruch von feuchter Erde liegt schwer in der Luft, durchsetzt von der süßen, intensiven Duftnote von exotischen Blumen, die in lebendigen Farben die Umgebung schmücken. Die Insel, die als die *Insel der Verdammten* bekannt ist, ist, jenseits der großen Felsen, ein kleines Paradies. Ich liege in der alten Hängematte, die zwischen zwei Mammutbäumen gespannt ist, und sehe in den schier endlosen Himmel hinauf.

Auf meinem Bauch liegt eines der Bücher aus Vaters Schrank, das ich mir schon seit einer gefühlten Ewigkeit zu lesen vorgenommen habe. Allerdings verlassen mich meine guten Vorsätze schon nach der ersten Seite wieder. Es fällt mir schwer, mich auf etwas zu konzentrieren, dass ich nur der Ablenkung halber mache, um in dieser Einsamkeit nicht wahnsinnig zu werden. Die einzige, wirkungsvolle Ablenkung ist meine neue Familie hier im Dschungel. Die Menschen, die mich so nehmen, wie ich bin und mir meinen Raum lassen. Zumindest meistens. Derzeit helfe ich ihnen beim Ausheben eines Grabens, um auf einen Kampf mit dem Darmawan-Syndikat vorbereitet zu sein. Man muss immer damit rechnen, dass sie unverhofft angreifen, sagte Dracu, als er mir zum ersten Mal die geheimen Gänge und Gebäude gezeigt hat, die die Inselbewohner seit ein paar Jahren heimlich erbauen. Er ist für die Einführung von Waffen zuständig, die wir in versteckten Hallen auf der Insel lagern. Sollen Amir und Co. uns ruhig unterschätzen. Ich werde den anderen nachher wieder zu Hand gehen.

Ich sehe auf die Piaget an meinem Handgelenk. Diese Uhr ist ein Erbstück von meinem Großvater väterlicherseits. *Müssten die Jungs nicht langsam zurück sein?* Ich muss grinsen als ich an Miroh und Dracu denke, die es sich zur Aufgabe gemacht haben, Amirs Mädchenhandel am Hafen zu boykottieren. In unseren Kreisen ist allgemein bekannt, dass von jedem Schiff, das zum Darmawan-Syndikat gehört, bei jeder Tour mindestens zwei bis vier ausgewählte Mädchen an sechs Häfen abgeliefert werden – einer davon ist unserer. *Nur die beste Auslese für die zahlungskräftigsten Kunden* – so hat Chalid es immer bezeichnet. Die beste Auslese hat er jedoch behandelt wie Vieh. Anders kann diese Ratte mit Frauen nicht umgehen. Ähnlich wie Amir. Privat kann mein ehemals bester Freund so gar nicht mit Frauen, was auch der Grund dafür ist, dass er nie eine feste Freundin hat. Natürlich wäre ein Platz an seiner Seite nicht ungefährlich, doch Amir kann keine Liebe ertragen – spüren und geben erst recht nicht. Mit den Jahren wurde er völlig emotionslos. Und das in jeglicher Hinsicht.

Miroh und Dracu verabscheuen Amir und das Darmawan-Syndikat für das, was sie mir angetan haben, denn wir sind inzwischen wie Brüder. Sie wollen es ihm heimzahlen. Doch ein Mann wie Amir ist nicht so leicht zu erreichen. Deswegen versuchen die beiden, ihm auf jede andere erdenkliche Weise zu schaden, die sich ihnen bietet.

Dracu, der im vergangenen Jahr eine Affäre mit einem der Küchenmädchen der *Infinite Horizon* hatte und zu ihr immer noch einen guten Kontakt pflegt, wird von dieser regelmäßig mit Infos versorgt. Wann das Schiff und mit welcher Fracht ankommt und wie lange der Aufenthalt geplant ist. Ziemlich riskant für das Mädchen, solcherlei Informationen auszuplaudern, doch so wie ich Dracu verstanden habe, hängt sie ihm sehr nach. Er benutzt sie jedoch nur. Sex gegen Informationen – ein unausgesprochener Tausch, dessen sich jeder bewusst ist.

An besagten Tagen warten sie dann vermummt am Hafen auf ihr Ziel: Amirs Hintermännern die Mädchen vor der Nase wegzuschnappen und freizulassen. So wie heute.

Ich werde unruhig, denn eigentlich wollten sie längst zurück sein. Nicht, dass Amirs Männer die beiden erwischt haben. Zu welchen Strafen das Darmawan-Syndikat greift, daran erinnert mich das blinkende Teil an meinem Fuß jeden Tag.

Ein Motorengeräusch lässt mich aufhorchen. Eines. Das ist eines zu wenig. Neugierig richte ich mich auf, lege das Buch auf den Boden und erhebe mich aus er Hängematte. Mit zunehmend schnelleren Schritten marschiere ich auf den Innenhof des Anwesens zu, auf dem die Jungs ihre Bikes parken. Als ich diesen erreiche, nimmt Dracu gerade seinen Helm ab. Er ist allein.

Mit großen Schritten eile ich auf ihn zu. „Was ist los? Wo ist Miroh?“, will ich wissen und blicke ihn fragend an.

„Diese blöde Schlampe“, flucht er, „hat mir auf der Fahrt den Rücken zerkratzt. Das ist doch unglaublich!“

Ich habe Mühe, seinen Ausführungen zu folgen.

„Da tut man der Menschheit mal einen Gefallen ...“ Zum Beweis hebt er sein Shirt, unter dem blutige Kratzwunden zum Vorschein kommen. Dracus Rücken sieht aus, als sei er von einem wilden Tier angefallen worden. Das ist nicht das erste Mal, dass die beiden von den Mädchen verletzt werden. Zugegeben ist das nicht weiter verwunderlich. Die sind in Panik und wissen nicht, was mit ihnen geschieht. Ich würde mich auch zur Wehr setzen.

„Dracu. Sie hatte wahrscheinlich einfach nur Angst.“

„Pfff!“ Er zieht den Helm ab und verwuschelt sein platt am Kopf klebendes Haar mit den Händen, um es dann in Form zu bringen. „Tollwut trifft es eher.“ Schweißperlen stehen ihm auf der Stirn, die er sich mit dem Arm wegwischt.

„Wo ist Miroh?“, will ich wissen und blicke suchend an Dracu vorbei.

„Keine Ahnung. Der sollte eigentlich direkt hinter mir sein. Heute habe ich nur ein Mädchen von Bord rennen sehen. Keine Übergabe wie sonst. Nur die eine.“ Er hebt unwissend die Arme. „Und die läuft gerade irgendwo panisch durch den Dschungel. Keine Ahnung. Dabei ist sie zunächst bereitwillig auf meine Maschine gestiegen.“ Er versucht, mit den Fingern nach seinen Wunden zu tasten. „Ist mir auch scheißegal. Soll sie doch da krepieren. Undankbares Miststück.“

„Komm, du Samariter. Jetzt fluch nicht rum. Das ist Berufsrisiko. Ihr wolltet unbedingt diese Mission ins Leben rufen. Ihr hättet das nicht tun müssen. Das war eure Entscheidung.“

„Ja, weil ich es nicht einsehe, dass dieser Scheißkerl weiterhin mit seinen miesen Machenschaften durchkommt!“, knurrt Dracu und linst auf die Sprengfessel um meinen Fußknöchel. „Um den Scheiß kümmern wir uns auch noch. Wird Zeit, dass du das Teil loswirst.“

„Okay, okay. Jetzt lass uns mal überlegen, wo dein Bruder abgeblieben sein könnte, bevor Crita wieder ausflippt, wenn er nicht pünktlich zum Essen erscheint.“

Dracu nickt, während er mit der Hand versucht, seinen Rücken abzutasten, und zieht das Shirt wieder herunter.

„Bist du sicher, dass er nicht noch am Hafen ist? Vielleicht wurde er erwischt. Dann müssen wir ihm helfen.“

Dracu stößt laut Luft aus und fährt sich durch das dunkle Haar. Es ist nicht so schwarz wie das seines jüngeren Bruders, aber zu hell, um es ein dunkles Braun zu nennen. „Wie viel Zeit haben wir noch bis zum Crita-Ausbruch?“

Mir entfährt ein Lächeln bei dem Vergleich mit einem Vulkan, denn mit seiner Mutter ist nicht zu spaßen. „Etwa zwei Stunden.“

„Gut, dann lass uns losfahren.“

21. Kapitel

SAMIRA

Mit Tränen in den Augen sehe ich durch das kleine, runde Fenster. Das Schiff hat wieder abgelegt und schwimmt einige Meter vom Hafen entfernt. Ein dicker Schleier, den ich nicht wegblinzeln kann, hat sich vor meinem Auge gebildet. Ich kann nicht fassen, was ich zufällig und in letzter Minute von meinem Fenster aus beobachtet habe. Es erschließt sich mir nicht, dass Jade einfach mit diesem Unbekannten weggefahren ist und mich hier zurücklässt. *Warum hat sie das getan? Ist sie mir böse, weil ich unseren ersten Abend an Bord nicht ausschließlich mit ihr verbracht habe? Ich meine, sie hatte doch auch ihren Spaß mit dem blonden Kerl. Oder etwa nicht? Was ist passiert?*

Seit drei Stunden bin ich in diese Kabine gesperrt. Soll mich beruhigen, bis Amir mich holen kommt – so hat man es mir gesagt. *Warum soll ich mich beruhigen, verdammt? Nur weil ich an Deck nicht bei diesem Mist mitmachen wollte?!* Ich werde nicht wie diese anderen seelenlosen Mädchen wie eine billige Nutte an Bord herumlaufen und die Gäste bezirzen! Die meisten von denen sind abscheuliche, alte Säcke, die ihre Hände überall haben und hinstecken, wie es ihnen passt. Nicht mit mir! Das habe ich einem von ihnen mit einer Ohrfeige klar zu verstehen gegeben. Tja, und dann kam ich hierher.

Dieser Trip, der unser großes Abenteuer werden sollte, ist völlig aus dem Ruder gelaufen. Und im Gegensatz zu Jade habe ich es viel zu spät gemerkt. Meine beste Freundin – mein Ein und Alles – hat mich hier allein zurückgelassen. Warum? War sie es leid? Ist sie sauer über die Situation, in die ich uns gebracht habe? Wer weiß, was man ihr angetan hat? Vielleicht ist sie an so einen Typen geraten und hat Panik bekommen? Es ist ausgeschlossen, dass ich sie mit einer anderen Frau verwechselt habe. Es war Jade. Eindeutig. Oder? Andererseits ist Jade so vernünftig, dass sie niemals mit einem vermummten Fremden mitfahren würde. *Es sei denn ... sie will Hilfe holen. Oder sie sucht mich. Verdammt! Das muss ... nein ... das kann nur der Grund sein. Wäre ich doch bloß zurück in die Kabine gegangen, statt bei Amir zu schlafen. Dann würden wir beide jetzt unseren Dienst antreten und alles wäre gut ... zumindest halbwegs, denn der Job hier ist mir nicht mehr geheuer.*

Rückwärtsgehend, weiter das kleine Fenster nicht aus den Augen lassend, gehe ich, bis ich die kalte Wand hinter mir spüre. Eine Wand, die mir Halt gibt und an der ich mich langsam hinuntergleiten lasse. Ich ziehe die Beine an, lege meine Arme darum und lasse meinen Kopf versinken. Es tut gut, meinen Tränen freien Lauf zu lassen und meiner Verzweiflung ein Ventil zu geben. Ich fühle mich allein und verloren ohne Jade. Die Beine fester umgreifend, schluchze ich und mir ist es egal, ob das jemand hören kann. „Jade, was mach ich nur ohne dich?“ Es ist ein Flüstern zu mir selbst, dass aus tiefstem

Herzen kommt. „Ich kann nicht ohne dich sein." Mein Kinn bebt und ich spüre die aufkeimende Wut über mich selbst. Hätte ich diesem Trip doch bloß niemals zugestimmt. *Wer weiß, was der Typ mit Jade macht!* Der Gedanke daran reißt mein Herz in Stücke. Wenn ihr etwas zustößt, der Kerl ihr wehtut oder sie entführt, könnte ich mir das niemals verzeihen.

22. Kapitel

JADE

Irgendwo im Dschungel Javas

„Scheiße! Scheiße! Scheiße!“ Laut fluchend wage ich mich Zentimeter für Zentimeter vorwärts.

Es ist stickig unter dem Sack, den der Kerl mir bei einem kurzen Halt mitten im Dschungel über den Kopf gezogen hat – zumal bei diesem Klima. Als könnte ich mich bei dem dichten Gestrüpp überhaupt noch darauf konzentrieren, wohin wir fahren. Da habe ich Panik bekommen und wild um mich geschlagen. Ich glaube, ich habe ihn getroffen. Aber das ist doch auch kein Wunder, wenn man mir das Augenlicht nimmt, als sei ich eine Geisel. Wir kamen gar nicht erst dazu weiterzufahren, als der Kerl die Beherrschung verloren und mir die Hände auf dem Rücken gefesselt hat. Nach einer schier endlosen Diskussion ist er schließlich allein davongebrettert. Nun stehe ich hier: blind und völlig orientierungslos – mitten im Dschungel. Die Chance, Samira jetzt noch zu finden, liegt bei null!

Ich versuche, mich an den Lauten des Dschungels zu orientieren. Vogelzwitschern erklingt aus der Ferne und ganz leise plätschert Wasser. Etwas Feines, Dünnes berührt meine Beine. Ich muss in hohem Gras stehen, denn um mich herum zirpt es ausdauernd.

Es ist unsagbar heiß unter dem Stoff, der mein Gesicht bedeckt. „Ganz ruhig, Jade. Konzentriere dich. Panik bringt dich jetzt nicht weiter", spreche ich mir selbst wie ein Mantra zu. „Ganz ruhig."

Das Zirpen der Grillen verstummt, als ich ein lautes Knacken vernehme. Ein spitzer Schrei entfährt mir, den ich sofort zu ersticken versuche. *O Gott! Das wird doch hoffentlich kein wildes Tier sein?!* Mein Herz rast so heftig, dass ich meine Halsschlagader deutlich pulsieren fühle. Gebannt lausche ich der Stille. Wieder ein Knacken. Doch kein verräterischer Laut eines Raubtieres. Vor meinem inneren Auge sehe ich einen Java-Leopard, wie er sich durch hohes Gestrüpp an mich heranschleicht. In Kürze wird er sich auf mich stürzen und in Stücke reißen. Für ihn gebe ich garantiert ein feines Abendmahl ab. Etwas Lautes summt und berührt mich am Arm. Erschrocken halte ich die Luft an. Vielleicht ist es eine Schlange. *O Gott! Bitte nicht!* Sofort weiche ich zurück. Von der Vielzahl an Vipern und Ottern auf Java habe ich in einem Reiseführer gelesen. Namen wie Todesotter, Königskobra, Taipan oder Schwarzschlange habe ich mir gemerkt und bin nicht scharf darauf, einer von ihnen zu begegnen. Das Gift einiger der auf Java vorkommenden Schlangen ist so tödlich, dass man nur noch wenige Minuten zu leben hat, wenn nicht sofort das Gegengift verabreicht wird. In dieser Situation wäre ich verloren. Hektisch atmend verharre ich in meiner versteinerten Position und lausche den Tiefen des Dschungels. Doch ich höre nur meinen eigenen Herzschlag. Die Sekunden, die vergehen, kommen mir wie eine Ewigkeit vor. Hätte ich nicht die Hände hinter dem Rücken verbunden, würde ich mich sofort von diesem lästigen Sack befreien, der mich zu ersticken droht. Ich muss etwas sehen! Sonst werde ich hier sterben.

Der Ruf eines Vogels und lautes Flattern begleiten den Windzug zu meiner Rechten. Kurz darauf höre ich den Vogel, der es sich unweit von mir bequem gemacht haben muss, und atme erleichtert durch. Allerdings erklärt er nicht das Knacken, das sich einen Augenblick später in mein Gehör schleicht. Hektisches Flattern. Der Vogel muss geflüchtet sein. Doch wovor?

„Scheiße!", fluche ich leise und zittere vor Angst.

Wieder ein Geräusch. Dieses Mal klingt es, als würde jemand auf mich zukommen.

„Beweg dich nicht", mahnt mich eine leise, aber ziemlich eindringliche Stimme in gebrochenem Englisch.

Sofort verfalle ich in Schnappatmung und drehe den Kopf nach links und rechts, obwohl ich ohnehin nichts sehen kann. „Wer ist da?"

„Atme ruhig. Frag dich lieber, *was* da ist."

„O Gott", wimmere ich und werde von einem menschlichen Zischen unterbrochen.

„Bitte nicht bewegen. Sie spürt jede Vibration, die du mit deinem Gezeter verursachst", die Stimme, die zu einem Mann gehört, ist leiser geworden.

„*Sie*?", wispere ich und kneife, ein Stoßgebet in den Himmel schickend, die Augen zusammen. Mein Verstand wird von chaotischen Gedanken überschwemmt, während meine Kontrolle über rationale Überlegungen völlig verloren gegangen ist. Meine Fluchtinstinkte sind aktiviert, und es entsteht der unwiderstehliche

Drang, diesem unerklärlichen Schrecken zu entkommen. Wenn möglich lebendig. „Wer: *sie*?", wiederhole ich und verschlucke mich beinahe an meinen Worten.

„Die Kobra."

O mein Gott! Erst jetzt nehme ich das Zischeln wahr. Direkt vor mir. Augenblicklich breitet sich ein Kloß in meinem Hals aus, der mich zu ersticken droht.

„Ich werde sie dir vom Hals schaffen. Bitte jetzt nicht bewegen", flüstert der Mann, der ganz klar nicht der Motorradfahrer vom Hafen sein kann, da seine Stimme anders klingt.

Die Abfolge der Geräusche, die mit einem Stöhnen beginnt, durch ein Zischen unterbrochen wird und mit einem dumpfen Schlag endet, raubt mir fast den Atem. *Hat er sie erwischt? Oder sie ihn?*

Stille.

Schwindel ereilt mich, denn ich glaube, zu hyperventilieren. Meine Beine geben nach. Alles dreht sich.

Aus.

23. Kapitel

AMIR

Festland von Java

Die Geschäfte mit dem Java-Volk sind mir immer ein ganz besonderes Vergnügen. Die Geschichten, die sich um Balians Vater und unsere Kreise drehen, sind allseits bekannt und verschaffen mir den nötigen Respekt. Jeder einzelne der unterbelichteten Inselbewohner fürchtet das Darmawan-Syndikat.

Ich habe das Schiff verlassen und flaniere vom Hafen auf einen schwarzen Jeep zu. Zwei meiner schwer bewaffneten Security-Männer gehen vor und zwei hinter mir. Mit dem Wissen, dass auf dem Schiff vier Scharfschützen positioniert sind, wiege ich mich in Sicherheit. Mir ist klar, dass ich hier einige Feinde habe. Allerdings bin ich vorbereitet und nicht gewillt, mich auch nur den Hauch eines Zentimeters einschränken zu lassen. Ich betrete die Insel wann und wo ich es will. Auf eine Einladung warte ich nicht und erst recht kündige ich mich nicht an, wenn wir außerplanmäßig einlaufen. Zu sehr genieße ich die verängstigten Gesichter der einfachen Inselbewohner. Die Geschäftsleute lassen sich zwar nicht so leicht in Angst und Schrecken versetzen, aber einen Spontanbesuch können sie ebenso wenig leiden wie das Schutzgeld, dass meine Leute ihnen abknöpfen. Wir nennen es den Beitrag, den die Geschäftspartner an das Syndikat zu leisten haben, um überhaupt mit uns Großen spielen zu dürfen.

Mein Gefolge und ich kommen an einer Kirche vorbei, vor der vier Jungen Fußball spielen. Sie mögen nicht älter als sieben oder acht Jahre alt sein. Ausgelassen kicken sie den alten Lederball hin und her, der ganz offensichtlich schon bessere Tage gesehen hat. Sie lachen und sind ganz ins Spiel vertieft.

Ich kann mir ein kleines Schmunzeln nicht verkneifen, denn auch ich habe Fußball als Kind geliebt. Balian, Nero, Zuma und ich haben oft bis in die späten Abendstunden gespielt. Damals, als das Leben durch unseren Geheimclub noch einigermaßen unbeschwert war – zumindest, wenn man sich an die strengen Regeln des Syndikats hielt. Zum Glück ist das längst Geschichte. Doch weiß Gott keine schöne ... Ich habe meinen Vater dafür gehasst, dass er mich dem ausgesetzt hat, doch er hatte keine Wahl. Hätte er die Position gehabt, an der ich jetzt stehe, wäre meinem Vater das vielleicht sogar möglich gewesen.

Beim Anblick meiner Männer stoppt der Ball abrupt.

Die Jungen sind wie zu Salzsäulen erstarrt und sehen uns mit großen Augen an. Ehrfürchtig stieren sie auf unsere Waffen und ich kann dabei zusehen, wie ihnen die Farbe aus dem Gesicht weicht.

Einer meiner Wachleute vor mir scheucht sie auf, indem er die Maschinenpistole leicht anhebt und amüsiert sich laut lachend, als die Jungs panisch in die Kirche rennen.

„Ratouh, es reicht!", knurre ich und werfe ihm einen bitterbösen Blick zu, als er sich im Gehen zu mir umdreht.

Lachend schüttelt er den Kopf und wendet sich wieder der Straße vor uns zu.

Barez, der Wichser, ist einer der Inselsheriffs, wie ich ihn gern bezeichne und erwartet uns in einer Gaststätte. Wie auch ich, wird er in Schutzbegleitung sein.

Ein Treffen unter vier Augen wäre niemals möglich, denn weder die Javaner, noch die Mitglieder des Darmawan-Syndikats schätzen einander sonderlich. Allerdings sorgen sie dafür, dass die Transporte unserer Waffen tadellos weiterlaufen.

Java ist unsere Umpackstation für Waffen, Drogen ... Alles, was unbemerkt weiterverschifft werden soll, bekommt hier ein todsicheres Versteck. Drogen wurden bereits in Autoersatzteile geschweißt oder Waffen in Tierkadavern versteckt. Alles ist möglich – die Javaner sind außerordentlich kreativ. Bisher sind wir nie aufgeflogen. Wer uns kontrolliert, den schmieren wir. Wer uns verpfeifen will, den beseitigen wir. So einfach ist das. Also betreiben wir die Geschäfte weiter – trotz aller Antipathie.

Barez ist ein enger Freund von Balians Vater und ich sehe ihm jedes Mal an den Augen an, wie sehr er mich hasst, für das, was ich seinem Freund angetan habe.

Doch das juckt mich einen Scheiß. Er hat wahrscheinlich keine Ahnung, dass Bayan und sein Sohn uns verraten haben.

Mit den Darmawan legt sich besser niemand an – das weiß auch Barez. Das weiß der Scheißkerl auch.

Die Kneipe liegt nur einige Meter von der Kirche entfernt und gerät in mein Sichtfeld.

Meine Sicherheitsleute fokussieren die Umgebung genau. Unsere Schritte werden daher langsamer. Jede noch so kleine Bewegung registrieren sie.

„Alles sauber bisher", höre ich von vorn.

„Hier hinten auch."

Vor der Kneipe bleiben die beiden Männer hinter mir stehen, während die beiden vor mir die Tür öffnen. „Wir geben Entwarnung, wenn drinnen alles sauber ist", sagt einer von ihnen und verschwindet mit dem anderen hinter der Tür.

Ungeduldig sehe ich mich um. Ich hasse es, zu warten.

Die kleinen Jungs linsen aus der Kirche hervor und behalten uns im Blick. Sollen sie ruhig Respekt haben. Das sollte jeder hier.

„Sauber – wir können reingehen", unterbricht Ratouh meinen Gedankengang und winkt uns hinter sich her.

Das Innere der spärlich beleuchteten Kneipe ist stickig. Kalter Rauch steht in der Luft und es riecht nach Wald, Whiskey und Zigarren.

Keine fünf Schritte über die dreckigen Dielen vergehen, bis ich den kleinen, mit Goldketten behangenen Fettwanst an einer der Tischgruppen ausmache. Sein Hut, der dem eines Forschers gleicht, passt nicht zu dem urigen Zweiteiler – einem samtroten Anzug, der den Touch der Dreißigerjahre hat. Doch der Hut kaschiert das nicht mehr vorhandene Haar und seine tätowierte Hohlbirne. Grob gestochene Schlangen und Fratzen auf der kahlen Haut blitzen unter dem Hut hervor.

Genervt nähere ich mich der Tischgruppe und bin verwundert, dass der Kerl überhaupt auf einen der Stühle passt. Schade, dass er bereits sitzt. Ich hätte gern gesehen, mit welcher Mühe er sich dort hineingepresst hat. Wahrscheinlich wird man ihn herausschneiden müssen. Zumindest lässt das die Fettmasse vermuten, die unter der Lehne hervorquillt.

„Amir, was für eine Freude."

Das kann ich nicht behaupten, doch das, was mir zu Ohren kam, ist äußerst interessant. „Barez", entgegne ich mit affektiertem Lächeln und ziehe einen der Stühle zurück.

Ratouh, dessen Gesicht aussieht wie das eines Maulesels, stellt sich dicht hinter mich, als ich Platz genommen habe.

„Ich habe gehört, du hast mir etwas Neues anzubieten."

Der Fettsack hebt eine Braue und wundert sich wahrscheinlich, woher ich von den Diamanten erfahren habe, die einer seiner Leute in einer Höhle gefunden hat. „Habe ich?"

„Es ist klein, scharfkantig, glänzend und von großem Wert", helfe ich ihm auf die Sprünge.

Der Drecksack, der die Steinchen offenbar für sich behalten wollte, seufzt. „Woher ...?"

„Ich habe meine Quellen, wie du weißt."

„Es sind nicht viele", beginnt er und wischt sich mit einem Taschentuch, das er aus dem Revers seines Jacketts zieht, den Schweiß von der Stirn. „Wahrscheinlich nur ein Glücksfund."

„Ein Glücksfund?", stelle ich fest und kneife die Augen leicht zusammen.

„Ja."

„In einer Mine?"

Barez Hand zittert leicht. Schnell hebt er den Arm von der Tischplatte und legt ihn auf sein Knie.

Dieses fette Schwein lügt.

Verschwörerisch lehne ich mich zu Barez vor und deute mit dem Kopf hinter mich. „Ratouh ist schon ganz ungeduldig. Weißt du auch, warum?"

Langsam schüttelt mein Gegenüber den Kopf. „Nein."

„Willst du es wissen?"

Unsicher tauscht Barez Blicke mit seinen Sicherheitsleuten aus, die sich an zwei der Fenster mit den zugezogenen Samtvorhängen gelehnt haben. „Will ich?"

„Oh, ich glaube schon. Er ist schon ganz heiß darauf, deine Frau bewusstlos zu ficken – vor deinen Augen." Düster lächelnd lehne ich mich noch ein Stück vor und höre es hinter der Schweinebacke klicken.

Barez, der ziemlich blass um die Nase geworden ist, hebt die Hand. „Ist schon gut. Nimm die Waffe runter. Wir unterhalten uns nur", weist er einen seiner Leute in die Schranken. „Amir, es sind wirklich nur zwei wertlose kleine Steinchen. Keine Diamanten."

„Eben waren es noch welche."

„Ich dachte es zunächst", stammelt er, „aber ich bin mir inzwischen sicher, dass es keine sind."

„Ist das so?“ Ungeduldig balle ich die Hand zu einer Faust und lasse dabei die Finger knacken.

„Was ist mit dem Kokain? Soll es wieder so viel sein, wie beim letzten Mal?“

„Lenk nicht ab!“, knurre ich und erhebe mich. „Ich werde keine weiteren Geschäfte mehr mit dir machen, wenn du meinst, mich hintergehen zu müssen!“

„Amir, du hast mich falsch verstanden. So war das nicht gemeint“, versucht mich der armselige Wicht zu beschwichtigen, dem wahrscheinlich gerade klar wird, dass er am Arsch ist, wenn wir die Verbindung auflösen.

Die Mitglieder des Darmawan-Syndikats werden die Insel einnehmen und Barez samt seinem erbärmlichen Gefolge auslöschen. Der einzige Grund, warum wir das nicht längst getan haben, ist, dass ich seine Verbindungsmänner nicht kenne. Allerdings weiß ich auch, dass er der Bruder des Polizeichefs von Java ist, den er großzügig schmiert, was unseren Geschäften zugutekommt.

„Ich werde sie dir geben.“ Barez’ Kinn bebt, als Ratouh den Lauf seines Maschinengewehrs auf die Stirn des Fettsacks drückt.

Seine Sicherheitsleute halten ihre Waffen auf mich gerichtet, was ich mit einem bitterbösen Blick in die Richtung des Fetten, der sich nicht aus seinem Stuhl erheben kann, quittiere.

„Nehmt die Waffen runter, Jungs“, weist Barez seine Leute an, doch diese reagieren nicht. Sie liefern sich mit meinen ein stummes Blickduell.

Die Luft ist zum Schneiden dick. Eine falsche Bewegung, ein falsches Wort und es knallt.

„Sofort!“ Wie ein Bach rinnt Schweiß über Barez’ Stirn. „Kaleh, die Diamanten!“ Blind winkt er einen seiner Leute zu sich heran. „Nun mach schon!“, schiebt er mit Nachdruck hinterher, als dieser nicht sofort reagiert.

Der Kerl links vom Inselsheriff greift mit seiner langfingrigen Hand in die Beuteltasche, die um seinen knochigen Hals hängt. „Hier sind sie“, sagt er lispelnd, als er sie auf den Tisch vor mir legt. Seine Zähne sehen wie die eines Esels mit Überbiss aus.

„Geht doch. In vier Stunden holen meine Leute den Rest davon ab.“

„Aber es gibt –“ Barez stoppt sich selbst, als ich ihn zornig anblicke. „Ich meine ... Wir graben nach mehr.“

„Das will ich hoffen“, knurre ich, stecke die Steinchen ein und verlasse wie ein dunkler Schatten die Kneipe. Wohl wissend, dass der Fettsack sich einscheißen wird, wenn er meiner Forderung nicht nachkommt.

24. Kapitel

JADE

Lishia Anwesen, Limanossa, Java

Es ist das zweite Motorrad binnen weniger Minuten, doch eine Wahl hatte ich dieses Mal nicht. Keine zehn Pferde hätten mich dazu bringen können, an diesem Ort zu bleiben. Wäre der Fremde nicht gewesen, würde ich jetzt nicht mehr leben. Wahrscheinlich würden Einheimische mich irgendwann tot im Gestrüpp auffinden. Mein Tod durch einen Kobrabiss wäre grauenvoll gewesen, dessen bin ich mir sicher.

Als der Unbekannte mit dem dunklen Haar mich von dem Sack über meinem Gesicht befreit hat, musste ich beim Anblick der toten Kobra erst einmal kotzen. Das war zu viel für mich.

„Sorry, aber den muss ich dir wieder aufsetzen. Du darfst nicht wissen, wohin wir fahren“, waren seine letzten Worte an mich, bevor er mir den Sack wieder übergestülpt hat. Eine Hand hat er am Sitz fixiert, die andere zum Festhalten freigelassen.

Ich habe keine Ahnung wie lange wir schon fahren, aber eines ist gewiss: Mein Magen nimmt diesen holprigen Weg nicht ewig hin.

„Wir sind gleich da. Festhalten."

Schnell klammere ich mich an den Sitz, bevor es sich anfühlt, als würden wir für wenige Sekunden den Boden unter den Rädern verlieren. Bevor ich mir weitere Gedanken darüber machen kann, legen wir eine unerwartete, heftige Bremsung hin.

Panik überkommt mich urplötzlich, sodass ich nach Luft japse. „Fuck, fuck ..."

„Fluch nicht so viel", die Stimme des Kerls hat einen strengen Unterton.

„Du hast leicht reden. Wo –" Ich stoppe, als mir der Sack vom Kopf gezogen wird. Gleißend helles Licht blendet mich, sodass ich mehrmals blinzeln muss, bevor ein dichter Wald vor meinen Augen erscheint. „Was ist das für ein Ort?"

„Die Insel der Verdammten." Ein kleines Grinsen breitet sich auf den Lippen meines Kidnappers aus. Findet er das etwa lustig? „Willkommen auf Lishia. Komm mit."

Die Insel der Verdammten?! Was ist das für eine kranke Scheiße? Trete ich gleich etwa Knochenketten behangenen Ureinwohnern gegenüber, die mich nach einem grausamen Ritual aufessen werden? So wie in dem letzten Film, den ich mit Samira im Kino gesehen habe? Bevor ich dem Kerl etwas entgegnen kann, umfasst er mein Handgelenk und zieht mich mit sich. „Nein, ich will nicht!", schreie ich und stemme mich dagegen.

Der Kerl bleibt stehen, seufzt und lässt meinen Arm los. „Das steht nicht zur Diskussion!" Dann packt er mich an den Beinen und wirft mich über seine Schulter.

Sofort zappele ich wie verrückt mit den Füßen und versuche, nach ihm zu schlagen.

„Du kommst jetzt mit. Ob du willst oder nicht. Hier draußen wirst du sterben. Das garantiere ich dir! Oder hat dir die Bekanntschaft mit der Kobra nicht gereicht?!"

„Was?" Meine Hände und Füße erstarren, sodass ich wie ein nasser Sack über seiner Schulter hänge.

„Wenn es das ist, was du willst, lasse ich dich gern zum Sterben hier. Irgendein Tier wird sich deiner schon annehmen. Doch dann ist niemand da, um dich zu retten."

Ich werde heruntergelassen. So plötzlich, dass mein Umfeld kurz zu schwanken droht. Mir scheint, als wolle der Kerl mir wirklich nichts Böses. „Ich weiß nicht einmal deinen Namen und soll mit dir kommen?"

Der Typ beäugt mich kritisch. „Ich bin Miroh." Er fährt sich durch das dunkle Haar und greift nach einer Wasserflasche, die er aus einer Gürtelflasche zieht.

Ich kann kaum dabei zusehen, wie er trinkt, ohne dass meine Kehle brennt.

„Möchtest du auch ...?"

„Jade", antworte ich wie aus einem Automatismus heraus, obwohl ich mir geschworen hatte, ihm nichts über mich zu erzählen. Doch hier im Dschungel, der so unfassbar groß und voller Gefahren ist, ist er nun der einzige Mensch, den ich um mich habe. Zumindest noch. Wer weiß, wer mich außerdem hier erwartet. Ich nicke.

Miroh hält mir die Flasche hin.

Zuerst zögere ich, aber da er selbst daraus getrunken hat, wird das Wasser wohl nicht vergiftet sein. Gierig trinke ich, bis der Durst abklingt. „Warum hast du mich hierhergebracht?", will ich wissen und gebe Miroh die Flasche zurück.

„Ist dir nicht klar, auf wessen Schiff du da warst und was mit dir passieren sollte?"

Unwissend schüttele ich mit dem Kopf.

„Der Name Amir ist dir aber geläufig, oder?"

„Ja", entgegne ich mürrisch, denn der Gedanke an dieses blöde Arschloch, dem wir das alles zu verdanken haben, macht mich wütend.

„Dieser Bastard wollte dich an einen Mädchenhändlerring verjubeln. So wie er und sein Clan es regelmäßig mit den Frauen machen, die er auf sein Prachtschifft lockt."

„Was?!" Ich kann und will nicht glauben, was ich da höre. Denn das würde bedeuten, dass er mit Samira dasselbe vorhatte. „Ich glaube, ich muss mich setzen." Mit großer Mühe versuche ich, ruhig zu atmen und nicht wieder in Panik zu verfallen. Zum Glück ist der Boden ebenerdig, sodass ich mich gefahrlos niederlassen kann.

Miroh setzt sich neben mich. Er wirkt nun, wo er mir seinen Namen verraten hat und es offenbar nicht ganz so schlecht mit mir meint, nicht ansatzweise so bedrohlich wie noch vor wenigen Minuten. Irgendetwas an ihm sagt mir, dass das keine Show ist. Dass er nicht zu den Bösen gehört. Aber verlassen will ich mich darauf nicht. Noch nicht.

Miroh erhebt sich. „Komm, lass uns von hier verschwinden. Es ist nicht mehr weit. Ich möchte dir ein paar Leute vorstellen. Nette Leute. Dir droht keine Gefahr, wenn du mit mir kommst."

„Ist Samira auch hier?“, frage ich voller Hoffnung und stehe auf.

„Wer?“

„Samira – meine Freundin. Ich glaube, sie ist mit dem anderen Motorradfahrer mitgefahren. Ihr gehört doch zusammen oder? Warst du nicht am Hafen?“

„Doch, war ich. Aber was deine Freundin angeht: Ich habe keine Ahnung, weil ich noch etwas erledigen musste. Ob sie auch hier ist, kann ich dir nicht sagen. Das werden wir gleich sehen.“

25. Kapitel

SAMIRA

Es ist das wohl allerschönste Abendkleid, das Amir mir zusammen mit einem Strauß weißer Rosen und einer Einladungskarte in meine Kabine hat bringen lassen. Es scheint, als sei er sehr bemüht, mich zu beschwichtigen und da ich noch keinen Plan habe, wie ich weiter vorgehen soll, mache ich erst einmal weiter, wie es Amir von mir verlangt. Was bleibt mir auch anderes übrig? Es ist reiner Schutzinstinkt. An Bord sind so viele seltsame Menschen. Manche sehen wirklich gefährlich aus – besonders die schwer bewaffnete Security, die mit Dobermännern über die Decks patrouilliert. Ich werde ruhig bleiben. So lange, bis ich einen Plan habe. Wenn ich im Amirs Nähe bin, wird mir hoffentlich nichts passieren. Zwar traue ich ihm nicht mehr so wie zu Beginn, doch er bemüht sich im Augenblick sehr, mich glücklich zu machen.

Meine neue Kabine liegt direkt neben seiner. Jade wird wohl ohnehin erst einmal nicht wiederkommen. Dank der Tablette, die der Schiffsarzt mir verabreicht hat, lässt meine Trauer nach. Sie verträgt sich zwar nicht sonderlich mit dem Wein, den ich mir heute genehmigt habe, aber das tangiert mich nicht sonderlich.

Ich bin wie meiner Gefühle beraubt, was in der ausweglosen Situation, in der ich mich gerade befinde, wahrscheinlich gar nicht mal so schlecht ist.

Pailletten in einem dunklen Türkis. Ich mag mir gar nicht ausmalen, wie viel das Kleid wohl gekostet hat. Mein Haar habe ich an einer Seite mit einer silberfarbenen Haarspange oberhalb meines Ohres nach hinten gesteckt, doch zur anderen Seite fällt es in leichten Wellen über meine Schulter.

Amir, mit dem ich verabredet war, hat sich in letzter Minute entschuldigen lassen. Er müsse noch ein paar Anrufe tätigen und würde in Kürze dem Essen beiwohnen. Ich solle schon anfangen, richtete einer der Bediensteten aus. Das war vor einer Dreiviertelstunde. Und nun, zwei Gläser Wein später, sitze ich an einer reichlich gedeckten Tafel und greife nach einem Glas Mousse au Chocolat, nachdem ich die Vorspeise und den Hauptgang hinter mir habe. Mir ist ein bisschen schummrig, doch ich habe Hunger.

Behutsam ergreife ich den kleinen Silberlöffel und stecke ihn in die weiche Mousse, während im Hintergrund die Kerzen auf dem Tisch kurz aufflackern. Unbehelligt schiebe ich den Löffel zwischen meine Lippen und lasse der Geschmacksexplosion auf meiner Zunge ihren Lauf. *Gott, schmeckt das gut.* Schokolade hat schon immer gut gegen Kummer und Sorgen geholfen. Beim zweiten Löffel spüre ich hinter mir einen Windzug und erschrecke, als sich eine tätowierte Hand auf meine Schulter legt.

„Du bist also schon beim Nachtisch? Sehr gut.“ Amirs dunkle Stimme beschert mir Gänsehaut.

„Ähm, ja“, stammele ich und schlucke die Mousse hinunter.

„Sehr gut. Dann komme ich ja genau richtig.“ Amirs Worte sind wie ein dunkles Versprechen, das meine unschuldige Seele erklimmt, um sie einzunehmen. Er zieht mich samt Stuhl zu sich herum. Leicht vorgebeugt, sieht er mich aus seinen dunklen Raubtieraugen an. Irgendetwas ist anders an ihm. Er wirkt gestresst, dennoch lächelt er. Der nachtschwarze Anzug über dem weißen Hemd, zu dem er keine Krawatte trägt, steht ihm außerordentlich gut. Wieder einmal fällt mir auf, wie perfekt seine Gesichtszüge sind. Ich bin mir sicher, dass weiß er auch.

Unsicher versuche ich, seinem einnehmenden Blick standzuhalten, doch es gelingt mir nicht, ohne dass sich dabei Hitze auf meine Wangen und zwischen meine Schenkel legt.

Amir steckt seinen Fuß zwischen meine und schiebt meine Beine auseinander.

Irritiert sehe ich zu Boden und schrecke auf, als sich etwas Kaltes, Hartes klickend um meine Handgelenke legt, die ich locker auf der Stuhllehne gelehnt habe. „Fuck, hast du mich gerade –“ Ich breche den Satz selbst ab, als ich verdattert die Handschellen erblicke.

Amir grinst dunkel und greift nach einem Steakmesser.

„Was hast du vor?“ Erschrocken reiße ich die Augen auf. Leider kann ich in den amüsierten Gesichtsausdruck meines Gegenübers nicht viel reininterpretieren. *Will er mich umbringen und hat seinen Spaß dabei?*

Mit dem Messer in der Hand kniet er zwischen meinen Beinen nieder.

Mein Herz überschlägt sich fast.

Amir setzt die Klinge an den Saum meines Kleides und schneidet es langsam nach oben hin auf.

Meine Seele weint beim Anblick des zerstörten Stoffes.

Die Klinge macht kurz vor meiner Mitte Halt, die vor Hitze nur so glüht.

Amir pfeffert das Messer schwungvoll in eine Ecke, wo es in der hölzernen Wandverkleidung steckenbleibt.

Alles in mir zieht sich schlagartig zusammen, als Amirs Kopf zwischen meinen Beinen verschwindet und er mir zeigt, was er mit seiner Zunge anstellen kann. Mir wird abwechselnd heiß und kalt. Dieser Mann treibt mich an den Rand des Wahnsinns. Meine Finger kralle ich in die Armlehne und bin kurz davor, zu explodieren, als dieser Mistkerl plötzlich aufhört. Er löst die Handschellen und hebt mich vor sich hoch.

Meine Beine umklammern seine Hüfte und ich will nur noch eines: Erlösung. Ich werde mit dem Rücken auf die Tischplatte gedrückt und lande mit dem Kopf nur knapp neben der Kaviarplatte.

Eine Gürtelschnalle klappert.

Mein Herz pocht.

Ein Ruck und ich schreie auf vor Lust.

In harten, rhythmischen Bewegungen ist Amir in mir. Teller gehen scheppernd zu Boden, während er mir gibt, wonach ich ihn gedanklich angebettelt habe. Bis ich explodiere und alles zusammenschreie.

Meine Stimme hallt durch den Saal und mir wird klar, dass dieser Mann unersättlich ist. Unsanft werde ich herumgedreht.

Amir taucht den Finger in die Schüssel mit der Mousse au Chocolat und hält ihn mir vor den Mund.

Ich nehme ihn in den Mund und lutsche ihn genussvoll ab.

Amir lacht düster und taucht den Finger erneut in die Mousse und gibt mir davon.

Ich werde fest gegen die Tischplatte gedrückt und spüre seine Härte in mich eindringen. Bewegungslos erdulde ich die unbarmherzigen Stöße, die rein gar nichts mit dem Akt der Liebe zu tun haben. Sex mit Amir ist rau, animalisch und dunkel. Doch es gefällt mir. Zu wissen, dass dieser Mann mich begehrt, wo er mit seinem Aussehen und seiner Macht jede andere haben kann, macht mich an.

Amir hält inne, streicht mir über den Po, bevor sich ein brennender Schmerz begleitet von einem Knall auf der linken Seite ausbreitet.

Ich schreie auf, doch schon legt Amir seine Hand auf meinen Mund.

„Hier wird nicht geschrien", knurrt er ungehalten. „Ich will, dass du darum bettelst."

Darum betteln, von ihm geschlagen zu werden?! Hat er sie noch alle?

Sein Gesicht taucht seitlich neben meinem auf, als er sich von oben herunterbeugt. In seinen Augen lodert ein Feuer, das mich den Schmerz sofort vergessen lässt.

Ich bin immer noch leicht benebelt von der Tablette. War ich so fertig, dass ich das nötig hatte?

„Entspann dich", raunt Amir und stößt zu. Ich gebe nach, denn ich bin angeturnt von seiner Dunkelheit.

Amir ist erst fertig, als auch das letzte Glas vom Tisch gefallen ist. Er atmet schwer über mir und die Tafel sieht aus, als sei sie von einer Horde hungriger Tiere überrannt worden.

„Amir?!" Eine männliche Stimme hallt aus dem Flur ins Innere des Saals.

Zeitgleich schrecken wir auf.

Amir zieht sich aus mir zurück und richtet seine Hose. „Zieh dich an", weist er mich harsch an und verlässt eilig den Raum.

Na wunderbar – wieder fühle ich mich zurückgestoßen. Vielleicht kann er gar nicht anders. Liebe scheint nicht sein Ding zu sein – so wie bei mir. Liebe ist was für Träumer, die noch nicht in der Realität angekommen sind. Meine Mom hat auch immer an die Liebe geglaubt. Zumindest so lange, bis mein Vater sich entschieden hat, uns zu verlassen.

Amirs Bild flirrt immer noch vor meinen Augen. Warum ist er so kalt und lässt mich doch so nah an sich heran? Und wieso verdammt lasse ich mich darauf ein, nach all dem, was ich in der Vergangenheit erlebt habe? Vielleicht ist es genau das, was ihn so wahnsinnig attraktiv macht: diese Härte und seine Macht, die er über andere hat. Auch über mich – das muss ich mir eingestehen. Meine Beine zittern, als ich mein Kleid richte. Ebenso meine Hände. Das müssen Nebenwirkungen der Tabletten sein. Ich möchte in meine Kabine, sehne mich nach nichts weiter als nach meinem Bett. Auf dem Weg zur Tür wird mir allerdings klar, dass ich dieses nicht erreichen werde. Schneller als ich meine missliche Lage begreifen kann, geben meine Beine nach. Ich spüre den Boden unter meinen Füßen nicht mehr – ich falle und lasse mich von der Dunkelheit in die Arme nehmen.

26. Kapitel

JADE

Limanossa, Java

Meine Kleidung klebt an meinem verschwitzten Körper und ich sehne mich nach einer Dusche ... und einer Zahnbürste. Der Geschmack von Magensäure liegt immer noch bleiern auf meiner Zunge. Ich fühle mich dreckig, müde und ausgelaugt.

Die feuchte Hitze des Dschungels umhüllt mich, während ich mit jedem Schritt durch das dichte Dickicht tiefer in das Herz von Javas wildem Urwald eindringe. An meiner Seite geht er, dieser Mann, dessen dunkle Augen die Geheimnisse des Dschungels zu kennen scheinen.

Wir bahnen uns beharrlich den Weg durch das Dickicht, bis vor uns, durch die grüne Wand aus Blättern und Ranken hindurch, eine majestätische Ruine auftaucht.

Ihre verwitterten Mauern erheben sich stolz in die Höhe, von der Zeit gezeichnet und doch strahlend in ihrer uralten Pracht. Sie mutet wie ein verfallener Palast an, den die Natur zurückerobert hat.

Wir gehen näher, Schritt für Schritt, und ich spüre, wie die Aura dieses Ortes mich umfängt. Die steinernen Überreste erzählen Geschichten von vergangenen Imperien, von Tragödien und Triumph. Die Luft ist erfüllt von einem Hauch von Mystik und Abenteuer, der mich gleichzeitig fasziniert und erschauern lässt.

Ich lasse meinen Blick über die kunstvoll gemeißelten Säulen und die verzierten Reliefs gleiten, die trotz der Jahrhunderte immer noch ihre Geschichte in Stein gemeißelt halten. Ein Schauer läuft mir über den Rücken, als ich mir vorstelle, wer einst an diesem Ort gewandelt sein mag. In diesem Moment fühlt es sich an, als ob die Zeit stillsteht, als ob die Vergangenheit und die Gegenwart in diesem magischen Ort verschmelzen.

„Komm weiter."

Mein Körper ist von der Hitze und der Fahrt so geschwächt, dass ich nur noch vorwärts stolpere. „Ich habe Durst und würde mich gern abkühlen", murre ich, doch werde von Miroh unermüdlich weitergetrieben.

„Du bekommst gleich alles, was du brauchst. In Ordnung?"

Ich frage mich, warum Miroh so nett zu mir ist. Er muss es schließlich nicht sein.

Nach einigen Metern ist endlich Schatten in Sicht. Die Sonne brennt so brutal, dass ich schon einen kleinen Sonnenbrand habe.

Die Hitze der tropischen Sonne weicht einem kühlen Schatten, als wir die Schwelle der Ruine übertreten. Ein Hauch von Erleichterung umhüllt mich, als die feuchte Luft des Dschungels weicht. Meine Augen brauchen einen Moment, um sich an die plötzliche Dunkelheit zu gewöhnen, nachdem wir aus dem blendenden Sonnenlicht getreten sind.

Die Ruine, deren majestätische Fassade von außen beeindruckt, offenbart im Inneren ein faszinierendes Labyrinth aus Steinen und Schatten. Die Dunkelheit scheint die Geheimnisse dieses Ortes zu hüten, während meine Augen langsam Konturen und Strukturen in der Dämmerung erkennen.

Ein leises Rascheln in der Nähe lässt mich zusammenzucken, doch Miroh bleibt ruhig. Seine Präsenz vermittelt mir eine gewisse Sicherheit in dieser ungewissen Umgebung.

„Willkommen auf Lishia", erklingt plötzlich eine weibliche Stimme aus der Dunkelheit, gefolgt von einem schattenhaften Umriss, der sich langsam nähert. Eine Gestalt taucht auf, erst nicht zu erkennen, bevor die schwachen Lichtstrahlen ein Gesicht enthüllen. Es ist eine ältere Frau mit tiefen Falten, die von einem Leben voller Erfahrungen zeugen.

„Miroh, du hast Besuch mitgebracht", stellt sie mit einer ruhigen Stimme fest, die Autorität und Gelassenheit ausstrahlt.

Miroh tritt vor und begrüßt die Frau mit einer Ehrerbietung, die zeigt, dass zwischen ihnen eine verborgene Verbindung besteht. Die Worte, die zwischen den beiden ausgetauscht werden, erklingen in einer Sprache, die ich nicht verstehe, doch ihre Gesten und Blicke verraten eine Geschichte von Respekt und Verbundenheit.

Während Miroh und die Frau in lebhaften Gesprächen versinken, lasse ich meinen Blick durch die düsteren Hallen schweifen. Ich spüre eine eigenartige Mischung aus Ehrfurcht und Unbehagen angesichts der verborgenen Leben in diesen uralten Gemäuern. Die Ruine mag verlassen aussehen, aber sie birgt Geheimnisse und vielleicht sogar Bewohner, die im Verborgenen bleiben.

„Ich bin Crita. Herzlich willkommen." Ihr Lächeln schenkt mir Vertrauen, das ich nach diesem turbulenten Tag ganz dringend brauche. „Ihr kommt gerade richtig. Das Essen ist gleich fertig."

Crita folgend betreten wir den Eingangsbereich der Ruine, die Miroh sein Zuhause nennt, und durchschreiten eine schwere Eisentür mit silbernen Beschlägen. Große Pflanzen ranken sich seitlich darum und es wirkt, als sei diese Tür dem Dschungel entsprungen. Zufall oder ein architektonischer Kniff?

Im Inneren des Anwesens ist es erstaunlich kühl, was mich sofort entspannt ausatmen lässt. Dieses tropische Klima war noch nie was für mich. Keine Ahnung, wie man freiwillig hier leben kann. Andererseits, wenn es Heimat ist ...

„Wir sehen uns gleich." Crita verschwindet im Schatten einer Ecke wie durch Zauberei. Ob es hier geheime Gänge gibt? Mit Sicherheit.

„Komm weiter." Miroh winkt mich hinter sich her. Seinen schnellen Schritten ist nicht so leicht Folge zu leisten, denn ich bin ziemlich erschöpft.

„Was ist das hier?", frage ich und sehe mich neugierig um. Völlig reizüberflutet habe ich Mühe, alles um mich herum zu erfassen.

Der Boden besteht nicht mehr aus grobem Gestein, wie am Eingang, sondern aus teilweise stark beschädigten Marmorplatten, die vor Jahren wahrscheinlich einmal sehr edel ausgesehen haben. Ebenso der antike

Kronleuchter, der von der ziemlich hohen Decke hängt. Dicker Staub macht ihn zu einem Relikt längst vergangener, vermutlich prächtiger Zeiten. Ich bleibe stehen, als ich die vielen Malereien an der hohen Decke ein paar Meter weiter entdecke. Ehrfürchtig schreite ich vorwärts und sauge alle Eindrücke auf, die sich mir bieten.

„Gefällt es dir?“

„Ja, sehr“, hauche ich beeindruckt.

„Das ist noch gar nichts. Warte mal ab, bis du den Garten siehst“, lacht Miroh, wartet, bis ich ihn eingeholt habe und flaniert mit mir über einen langen, immer dunkler werdenden Flur. Dieses Mal ist sein Tempo angenehmer.

Seitlich des langen Ganges stehen Statuen, die brennende Fackeln in den Händen halten.

„Keine Sorge, hinten wird es wieder heller. Dies ist der alte Teil. Durch diesen Tunnel sind schon Krieger unseres Volkes gelaufen, da waren unsere Urgroßeltern noch nicht geboren.“

Ein bisschen komisch wird mir schon, als eine weitere Eisentür am Ende des Flurs in mein Sichtfeld gerät. Einerseits möchte ich wissen, was sich dahinter verbirgt, doch andererseits beschleicht mich das ungute Gefühl, dass das alles hier eine gewaltige Falle sein könnte und ich mich bisher in falscher Sicherheit gewogen habe. Meine Schritte werden langsamer, umso schneller meine Gedanken um diese Möglichkeit kreisen. Ich überlege, ob ich zurücklaufen soll, doch andererseits ahne ich, dass der wahre Feind eher vor den

Toren dieses Anwesens lauert. Noch bevor ich eine endgültige Entscheidung treffen kann, öffnet sich laut protestierend die Tür.

Ein Mann mit dunkelbraunem Haar, das ihm bis zum Nacken reicht, hat sie geöffnet und war offenbar gerade im Begriff, den Raum, der sich dahinter verbirgt, zu verlassen. Doch nun starrt er mich an und bleibt im Türrahmen stehen. Er trägt nichts weiter als eine schwarze Jeans – nicht einmal Schuhe oder Socken – ist ziemlich muskulös und übersät mit Tattoos.

Miroh flaniert lässig auf ihn zu und lässt mich zurück, ohne sich nach mir umzusehen.

Die beiden sprechen so leise, dass ich nichts verstehen kann. Allerdings sehe ich genau, wie der Fremde skeptisch über Mirohs Schulter zu mir herübersieht. Vielleicht fragt Miroh ihn nach Samira. *Ob sie hier ist?*

In seinem Blick liegt allerdings noch mehr als Skepsis. Er sieht mich aus seinen dunklen Augen an, als sei ich ein Wesen von einem anderen Stern, das ihn zutiefst irritiert. Er gestikuliert wild mit den Händen und fasst sich an die Stirn.

Offenbar bin ich hier nicht von allen erwünscht. Peinlich berührt schaue ich zu Boden, muss allerdings heimlich zu dem gutaussehenden Kerl im Türrahmen hinübersehen. Ich weiß, ich bin eine Fremde, aber keine Kuriosität aus einem Versuchslabor und verbrochen habe ich ebenfalls nichts. Ich möchte einfach nur Samira finden und dann mit ihr verschwinden. Doch nicht zurück auf das Schiff. Ich will nach Portland.

Die beiden Männer scheinen sich nicht ganz einig zu sein, denn der Fremde und auch Miroh gestikulieren immer noch wild mit den Händen.

Was ist denn da los? Ich dachte, die retten regelmäßig junge Frauen aus der Gewalt dieses Asiaten. Sollte diese Immunität etwa nicht für mich gelten? Und wenn dem so ist, warum? Die ältere Dame hat mich sogar zum Essen eingeladen. Was stimmt denn jetzt nicht?

Als ich wieder zu den beiden sehe, scheint sich die Lage beruhigt zu haben. Sie reichen sich die Hand. *Okay. Das sieht gut aus.* Vielleicht gibt es Hoffnung und man setzt mich nicht gleich wieder aus. Allein würde ich keine Nacht im Dschungel überleben. Ich würde mit Sicherheit aus Unwissenheit giftige Beeren essen oder einem Tier zum Opfer fallen.

Miroh hält mit zufriedener Miene auf mich zu, indes der Kerl im Türrahmen nicht so glücklich aussieht.

„Ist alles okay?", hake ich verhalten nach. „Wenn ich euch zu große Umstände mache ..."

„Machst du nicht. Es ist alles geklärt."

„Aber der Typ da hinten sieht nicht so begei –"

„Komm jetzt. Ignoriere ihn einfach." Er greift mich am Arm und zieht mich in Richtung der Tür.

„Warte. Ist Samira hier?"

„Weiß ich nicht. Komm jetzt."

Irritiert lasse ich mich von Miroh, der nach meiner Hand greift, mitziehen. Beim Durchschreiten spüre ich die missbilligenden Blicke des Mannes, an dem ich mich, ohne ihn anzusehen, vorbeigestohlen habe.

27. Kapitel

AMIR

Die Sonne steht rotglühend am Horizont. Ich stehe an Deck an der Bar meiner Privatlounge und genehmige mir einen Whiskey. Wir haben die Insel einige Kilometer umfahren. Bis zum Festland ist es nun nicht mehr weit. Fünfhundert Kilo unserer besten, synthetischen Drogen warten unter Deck, um verladen zu werden. Dario da Ghezaleh, das Oberhaupt der kleinen Insel ist seit mehr als sechzehn Jahren ein enger Geschäftspartner der *Darmawan*. Mit ihm kann man, im Vergleich zu Barez, ganz gut auskommen. Er ist ein sehr belesener und geselliger Mann von hohem Ansehen. Daher ist es ein Brauchtum, den Geschäftsabschluss mit einem guten Essen an Land zu besiegeln. Allerdings werde ich Samira mitnehmen. Zu groß ist das Risiko, dass sie mir durchbrennt oder an Deck herumschnüffelt. Womöglich denkt sie, dass ihre Freundin noch an Bord ist, wovon ich nicht ausgehe. Meine Männer haben sie in der Nähe des Hafens nicht ausfindig machen können. Wie es aussieht, ist sie beim letzten Halt abgehauen. Der Trick mit dem brünetten Double hat funktioniert. Gut, dass ich sie los bin. Eine Sorge weniger. Ob sie da draußen überlebt, ist mir gleich. Weit wird sie hier ohnehin nicht kommen. Die Wilden werden sie vergewaltigen und umbringen. Etwas anderes kann man von diesem unzivilisierten Abschaum aus den Tiefen des Dschungels nicht erwarten. Mich wundert nur, dass Samira nichts davon erzählt hat. Ich habe sie genau zum richtigen Zeitpunkt in die Kabine bringen lassen, nachdem ich den Kerl auf sie angesetzt habe. Dass sie sich wehren würde, wusste ich ganz genau. Inzwischen kann ich sie etwas besser einschätzen. Ob es ihr besser geht? Sie hat mir einen ganz schönen Schrecken eingejagt, als sie zusammengeklappt ist. Es war ein seltsames Gefühl, sie ins Bett zu tragen. Und ehrlich gesagt schäme ich mich dafür, sie, nachdem ich sie zugedeckt habe, noch eine ganze Weile beim Schlafen beobachtet zu haben. Was hat sie nur an sich, das mich so fesselt? Ein beiläufiger Blick auf die Uhr lässt mich meine Gedankenwelt verlassen.

„Rico?“, rufe ich einen meiner Handlanger zu mir und werfe einen Blick nach hinten, wo ich seine breiten Umrisse aus dem Augenwinkel heraus wahrnehme.

„Ja, Boss?“

„Hol mir Samira. Sie wird uns gleich begleiten.“

„Okay. Darf ich fragen, warum?“

Ich drehe mich zu meinem Leibwächter herum und ziehe eine Braue nach oben. „Was denkst du denn?“

Rico zuckt unwissend mit dem Schultern, was nicht anders zu erwarten war. Was soll in so einer Hohlbirne auch vor sich gehen? Er ist für die Drecksarbeit und zu meinem Schutz da. Nicht für strategische Überlegungen.

„Das letzte Treffen mit Dario liegt einige Monate zurück. Er wird mich sicherlich fragen, warum Balian uns verlassen hat. Wer weiß, ob er ihn gesprochen und was er ihm erzählt hat. Und bevor sich nachher irgendwelche Lügen zu Zarnu – seinem alten Freund – herumsprechen, lenke ich ihn lieber mit der kleinen Schönheit ab und halte das Thema bedeckt. Die wird ihm garantiert so den Kopf verdrehen, dass Dario gar keinen Gedanken an diesen Bastard verschwendet."

„Sehr gut durchdacht, Amir."

Ich ignoriere seinen Kommentar. „Samira soll sich schick machen. Such mit ihr etwas aus."

Rico weitet überrascht die Augen. „*Ich*, Boss?! Von Mode habe ich überhaupt keine Ahnung."

Grinsend trete ich näher an den Dummkopf heran. „Such etwas aus, das dich total anmachen würde." Ich lehne mich vor und komme seinem Ohr ganz nah. „Da kannst du nicht viel falsch machen." *Hoffentlich.*

„Puh, okay. In Ordnung."

„Gut, dann beeil dich gefälligst. In einer halben Stunde legen wir an."

***

Auf die Minute genau erscheint Rico mit Samira zur vereinbarten Zeit. Sie trägt ein klassisches schwarzes Kleid mit großzügigem Ausschnitt, das ihre wohlgeformten Brüste besonders betont, und hat das Haar zu einem devoten Pferdeschwanz zusammengenommen. *Gute Arbeit, Rico.* Sie trägt ein Septum durch die Nase. Es steht ihr, doch mir ist vorher nicht aufgefallen, dass sie eines getragen hat. Vielleicht hat sie es auch in den letzten Tagen herausgenommen. Wie auch immer – es macht mich irgendwie an. Die Augen hat sie mit einem dunklen Make-up betont. Ihre langen schwarzen Wimpern, die ihre braunen Augen umranden, werden Dario garantiert um den Verstand bringen.

„Guten Abend, die Dame", begrüße ich sie ganz Gentleman. „Du siehst bezaubernd aus." Ich sehe an ihr vorbei zu Rico und bilde mit meinen Fingern einen Kreis.

Mit einem Nicken versichert er mir, dass Samira ihre Tablette genommen hat. Eine Light-Droge zum Entspannen aus eigener Produktion. Gute Laune ohne Nebenwirkungen. So habe ich es ihr anfangs auch gesagt, sodass sie sie freiwillig genommen hat. Zugegeben: Ich habe das etwas verharmlost dargestellt, als wären es Bachblüten, aber ich wünsche keinen Zwischenfall bei diesem wichtigen Treffen. Anderenfalls hätte dies auch für mich weitreichende Konsequenzen.

Ein schüchternes Lächeln huscht über Samiras Lippen, was mich hart schlucken lässt.

Mein Magen zieht sich bei dem Wissen, dass sie mich nicht freiwillig begleitet, unangenehm zusammen.

Sie sieht an mir hinab und ihre Mundwinkel heben sich. Mein rabenschwarzer Smoking und die gleichfarbige Fliege zu dem weißen Hemd scheinen ihr zu gefallen, so wie sie mich ansieht. „Du führst mich heute aus?"

„Ja, wir gehen mit einem Geschäftsfreund essen." Den risikobehafteten Teil verschweige ich. In der Gegend habe ich viele Feinde. Der Besuch bei Dario ist nicht ungefährlich. In mir wächst das schlechte Gewissen, dabei wusste ich bis vor Kurzem nicht einmal, dass ich noch im Besitz von einem bin. *Was mache ich da? Das fühlt sich falsch an. Es fällt mir* schwer, die Fassung zu wahren. *Was sind das für Gefühle, die mich schleichend wie eine Krankheit befallen?*

Der Wind spielt mit Samiras dunklem Haar und treibt ihren süßen, weiblichen Duft in meine Richtung. Fahrig streicht sie sich mit den Händen über ihre Arme, als sei ihr kalt. Dabei klappern ihre Armreifen aus Metall mit eingearbeiteten Verzierungen. Bevor ich etwas entgegnen kann, huscht ein Lächeln über ihr Gesicht und ihre Augen funkeln im fahlen Licht des Abends.

Beruhigt deute ich mit dem Zeigefinger auf das Dorf auf dem Festland, das nur noch wenige Meter von uns entfernt ist. Es erstreckt sich direkt am Rande des Dschungels, eine unverwechselbare Grenze zwischen urbaner Zivilisation und der wilden, undurchdringlichen Natur des Waldes. Die ersten Gebäude des Hafenviertels ragen empor, ihre Fassaden von der salzigen Meeresluft und dem warmen Tropenklima gezeichnet. Die Architektur ist ein faszinierender Mix aus modernen Strukturen und dem Charme vergangener Zeiten, ein Hinweis auf die Geschichte und Vielfalt dieser Region. Die Lichter der Gebäude am Pier spiegeln sich im plätschernden Wasser. Die Geräuschkulisse des Hafens ist ein Kaleidoskop aus Lauten: das Brechen der Wellen am Kai, Schreie der Möwen über uns, das Dröhnen von Motoren der vorbeifahrenden Fahrzeuge und den Rufen der Fischer, die in ihren Booten die Fänge verladen. Unmittelbar hinter den ersten Reihen von Gebäuden breitet sich der Dschungel aus, eine grüne und undurchdringliche Wand, die mit einer Aura des Mysteriösen und Unerforschten lockt. Die Baumwipfel ragen hoch in den Himmel, eine unerschütterliche Armee von Pflanzen, die das Land beherrscht.

„Mein Geschäftspartner Dario lädt uns auf seinen Teil der Insel ein. Je nachdem wie spät es wird, bleiben wir über Nacht und sind morgen früh zurück." Die Entscheidung habe ich spontan getroffen, denn irgendetwas in mir rät mir dazu, mich mit Samira zu amüsieren und sie näher kennenzulernen. Das mache ich sonst nie, doch in ihrer Nähe spüre ich eine längst verborgene Seite an mir, die ich früher sehr genossen habe. Ich verspüre zunehmend die Akzeptanz, dass das Böse in mir in ihrer Gegenwart Pause haben darf.

„Seinen Teil? Gehört ihm denn nicht alles?"

„Nein. Aber er nennt einige Hektar Land auf Java sein Eigen. Wälder, Wasserfälle – wir sehen uns alles auf dem Weg dorthin an, wenn du magst."

Rico zieht eine Braue in die Stirn und blickt mich an, als hätte ich den Verstand verloren.

Ich mache eine Abwarten-Geste mit der Hand und bedeute ihm damit, dass alles zu meinem Plan gehört. Dabei habe ich diesen gerade eben über Bord geworfen.

***

Die schwankende Bewegung des Schiffes verlangsamt sich, bis es endlich mit einem gedämpften Knirschen am Kai festmacht.

Chalid, der neben Rico steht, zieht an seiner Zigarette, bevor er sie mit einem schnellen Ruck in die Weiten des Wassers schleudert. Der Funke verglimmt im Wasser, und er bespricht sich mit Rico. Seine Miene ist wachsam, während er unauffällig die Umgebung scannt. Die beiden sind verantwortlich dafür, dass wir sicher das Anwesen von Dario erreichen. Die Mitglieder des Syndikats sind auf diesem Teil Javas nicht sonderlich beliebt.

Besonnen wende ich mich an Samira. „Bevor wir das Schiff verlassen, habe ich noch eine Bitte an dich."

„Welche?"

„Mein Partner und ich haben gleich noch ein paar Formalitäten zu erledigen. Für diese Zeit bleibst du in Ricos Nähe." Mir ist es lieber, dass er sich um sie kümmert, denn Chalid hat am Hafen Oaklands für meinen Geschmack zu laut seinen Gefallen an Samira geäußert. Ich lege meine Hand an Samiras Hüfte. Mit dem Kopf komme ich ihrem ganz nah und sauge den verführerischen Duft ihres Parfüms ein. „Und denk gar nicht erst daran, mir wegzulaufen." Mein Raunen lässt sie erschaudern.

Gänsehaut breitet sich auf ihren Armen aus.

Samira sieht mich mit großen Augen an und ich lege noch nach, denn sie darf nicht vergessen, wer hier das Sagen hat. „Die Insel ist nicht besonders groß. Ich finde dich und glaub mir, die Strafe wird dir nicht gefallen. Der Nachtisch neulich ist ein Scheiß gegen das, was dich erwartet, wenn du nicht hörst."

Zugegeben: Es bereitet mir ein höllisches Vergnügen, die Kleine heftig schlucken zu sehen und sie dann stehenzulassen. Rico wird sich ihrer annehmen und sie wird parieren.

28. Kapitel

BALIAN

Auf dem Weg zum Speisezimmer im Erdgeschoss beschleicht mich ein beklemmendes Gefühl. Am liebsten hätte ich mich vor dem Essen gedrückt, aber Crita wäre tödlich beleidigt, wenn ich mich wieder nicht blicken lasse. Das hat sie auch nicht verdient, denn es war nicht selbstverständlich von Miroh und seiner Familie, mich aus dem Wasser zu fischen und mehr tot als lebendig bei sich aufzunehmen. Ich habe mehr Wasser geschluckt, als gut für mich war.

Um mein schlechtes Gewissen Crita gegenüber zu beruhigen, habe ich ein dunkelblaues Hemd zu der braunen Chinohose angezogen, die ich von Miroh bekommen habe. Wir haben beinahe dieselbe Größe. Bei mir sitzen nur die Arme etwas enger, doch es geht. Die Haare habe ich mir mit etwas Gel zurückgestylt, weil ich weiß, dass Crita den di Caprio-Look mag. Ich möchte ihr eine Freude machen, denn sie ist wie eine Art zweite Mutter für mich. Niemand weiß so genau, wie alt sie ist – nicht einmal ihre Söhne. Denn sie redet nicht gern darüber. Ob das ein Frauen-Ding ist? Ich schätze sie auf Mitte fünfzig, doch ich kann auch gewaltig daneben liegen.

Die kleine Insel Limanossa liegt versteckt in der Nähe von Java und ist nicht großflächig bewohnt. Gerade einmal dreizehn Einwohner zählt die Insel der Verbannung – wie sie im Volksmund genannt wird. Sie ist nur wenige Quadratkilometer groß und besteht zum größten Teil aus Wald und einem Wasserfall, der uns als Badequelle dient. Unweit des Anwesens gibt es noch einen Brunnen, aus dem man bedenkenlos trinken kann.

Doch nicht alle hier wurden verbannt. Die Einwohner – ein klägliches Überbleibsel des eigentlichen Urvolks von Limanossa – machen sich gern einen Spaß aus dem Leid derer, die hier ausgesetzt werden. Doch nicht bei mir, denn meine Mutter stammt von hier. Ich kenne die Insel seit ich klein bin. Ab und zu waren wir dort. Ich bin Inselbewohner Nummer vierzehn und dankbar für dieses nette Volk. Auf Limanossa sind alle gleich – es müssen sich allerdings auch alle gleichermaßen an die Regeln halten. Und eine davon ist es, gemeinsam an der riesigen Tafel zusammen zu essen.

Mit schnellen Schritten schreite ich durch das Foyer und erblicke Dracu, der aus einem der Nebenräume kommt.

„Wer beehrt uns denn da?" Mit einem schiefen Grinsen bekundet er meine Anwesenheit und winkt mich zu sich. „Komm, wir sind spät dran."

Dracu, der heute – so wie meist auch – einen nach hinten geflochtenen Vokuhila trägt, geht voran. Sein Körper ist übersät mit Tattoos, bestehend aus Zeichen des Urvolkes.

Es sind nur noch wenige Meter bis zum Speisesaal, schon kommt mir ein köstlicher Duft entgegen.

„Das riecht super“, stelle ich freudig fest und spüre erst jetzt, wie hungrig ich bin. Oftmals verdrängt mein Kummer jegliches Hunger- oder Durstgefühl. Ich bin noch nicht lange hier – daher fällt es mir immer noch schwer, mein Schicksal anzunehmen, obwohl es mich viel schlimmer hätte treffen können.

„Crita hat wieder ordentlich aufgetischt. Sie ist ganz vernarrt in den Besuch, den Miroh mitgebracht hat.“

„Welchen Besuch?“, will ich wissen, doch mir schwant schon, dass es sich um die junge Blondine handelt.

„Miroh hat wieder eine von Amirs Mädchen gerettet. Jade oder so ähnlich heißt sie. Ein hübsches, aber widerspenstiges Ding. Mit ihr hätte er garantiert fett Kohle gemacht. Mittlerweile hat mein Rücken ihr den Panikausbruch auch schon verziehen.“ Dracu bleibt stehen und gibt mir einen seitlichen Stoß mit dem Ellbogen. Dann lehnt er sich zu mir und flüstert: „Ich glaube, Miroh steht auf sie. Mal gucken, ob da was geht. Aber lass dir nicht anmerken, dass ich dir das gesagt habe.“

„Nee. Mach ich nicht“, brumme ich und fühle mich irgendwie unbehaglich. Ich bin mir nicht zu einhundert Prozent sicher, aber ich habe eine Vermutung, die nichts Gutes bedeuten wird. Allerdings werde ich Dracu damit jetzt nicht behelligen. Nach der Diskussion mit Miroh vorhin steht mir gerade nicht der Kopf danach. „Jetzt komm, ich hab ’nen Mordshunger“, lenke ich schnell ab und lasse Dracu den Vortritt, um unauffällig in den Raum zu schleichen.

„Wen haben wir denn da?“, höre ich Crita, während ich auf den Boden schauend auf einen der freien Stühle an der Tafel zuhalte. Neben Indira nehme ich Platz und rücke den Stuhl heran. Ich sehe auf, lächele schmal in ihre Richtung und fühle mich wie ein ertappter Einbrecher, weil alle Augenpaare auf mich gerichtet sind.

„Schön, dass du mit uns isst. Ich habe auch Bakso Ayam gemacht." Crita schenkt mir ein breites Grinsen und lehnt sich dann zu der Blondine, die neben Miroh am Tisch sitzt und die ich nur zähneknirschend dulden kann. „Normalerweise isst er lieber auf seinem Zimmer."

„Crita", brumme ich gereizt. „Das interessiert hier keinen." *Warum plaudert sie das jetzt aus? Möchte sie, dass ich wieder gehe? Kann sie haben.* Grimmig verziehe ich das Gesicht.

„Und ob uns das interessiert, mein Junge." Die tiefe Stimme meines Vaters, der mit einem Gehstock im Türrahmen steht, lässt mich sofort aufhorchen.

„Bayan! Was für eine Überraschung. Sag, haben sie dich aus der Krankenstation entlassen?" Critas Augen glänzen und ihre Mundwinkel heben sich. „Wir freuen uns sehr, dass du da bist."

„Ja, allerdings nur für ein paar Stunden. Dann muss ich wieder zur Infusion", entgegnet er und betritt mit wackligen Beinen den Raum. Er wirkt ziemlich gebrechlich. Seine Haut ist fahl und von dunklen Flecken übersät. Dunkle Schatten sitzen tief unter seinen müden Augen. Das Gift zehrt an ihm. Ich bete immer noch, dass ein Wunder geschieht. Doch sein grausames Schicksal scheint unaufhaltsam.

Dracu, der der Tür am nächsten sitzt, springt von seinem Stuhl auf und bedeutet meinem Vater, dass er sich dort hinsetzen soll.

Dankbar nickt er Dracu zu und nimmt Platz. Seine Hände, die er links und rechts von seinem Teller auf der Tischplatte auflegt, sind gezeichnet von etlichen, blauen Flecken durch die vielen Infusionen, die ihn halbwegs stabilisieren. Allerdings ist seine Behandlung rein symptomatisch, denn ein Mittel, das wirklich Heilung verspricht, wurde trotz aller Bemühungen und Kontakte immer noch nicht gefunden. Mir ist klar, dass die Chance, meinen Vater zu retten, gegen null sinkt. Ich könnte platzen vor Wut auf Amir. Diese Ratte sollte dasselbe Schicksal erleiden müssen! Verdient hätte er es.

Auf der Insel gibt es eine kleine Krankenstation, die von ein paar Einwohnern der Nachbarinsel unterhalten wird. Sie sind die Einzigen mit medizinischem Fachwissen. Abgesehen von Crita, die ein paarmal die Woche auf der Station aushilft. Alle zwei Tage kommt ein Arzt auf die Insel, um nach den Kranken zu sehen, wenn die Station besetzt ist. Ansonsten sind wir hier auf uns gestellt. Die Einwohner Limanossas sind Selbstversorger. Zu unserem Glück haben uns die Einwohner der Nachbarinseln weitere Unterstützung zugesagt.

„Wie fühlst du dich, Bayan?" Sayla, die brünette Endzwanzigerin, die einen kleinen Hof mit Viehzucht unterhält, sieht besorgt zu meinem Vater hinüber. Neben ihr sitzt ihr Großvater Zulu, der mehr scheintot als lebendig in seinem Rollstuhl am Tisch sitzt und teilnahmslos ins Leere starrt. Als ich ihn das erste Mal gesehen habe, war ich erschrocken, denn er bewegt sich kaum.

„Ach, na ja. Ich komme schon zurecht." – Vaters Standardantwort auf unbequeme Fragen zu seinem unübersehbar und zunehmend schlechten Gesundheitszustand.

Ich schenke ihm ein tapferes Lächeln, denn es fällt mir schwer, ihn so zu sehen.

Indira schweigt. Die selbsternannte Inselschönheit mit dem übertriebenen Make-up und den gefärbten roten Haaren begutachtet derweil ihre Hände, deren Falten ihr wahres Alter von knapp vierzig verraten. Sie ist sich zu fein, um bei der anfallenden Arbeit mit anzupacken. Von Sayla weiß ich, dass Crita sie heute dazu verdonnert hat, auf dem Hof zu helfen. Die nachhaltige Freude darüber steht ihr förmlich zwischen die zusammengezogenen Brauen geschrieben. Sie scheint den Blick zu Sayla tunlichst zu vermeiden, da sie wie eine Blinde immer wieder an ihr vorbeisieht.

Es klopft – alle drehen ihren Kopf in Richtung der Tür, in der mein Vater zuvor gestanden hat. Das Augenrollen von Miroh, der mir mit der Blondine gegenübersitzt, verrät mir, dass es sich nur um Zeuss handeln kann.

„Das riecht ja gut. Warum hat mich keiner gerufen?" Der hagere Blonde, der mich aus seinen schmalen trübblauen Iriden argwöhnisch beäugt, ist nicht nur mir ein Dorn im Auge.

„Weil du hier nicht erwünscht bist, du Ratte!", knurrt Miroh leise.

Niemand sonst antwortet.

Dracu und ich tauschen verstohlene Blicke aus, indes Crita auf einen der Stühle am Tafelende weist. Sie ist und bleibt die gute Seele hier. Ausnahmslos. „Setz dich."

„Aber gerne doch", entgegnet er mit einem schmierigen Lächeln und schlängelt sich hinter einer der Stuhlreihen gegenüber von mir entlang. Er trägt eine zerschlissene Jeans und ein Tanktop, das schon lange nicht mehr weiß ist und einen fiesen Gelbstich angenommen hat. Seine unangenehme Präsenz erdrückt jeden hier im Raum – das ist jedem hier anzusehen. Zudem ist sein penetranter Körpergeruch so unangenehm, dass auch die Blondine angewidert die Nase rümpft.

Sayla dreht sich mit ihrem Stuhl dezent in eine andere Richtung. Sie kann seine Nähe nicht ertragen, seit er sie mit anrüchigen Sprüchen belästigt. Und damit ist sie nicht allein. Auch Indira gelangt regelmäßig in sein Visier. Sie allerdings scheint manchmal auf seine Avancen einzugehen. Zumindest hat Dracu das einmal zufällig beobachtet.

Zeuss ist einer der *Überlebenden*. Er würde am liebsten alles ficken, was zwei Beine und eine Vagina hat. Vor zwei Jahren gehörte er ebenfalls dem Darmawan-Syndikat an und hat die meiste Drecksarbeit für Amir erledigt. An seinen Händen klebt mehr Blut, als man sich vorstellen kann. Dabei hat er auch vor Unschuldigen – Männern, Frauen und sogar Kindern – keinen Halt gemacht. Dieser Schweinehund wird hier allenfalls geduldet, weil es das Inselgesetz so vorsieht, aber leiden kann ihn hier niemand. Warum genau er von den *Darmawan* verstoßen wurde, weiß ich nicht. Amir hat nie darüber gesprochen.

Zeuss ist nervig wie die Zecke im Fell des Lieblingshundes, ätzend wie der Schimmel an der Zimmerdecke und so überflüssig und durchaus unangenehm wie Karies. Wir alle verachten ihn, doch niemand darf es aussprechen, um den Inselfrieden zu bewahren.

Schweigend sehe ich ihm nach, wie er sich den Stuhl am Tischende hervorzieht und sich breitbeinig darauf niederlässt.

In seiner Gegenwart vergeht mir fast der Appetit. Mein Magen spannt sich an, denn wir hatten in den vergangenen Wochen einige Auseinandersetzungen, die wir nie geklärt haben. Um ganz ehrlich zu sein, hat mir auch nicht der Sinn danach gestanden.

Sein Blick steuert die Schüsseln mit herrlich duftenden Essen an, doch dann stiert er zu der hübschen Blondine neben Miroh. „Crita, meine Liebe, willst du uns unseren Besuch nicht vorstellen?“ Für einen kurzen, kaum wahrnehmbaren Moment blitzt seine Zunge zwischen den Lippen hervor. Der Bastard hat wahrscheinlich gerade ziemlich lüsterne Gedanken, was unweigerlich dazu führt, dass sich mein Magen seltsam anspannt.

Auch Miroh ist diese Geste nicht entgangen, worauf er sich laut räuspert. „Meine Gäste haben dich nicht zu interessieren.“

Zeuss lacht belustigt. „Ach, nein?“

Die blonde Frau starrt auf den Teller vor sich und scheint am liebsten flüchten zu wollen, was ich ihr nicht verübeln kann. Sie hält die Hände neben ihrem Glas ganz still, doch ich sehe, dass sie zittern.

Wo ist Lucius, wenn man ihn mal braucht? Er hätte dem Schwein längst den Garaus gemacht! Das Oberhaupt der Insel befindet sich seit einigen Wochen auf Geschäftsreise. Viele glauben nicht mehr daran, dass er lebend zurückkehrt. Nicht, wenn die Darmawan in der Nähe sind. Sie hassen einander.

Miroh erhebt sich vom Tisch. „Nein! Dich haben meine Gäste nicht zu interessieren, Zeuss! Nicht im Geringsten!“

Die beiden liefern sich ein Blickduell, das Crita sofort unterbricht. „Miroh, setz dich! Wir sind erwachsene Menschen.“ Sie seufzt laut. „Ich weiß nicht, wie es euch geht, aber ich habe Hunger. Dracu, reiche mir bitte deinen Teller. Jetzt wird gegessen, bevor alles kalt wird.“

Fünf Minuten später hallen ein angeregtes Schmatzen und Summen durch den Raum.

„Crita, das Bakso Ayam ist köstlich.“ Indira steht die Begeisterung ins Gesicht geschrieben. „Du hast dich mal wieder selbst übertroffen.“

„Danke, Liebes. Freut mich, wenn es dir schmeckt.“

Die beiden Frauen lächeln einander zu. Ein Lächeln ist echt und das andere aufgesetzt.

Indira ist beinahe so falsch wie Zeuss, doch bei Weitem nicht so schlimm wie er. Sie weiß um ihr gutes Aussehen, und die Tatsache, dass sie auf mich steht, ich aber nicht auf sie, macht ihre Anwesenheit in meiner Gegenwart nicht gerade angenehm.

Während wir essen und die anderen sich angeregt unterhalten, muss ich immer wieder zu der blonden Frau hinübersehen, die still das Ferkel zu sich nimmt. Keine Ahnung, was ihr widerfahren ist, aber sie wirkt verängstigt. Sie spricht kein Wort und ich habe den Eindruck, es ist für sie schon eine Qual, überhaupt mit uns am Tisch zu sitzen. Wahrscheinlich traut sie niemandem hier. Mir ging es nach meiner Ankunft ähnlich. Ich konnte auch niemanden ertragen. Erst recht nicht beim Essen.

Ganz im Gegensatz zu Indira. Die scheint das gemeinsame Beisammensein sehr zu genießen, so wie sie in meine Richtung grinst. Beim Nachtisch spüre ich plötzlich etwas an meinem Bein. Sie versucht doch wirklich, mein Bein zu tätscheln. Ich habe ihr schon einmal gesagt, dass sie das lassen soll, doch sie versucht es immer wieder.

Unvermittelt weiche ich mit dem Stuhl ein paar Zentimeter aus, doch sie rutscht nach.

„Lass den Scheiß“, knurre ich, was sie gekonnt ignoriert. Als ihre Hand sich der meinen nähert, springe ich auf. „Ich sagte, du sollst das sein lassen. Behalt deine Finger und deine Füße bei dir! Ich bin nicht dein Toyboy!“, brülle ich entrüstet, was zur Folge hat, dass uns alle im Raum pikiert anstarren.

Zeuss lacht amüsiert, was mich noch wütender macht.

Aufgebracht werfe ich meine Servierte auf den Teller. „Guten Hunger noch! Mir ist der Appetit vergangen!“ Mit finsterer Miene schiebe ich meinen Stuhl an den Tisch und verlasse innerlich brodelnd den Raum.

29. Kapitel

SAMIRA

Obwohl es bereits dämmert und man in wenigen Stunden ohne eine Lichtquelle nicht mehr die Hand vor Augen sehen wird, steige ich zu Amir in einen offenen Jeep. Etwas in mir sagt mir, dass alles gut ist, so wie es ist.

Ein paar breit gebaute, dunkle Gestalten stehen am Rand des Piers und halten Fackeln in den Händen. Ihre Gesichter kann ich nicht erkennen, denn sie tragen Tücher vor dem Mund und Kappen, die tief ins Gesicht gezogen sind. Gruselig. Ihre Maschinengewehre erkenne ich dennoch.

„Das ist nur zu unserem Schutz. Hier gibt es wilde Tiere. Aber kein Grund zur Sorge, Samira." Es ist Amir, der mir gut zuspricht.

Mir ist nun doch ein wenig mulmig zumute.

Grillen zirpen aus ihren Verstecken heraus und als ich zu Amir sehe, der vor mir auf dem Beifahrersitz Platz genommen hat, bin ich nur wenig beruhigt. Er spricht mit dem Fahrer in einer Sprache, die ich nicht verstehe, die sich aber nicht wie seine Muttersprache anhört. Dieser Mann überrascht mich immer wieder.

Plötzlich sieht er zu mir und zwinkert mir zu, als hätte er meine Gedanken gelesen, sodass ich peinlich berührt lächele. Dabei ist mir gar nicht danach.

Du weißt doch gar nicht wo es hingeht! Was, wenn er dich an irgendwen weitergibt, du vergewaltigt oder verkauft wirst?!, würde Jade jetzt sagen. *Jade. Wo bist du nur? Hast du mich im Stich gelassen? Für einen Kerl?* Ich kann das immer noch nicht glauben, doch die Fakten sprechen für sich.

„Schnall dich an – die Fahrt wird etwas holprig." Mit seinem Blick zeigt er auf den Sicherheitsgurt, den ich wie automatisiert ergreife und mich anschnalle. „Gut so. Wir fahren nämlich ein paar Kilometer", entgegnet Amir und grinst, wobei seine Grübchen hervortreten und mein Herz höherschlagen lassen.

Mir ist ganz heiß – was auch am Klima liegt, aber in diesem Augenblick ganz klar an Amir. *Wie macht er das? Verliebe ich mich etwa gerade in ihn?* Das sollte ich unbedingt vermeiden. Für ihn war das doch sicher nur Sex. Aber dieser Mix aus Gefahr und Verlangen lähmen mich wie das Gift einer Schlange. Ich bin hin- und hergerissen, doch Amirs dunkler Charme durchdringt alles, was ich aufbringen kann, um mein Herz zu schützen.

Der Fahrer startet den Jeep und schon geht die Fahrt los. Wir fahren einen Berghang hinauf. Mir wird leicht schummrig beim Ausblick der ungesicherten Straße. Hier geht es meterweit runter in eine Schlucht.

Der Fahrer und Amir unterhalten sich erneut in dieser unbekannten Sprache, die sich alt und mystisch anhört.

Es geht weiter hinauf und ich bekomme langsam Angst. Ich schließe die Augen und werde sie erst wieder öffnen, wenn diese Tortur vorbei ist.

„Du verpasst die Aussicht, Samira."

Wie auf Befehl reiße ich die Augen auf und erblicke den dichten Urwald unter mir. Die Straße ist noch schmaler geworden. Am Ende der Steigung geht es um eine Kurve und wir tauchen in den dichten Dschungel ein. Amir hat nicht zu viel versprochen: Es ist wirklich holprig, denn es geht auf unebenem Boden durch das Dickicht.

Durch das Fenster kann ich nicht sehr viel erkennen, außer den großen Blättern der Pflanzen und Bäume, die dicht am Wegesrand stehen und beim Vorbeifahren fast den fensterlosen Rahmen streifen. Instinktiv rutsche ich ein Stück vom Fenster weg, was Amir kopfschüttelnd belächelt. *Was, wenn wir versehentlich eine Schlange oder einen Skorpion mitnehmen?*

„Mach dir nicht in die Hose, Samira."

„Tu ich nicht. Ich habe keine Angst. Es ist mir nur zu zugig am Fenster", entgegne ich in dem Wissen, dass Amir mir kein Wort glaubt.

Hin und wieder schießen wir über einen Hügel, was sich erst wie fliegen anfühlt, bevor der Jeep ziemlich hart auf dem Boden aufkommt, sodass sich mir der Magen dreht. Es geht nun wieder bergab und um viele, enge Kurven. Hier draußen in der Wildnis würde ich mich hoffnungslos verlaufen. Erst recht bei dieser Dunkelheit.

Amir scheint das überhaupt nichts auszumachen. Er unterhält sich mit dem Fahrer, als wäre das für ihn

Routine. Wer weiß, wie oft er schon hier war. Wahrscheinlich nimmt er die Erschütterungen schon gar nicht mehr wahr.

Je tiefer wir in den Dschungel fahren, desto mulmiger wird mir. Ich stelle mir vor, was passieren könnte, wenn wir hier eine Reifenpanne hätten. Wir würden sicher schnell von gefährlichen, wilden Tieren entdeckt und angegriffen werden, oder? Ob die Munition der beiden Kerle, die mit Maschinengewehren ausgestattet auf der Ladefläche sitzen ausreichen würde, um uns zu verteidigen? Hätten wir genug Vorräte dabei? *Reiß dich zusammen, Samira! Du denkst schon wie Jade. – Jade, wo bist du nur?*

„Grübeln macht Falten", schreckt mich Amirs Stimme auf. Ich drehe den Kopf zu ihm und blicke ihm entgegen.

Schon wieder die Grübchenpräsenz. Das macht er doch extra.

„Du solltest lieber die Aussicht genießen."

„Haha. Es ist stockdunkel. Du bist lustig", tadele ich ihn, worauf er sich kommentarlos wieder nach vorne dreht. *Puh, okay. Selbst Scherze machen, aber sich von anderen keine anhören. Alles klar. Amir, dich zu durchschauen, wird die größte Herausforderung, vor der ich je gestanden habe.*

30. Kapitel

JADE

Nach dem unangenehmen Zwischenfall beim Essen beschließe ich, mir die Beine bei einem Verdauungsspaziergang zu vertreten und trotz der Dunkelheit das Anwesen zu erkunden. Crita hat mir den Weg zum Garten erklärt, denn diese herrschaftliche Villa ist ein echtes Labyrinth, wenn man sich nicht auskennt, hat sie gesagt. Was sie mir leider nicht sagen konnte, ist, dass Samira hier ist. Das war für mich wie ein Schlag ins Gesicht. Ich war überzeugt davon. Miroh, der das Gespräch aufgeschnappt hat, meinte noch, dass jemand vom Hafen ihm gesagt hat, dass ein Biker dort war, der nicht zu ihnen gehörte und recht schnell wieder abgedüst sei. Auf eine Begleitung habe er jedoch nicht geachtet. So ein Mist! Nun kann ich schauen, wie ich von hier wieder in die Zivilisation komme. Ich muss die Polizei einschalten. Eine Vermisstenanzeige aufgeben. Andererseits, was wenn sie das auf dem Motorrad einfach nicht war? Dann ist sie noch an Bord der *Infinite Horizon* – auf dem Weg nach Jakarta.

„Hinter der zweiten Tür rechts, dann den Gang runter und sofort links", murmele ich – Critas Worte wiederholend – beim Gehen und atme erleichtert aus, als ich kurz darauf die weiße Doppeltür entdecke, hinter der sich der beleuchtete Garten verbergen soll. Ich möchte mich hier nicht verlaufen.

„Wohin des Weges?", die unangenehme Stimme vom Tisch lässt mich erschaudern.

Hinter mir nähern sich schwere Schritte. Ich brauche mich nicht einmal umzudrehen, um zu wissen, dass es dieser Zeuss ist. Der hat mir gerade noch gefehlt.

„Hey, warte doch mal."

Geh doch einfach woanders hin. Ich lege keinen Wert auf deine Gesellschaft. Ich möchte mir einfach nur die Beine vertreten und mir überlegen, wie ich jetzt weiter vorgehen kann, um Samira ausfindig zu machen. Allein. Entnervt nehme ich einen tiefen Atemzug und mache eine Einhundertachtzig-Grad-Drehung.

„Wo willst du hin?" Argwöhnisch betrachtet mich Zeuss, dessen Tanktop über der zerschlissenen Jeans durch das Abschmieren der fettigen Finger während des Essens noch schmutziger geworden ist. „Also?" Er lässt den Blick von unten an mir heraufwandern, was sich anfühlt, als würde er mich direkt mit seinen Schmierfingern berühren.

Ich weiche zurück, als hätte ich ihn wirklich auf meiner Haut gespürt. „Ich ... ich", stammele ich und sehe zur Tür.

„Du wolltest spazieren gehen, nehme ich an?"

Unsicher halte ich seinem Blick stand und lege mir die passenden Worte zurecht, dass ich es mir gerade anders überlegt habe. Doch schon nähert er sich mir, legt seinen Arm über meine Schulter und marschiert mit mir einen Halbkreis in Richtung der riesigen Tür.

„Wenn das so ist, begleite ich dich und führe dich herum. Alleine verläufst du dich nur. Das kann ich nicht verantworten“, sagt er grinsend und legt seine freie Hand auf eine der beiden Türklinken. „Im Garten gibt es so viel zu entdecken. Erst recht bei Nacht“, raunt er und löst einen Ekelschauder aus, der mich im Nu überrollt.

„Also eigentlich wollte ich nur auf mein Zimmer.“

„Dahin kann ich dich natürlich auch begleiten. Aber sehen wir uns erst einmal den Garten an, Schätzchen.“ Ruppig ergreift er mich am Arm und lässt mich mit einem Blick wissen, dass er mir keine Wahl lässt.

Mir ist klar, dass ich ihm körperlich unterlegen bin und da ich noch keinen Plan habe, lasse ich mich unbeholfen mitziehen, bis mir etwas einfällt. Ich gehe so langsam, wie ich nur kann. Vielleicht läuft uns jemand über den Weg, der mir aus dieser Misere hilft. Ich will auf keinen Fall mit diesem Ekel allein sein. Und schon gar nichts erkunden.

„Komm! Hier entlang.“ Zeuss schiebt mich weiter vorwärts.

Wir betreten einen Kiesweg, der an einer gepflegt angelegten Grünfläche vorbeiführt. Fackeln stecken links und rechts im Boden, wie ein flackerndes Flammenmeer. Eine wirklich schön angelegte Fläche. Langsamen Schrittes halten wir auf einen alt anmutenden Brunnen zu.

Ich drehe immer wieder den Kopf, um nach hinten zu sehen und Crita oder sonst wen zu entdecken, doch scheinbar war ich die Einzige mit der dämlichen Idee, sich nach dem Essen die Füße zu vertreten. Abgesehen von dieser widerlichen Type. *Hat denn noch niemand hier je von einem Verdauungsspaziergang gehört?*

„Sieh dir diesen Brunnen an. Was denkst du?"

Als ich nicht sofort antworte, weil ich mich nicht mit ihm unterhalten will, drückt Zeuss mich fest an sich, sodass mir kurz die Luft wegbleibt.

„Was denkst du, wenn du den Brunnen siehst?", will er mit Nachdruck wissen.

„Was soll ich denken? Er ist sehr schön. Ein Steinbrunnen eben. Gibt es dort Trinkwasser?"

„Stell keine dummen Fragen. Beschreibe, was du siehst!", knurrt er gefährlich und gibt mir beim Gehen einen leichten Stoß.

Irritiert und verängstigt, weil wir hier völlig alleine sind, beginne ich zu stammeln. „E-er ist schön dekoriert mit all den B-blumen drum herum. Ja ... Wirklich schön."

Zeuss lacht auf. „Schön?! Pfff!" Er spuckt neben mir auf den Boden. „Das Ding ist ekelhaft! Ein richtiger Schandfleck!" Direkt vor dem Brunnen machen wir halt. Er legt seine Hand von der Schulter in meinen Nacken und zieht mein Gesicht zu seinem heran.

Der Arsch hat sie doch nicht alle! „Lass das! Nimm deine Finger von mir!"

„Nicht, bevor du dir meine Bedingung dazu angehört hast", raunt er, indes eine seiner Hände mich grob im Schritt packt.

Ich atme scharf Luft ein, traue mich jedoch nicht, mich zu bewegen, da ich vor Angst wie gelähmt bin.

„Eines solltest du dir ganz dringend merken, Blondie." Zeuss festigt seinen Griff, was mir Tränen in die Augen treibt.

„Ich bin immer noch ein Mitglied der Darmawan. Was schlicht und einfach bedeutet: Ich bekomme *immer*, was ich will. Und was ich von *dir* will, scheint doch ganz offensichtlich zu sein, meinst du nicht?"

Mir wird schlecht.

Sein Atem – ein übler Mix aus kaltem Qualm, Alkohol und fettigem Fleisch – dringt mir in die Nase und löst fast einen Würgereflex aus. „Komm, gib mir deine vollen Lippen", knurrt er. „Jetzt!"

Meine Beine zittern vor Angst und ich sehe mich hilfesuchend um.

„Nimm sofort deine dreckigen Finger von ihr!", brüllt eine Männerstimme hinter uns.

Mein Herz flattert wie ein Kolibri.

Einen Wimpernschlag später höre ich einen Knall über mir, der sich wie ein Schlag anhört. Zeuss wird kraftvoll zurückgezerrt, wodurch er von mir ablässt.

Der Ruck ist so heftig, dass ich das Gleichgewicht verliere und nach vorn in Richtung Brunnenrand kippe. Ich sehe mich schon in die Tiefe stürzen, doch ein starker, tätowierter Männerarm legt sich um meinen Bauch und hält mich fest. Um ein Haar wäre ich mindestens fünf Meter ins Dunkle gestürzt und mehr tot als lebendig unten angekommen. Wahrscheinlich wäre ich querschnittsgelähmt und dann elendig ertrunken.

„Verpiss dich, du Wichser! Um dich kümmere ich mich noch! Das ist ein Versprechen!", ruft mein Retter in die Ferne und drückt mich an sich. An meinem Rücken spüre ich seinen kräftigen Herzschlag.

Mir wird kurz schwarz vor Augen. Lediglich der feste Griff um meine Brust kann mich halten. Meine Beine sind gerade nicht dazu imstande.

„Hey, kipp mir nicht weg, Jade. Hörst du?"

Ich werde herumgedreht und sehe zu dem Mann auf, der mich vor schlimmem Unheil bewahrt hat.

Mit seinen Händen umfasst Balian mein Gesicht und sieht mich eindringlich an. Seine Brauen über den unfassbar tiefbraunen Augen ziehen sich fragend zusammen. „Alles in Ordnung?" Zwei dünne Strähnen seiner dunklen Haare fallen ihm ins Gesicht, indes seine forschenden Augen nervös zucken.

Am ganzen Körper zitternd, da ich jetzt erst so richtig begreife, was passiert ist, nicke ich. Ein Feuerwerk aus Adrenalin schießt durch meinen Körper.

Die Iriden meines Retters scheinen meinen Blick förmlich in sich aufzusaugen, denn es ist mir unmöglich, mich von ihm zu lösen.

„Ich erkenne dich", wispere ich schwach. „Du bist Balian, richtig?"

„Ja. Und du hast gerade verdammtes Glück gehabt."

Für einen Moment verweilen wir und sehen uns einfach nur an.

Grillen zirpen um uns herum und wäre die Situation nicht so dramatisch, gäbe sein Anblick ein sehr romantisches Bild ab.

Balian sieht an mir herab und die Sorge in seinem Gesicht nimmt zu.

Inzwischen zittere ich wie Espenlaub, obwohl es immer noch schwülwarm ist.

„Scheiße, Jade – ich glaube, du hast einen Schock." Er umgreift meine Beine und hebt mich hoch. „Ich bringe dich besser zu Crita. Wir werden ihr diesen Zwischenfall ohnehin melden müssen. Außerdem musst du behandelt werden. Crita weiß genau, was zu tun ist. Ich bin mir nicht sicher, ob gerade ein Arzt auf der Insel ist.“

„Okay“, entgegne ich energielos und lege meine Arme um seinen Hals.

Balian hält mich fest und drückt mich an seine Brust. Er wacht über mich und das bedeutet mir gerade alles, denn hier mitten im Dschungel bin ich verloren.

Während Balian mit schnellen Schritten auf das Anwesen zuhält, sauge ich seinen unfassbar männlichen Duft ein und lächele schlaftrunken, bevor ich ohnmächtig werde.

31. Kapitel

BALIAN

„Um Himmels willen, was ist passiert?!“ Als ob sie es geahnt hat, eilt Crita uns am Eingang entgegen.

„Woher ...?“

„Sayla hat euch vom Fenster aus gesehen und mich informiert.“ Die Sorge steht ihr ins Gesicht geschrieben, das wie versteinert wirkt.

„Dieses Schwein gehört verbannt, Crita! Das war nicht das erste Mal. Sayla hat er auch schon belästigt“, knurre ich zornig und folge ihr in einen kleinen Nebenraum. Es ist eines der kleineren Gästezimmer.

Crita zieht die Vorhänge zu, zeigt auf das Bett und flüstert: „Um Zeuss kümmern wir uns später. Jetzt lass uns erst einmal das Mädchen versorgen.“

Vorsichtig lege ich Jade auf dem weißen Laken ab. *Scheiße, sie ist völlig weggetreten!*

„Das ist der Schock“, murmelt Crita, die nach Jades Handgelenk greift und ihren Puls fühlt. „Der Puls ist schwach, aber da.“ Sie dreht sich zu mir um. „Das wird schon wieder.“

Unbeholfen sehe ich Crita dabei zu, wie sie Jade zudeckt. Die Hilflosigkeit, die ich in diesem Augenblick verspüre, erschreckt mich selbst. Warum belastet mich das so?

„Komm, lass sie sich ein wenig ausruhen. Ich sehe gleich wieder nach ihr."

Ich folge Crita aus dem Raum und bleibe neben ihr vor der Tür stehen, die sie leise ins Schloss zieht. „Hör mal, ich ..."

„Nicht hier, mein Junge. Wir werden das mit Fatir klären, so lange Lucius nicht da ist." Sie zupft sich eine Strähne ihrer grauen Haare zurecht und sieht sehr nachdenklich aus.

„Glaubst du, er kommt überhaupt zurück?"

„Natürlich wird er das! Komm mir nicht auch noch mit diesen Verschwörungstheorien! Er ist los, um nach einem Mittel zu suchen, das deinen Vater heilen wird. Lucius wird nicht mit leeren Händen zurückkehren. Und er wird ein Mittel finden. Daran glaube ich ganz fest. Das solltest du auch." Sie schnürt die Schürze fester und lächelt mir aufmunternd zu.

„Gut, dann werde ich Fatir aufsuchen. Ich kann dieses Ekel Zeuss hier nicht länger ertragen."

„Komm, mein Junge. Wir gehen ein paar Schritte. Erzähl mir, was passiert ist."

Wir flanieren eine Weile durch die verwitterten Gänge, während ich ihr berichte, was ich gesehen habe. Die Flammen der Fackeln, die uns den Weg weisen, züngeln an den Wänden der alten Gemäuer. Die Schatten tanzten unheilvoll auf den alten Steinfliesen, und das Wispern des Windes durch die offenen Fensteröffnungen klingt beinahe wie ein fernes Flüstern vergangener Zeiten. Es ist wahrscheinlich schon weit nach

Mitternacht, doch ich habe die volle Aufmerksamkeit meiner Begleitung.

„Ich weiß, dass du ihn so weit wie möglich von hier fort wissen willst. Du hast den Gerechtigkeitssinn deines Vaters und den Beschützerinstinkt deiner Mutter." Sie bleibt stehen und nimmt meine Hand. Gnade und Liebe spiegeln sich in ihren alten, müden Augen wider. „Wir werden mit Fatir sprechen. Sayla wird ebenfalls aussagen. Dann sehen wir weiter. In Ordnung? Und bis dahin wird Zeuss vom Essen ausgeschlossen. Ich hoffe nur, das macht ihn nicht noch wütender."

„Und wenn schon. Dracu, Miroh und ich sind auch noch da. Dieser Mistkerl kann sich denken, was wir mit ihm anstellen werden, wenn er ausrasten sollte." Ich ziehe meine Hand zurück und balle sie hinter meinem Rücken zu einer Faust. „Zu gern würde ich ihm den Brunnen mal von innen zeigen."

„Also, Balian! Ich muss doch sehr bitten."

„Was denn? Er hat es nicht anders verdient, Crita. Ich bin mir sicher, Miroh und Dracu sind derselben Meinung. Dieser Kerl hat hier nichts zu suchen! Er soll seine Sachen packen und sich verziehen."

„Ich verstehe dich ja, aber es ist eine heikle Situation", fährt Crita fort, ihre Stimme ruhig und bedacht. „Entscheidungen dieser Art tragen immer schwerwiegende Konsequenzen. Du kannst ihn nicht einfach von hier fortjagen. Zumal du geographisch gesehen nicht ganz uneingeschränkt bist." Mit einem bekümmerten Blick deutet sie auf die Fußfessel.

„Ja, ich weiß. Ich überlege schon die ganze Zeit, wie ich dieses Ding loswerden kann, ohne mir den Fuß abzusägen."

„Also Balian!“, tadelt sie mich.

„Was denn?! Schweigen und Untätigkeit wären eine noch größere Gefahr, als dieses Teil“, erkläre ich mit einem Anflug von Entschlossenheit. „Ich kann nicht zulassen, dass solche Handlungen ungestraft bleiben.“

Crita atmet schwer und laut aus. Es belastet sie gleichermaßen wie mich. Das sehe ich ihr an.

Wir erreichen eine kreisförmige Plattform, umgeben von Überresten antiker Säulen aus schwerem Gestein.

Crita wendet sich mir zu und ergreift meine Hand. „Nun geh schlafen, mein Junge. Es ist schon sehr spät. Morgen wird sich alles klären.“

„Okay. Danke für deine Zeit und dein offenes Ohr.“ Ich küsse Crita anerkennend auf die Stirn und drehe mich auf dem Absatz um.

„Gerne, mein Junge. Du weißt, du bist wie ein Sohn für mich. Wenn du mich brauchst, bin ich für dich da.“

Als ich mich von Crita verabschiede, umhüllt mich eine düstere Stimmung, die schwerer zu sein scheint als die Schatten, die sich um die Ruinen ranken.

Wir verlassen den Gang in verschiedene Richtungen. Zeit zu schlafen und diesen miserablen Tag endgültig hinter mir zu lassen.

32. Kapitel

AMIR

Letah, Java

Direkt hinter einem Vulkan liegt das kleine Dorf Letah, das die Nacht in eine unheimliche Kulisse verwandelt hat. Es besteht aus einer Kirche, wenigen Geschäften, einem Marktplatz und einem Friedhof. Die Nachtluft ist schwül und schwer, die Geräusche der Natur vereinen sich mit dem Summen der Insekten zu einer unheimlichen Symphonie. Meine Schritte sind gedämpft, als ich durch die spärlich beleuchtete, schmale Gasse des Dorfes neben dem Wagen umhertigere. Der Motor des Jeeps läuft noch, denn ich muss mir sicher sein, dass keine Gefahr droht. Ich warte auf das Go meines Sicherheitsmannes, denn niemand ist erschienen, um uns wie vereinbart zu empfangen. Nachdenklich sehe ich mich um und erfasse die Umgebung.

Die Häuser sind verfallen, Fensterläden hängen schief an ihren Angeln, als würden sie sich genauso aufgeben wollen wie das Dorf es bereits ist. Der Geruch von Moder und feuchter Erde hängt in der Luft, vermischt mit etwas Metallischem und der schwachen

Spur von verbranntem Holz. Kein Ort, an dem ich mich länger aufhalten möchte.

Der Schatten meiner Gestalt zeichnet sich auf den zerfallenen Wänden ab, als ich anhalte. Der Ort ist gespenstisch, eine Kulisse, die wie für heimliche Geschäfte geschaffen scheint. Ich spähe in die Dunkelheit, auf der Suche nach irgendeinem Lebenszeichen, einem Hinweis darauf, dass ich nicht allein bin.

Plötzlich bewegt sich etwas in der Ferne, ein leises Knirschen. Ich halte den Atem an, meine Hand rutscht unauffällig zu meiner Waffe.

Zu meiner Beruhigung entdecke ich Chalid, der nicht nur mein Partner, sondern neben Rico heute *der Mann* für meine Sicherheit ist, neben einem Hauseingang. Er winkt mich zu sich und ich gebe Rico das Zeichen, den Motor abzustellen.

Zügig begebe ich mich zum Jeep und halte Samira die Tür auf.

Vorsichtig steigt sie aus dem Wagen, während sie meine Hand hält und sich ehrfürchtig umsieht.

Die Atmosphäre ist drückend, ein Gefühl von Bedrohung liegt in der Luft. Irgendetwas ist anders als sonst. Ein Grund mehr, heute besonders acht auf Samira zu geben.

Ich spüre ihren Puls, wie er sich beschleunigt, als wir uns der Tür nähern. Ihr Blick sucht ängstlich die Umgebung ab, während ich sie näher zu mir heranziehe, um ihr ein Gefühl der Sicherheit zu geben.

Die Geräusche des Dschungels werden unheimlicher, als ob sie uns beide zu vertreiben versuchten.

Ich suche die Schatten ab, die das unheimliche Dorf umgeben, auf der Hut vor jeglicher Bedrohung. Meine

Hand ruht auf meiner Waffe, bereit, sie zu ziehen, falls nötig.

Das Licht der Laternen vor dem Eingang wirft ein warmes, einladendes Glühen auf den gepflasterten Weg. Die Fassade des Hauses strahlt eine seltsame Eleganz inmitten der umgebenden Wildnis aus.

Samira atmet erleichtert auf, als wir die Schwelle dieses Zuhauses erreichen.

„Komm, hier entlang. Mein Geschäftspartner, Dario da Ghezaleh, erwartet uns", weise ich Samira an und gehe voraus.

„Die Gegend hier ist ein wenig ... unheimlich."

„Zugegeben, aber warte, bis du das Haus von innen siehst", spreche ich ihr gut zu, was eigentlich nicht meine Art ist. Um Befindlichkeiten anderer habe ich mich nie gekümmert. Es sei denn, es hatte geschäftliche Hintergründe. Samira jedoch löst den Beschützerinstinkt in mir aus und ich gebe zu, dass ich jeden Tag mehr von meinem Plan abweiche, sie zu verscherbeln. Ich will sie für mich. Nicht nur, weil mich der Sex mit ihr so unglaublich befriedigt. Nein, ich bin fasziniert von ihrer unbeschwerten Art. Der gemeinsame Kinobesuch hat mir etwas zurückgegeben, das ich lange vermisst habe: Das Gefühl, einfach nur Amir zu sein. Amir, der Mann. Nicht, Amir, das mächtige Darmawan-Mitglied. Samira erinnert mich endlich wieder daran, wer ich bin. In mir stecken immer noch Gefühle – ich habe nur verlernt, sie zuzulassen. Einen Menschen wie Samira an meiner Seite zu haben, der mir das alles wieder aufzeigt, tut mir gut.

Vor mir geht Chalid, der sich mit einem Mann unterhält. Ich meine, ihn schon einmal gesehen zu haben. Er ist einer von Darios Leibwächtern.

Das Knarren der hölzernen Tür klingt durch die Stille, als Rico sie hinter uns schließt.

Ein Hauch von Geschichte umfängt uns, als wir durch die hohen, gewundenen Gänge schreiten. Antike Möbel und verzierte Wände im Kolonialstil erzählen von vergangener Pracht, die hier einst geherrscht haben muss, als das Dorf noch belebt und hoch angesehen war. Vor fünfzig Jahren tummelten sich hier wichtige Persönlichkeiten wie Politiker, Geschäftsleute – und sogar der ein oder andere Hollywoodstar soll hier gelebt haben.

Dario hat mir damals bei unserem ersten Treffen von seinem Großvater erzählt, der Greta Garbo hier getroffen und eine Affäre mit ihr gehabt haben soll.

Ich messe dem Ganzen nicht sehr viel Wahrheitsgehalt bei, aber es liegt mir fern, Dario seiner Illusionen zu berauben.

Er erwartet uns in einem majestätischen Raum, der von Kronleuchtern erhellt wird. Seine Haltung strahlt Selbstsicherheit aus, als er an einem massiven Eichentisch sitzt. Seine Blicke wandern über uns, eine Mischung aus Berechnung und Interesse.

Samira wirkt verunsichert, aber auch fasziniert von dieser Umgebung. Sie findet offenbar Gefallen in den opulenten Details des Raumes, die von vergangener Herrlichkeit zeugen. Mit seitlich erhobenen Mundwinkeln scheint sie alle Eindrücke in sich einzusaugen.

Ich versichere ihr mit einem flüchtigen Blick, dass sie sich in Sicherheit wägen kann.

„Amir, was für eine Freude." Mein hochgewachsener Geschäftspartner mit dem dunklen Oberlippenbart à la Rhett Buttler erhebt sich von seinem Stuhl und grinst.

Im Hintergrund läuft Jazz über ein altes Grammophon. Dass es sowas noch gibt. Doch Dario ist bekannt für das Sammeln von Antiquitäten aus dem vergangenen Jahrhundert. Da wundert mich das nicht sonderlich.

„Ohhh, wie ich sehe, bist du in Begleitung erschienen." Seine Aura ist schwer zu durchschauen, als seine Blicke Samira streifen. Sein Interesse an ihr scheint offensichtlich, und ein unbehagliches Gefühl kriecht in mir hoch. Er wählt die Worte höflich, aber ich erkenne die unterschwelligen Nuancen, die in seinem Ton mitschwingen. „Es ist mir eine außerordentliche Freude." Seine Hand ergreift die von Samira. Er zieht sie sanft zu sich heran und bedenkt sie mit einem Handkuss.

Samira ist eine starke Frau, doch ich spüre, wie ihre Sicherheit ins Wanken gerät, als Dario sich intensiver mit ihr zu beschäftigen scheint. Seine Aufmerksamkeit ist auf sie gerichtet, als gäbe es mich nicht. Das erweckt in mir eine Mischung aus Ärger und Sorge. Ich halte Blickkontakt zu Rico und Chalid und meine Sinne sind geschärft, bereit, Samira zu verteidigen, wenn nötig. Darios subtiles Spiel ist nicht nur mir unangenehm, und ich spüre, wie mein Misstrauen wächst.

Es ist, als versuche er, sie in seinen Bann zu ziehen, und ich bin fest entschlossen, das zu unterbinden. Doch ich muss vorsichtig sein, die Situation abwägen, bevor ich handle.

„Setzt euch", er zeigt auf den Tisch, der bereits eingedeckt ist.

Die reichhaltig gedeckte Tafel strahlt einen Hauch von Opulenz aus, als wir uns auf die mit Samt bezogenen Stühle setzen.

Auf Darios Fingerschnipsen hin huschen drei Bedienstete mit einem Speisewagen, Stoffservietten und einer Weinflasche in den Raum.

Das Gericht ist eine Meisterleistung der kulinarischen Kunst: zarte Fasanenbrust, perfekt zubereitet und kunstvoll drapiert auf einem Bett aus exotischen Gewürzen und Saucen, die einen betörenden Duft verströmen. Die goldbraune Haut der Fasanenbrust glänzt im Kerzenlicht, und der Anblick allein lässt einem das Wasser im Mund zusammenlaufen.

Dario scheint den Moment zu genießen, sich an den exquisiten Köstlichkeiten zu laben, während er gleichzeitig seine Aufmerksamkeit auf Samira richtet. Seine Blicke sind eine Mischung aus Faszination und kalkulierter Anziehung, eine Aura, die meine Instinkte in Alarmbereitschaft versetzen.

Während des Essens tauschen wir uns über die aktuellen Geschehnisse der Politik aus. Zum geschäftlichen Teil werden wir im späteren Verlauf kommen und uns dazu in Darios Zigarrenzimmer zurückziehen. Samira wird davon nichts mitbekommen, da ich Rico angewiesen habe, sie dann zum Jeep zu begleiten. Dort kann sie sich ausruhen und eine Runde schlafen. Garantiert nicht der bequemste Ort für ein Nickerchen, aber der sicherste.

Die Fasanenbrust ist hauchzart und zergeht förmlich auf der Zunge, während das Fleisch von einem reichen Geschmack durchzogen ist. Eines muss man Dario lassen – sein Küchenchef ist ein Meister seines Fachs.

„Schmeckt außerordentlich gut, Dario. Du bist und bleibst ein grandioser Gastgeber und Geschäftsmann."

„Danke, Amir. Ein sehr schönes Kompliment. Fast so schön wie deine Begleitung."

Mit aller Mühe versuche ich, seine unverhohlene Bemerkung zu ignorieren. Schließlich ist er ein wichtiger Geschäftspartner. Doch Darios Anspielung auf Samira weckt den Jäger in mir.

Ihre Zurückhaltung ist spürbar. Ich beobachte jede ihrer Bewegungen, spüre die Unbehaglichkeit, die zwischen uns liegt. Ihre Augen suchen immer wieder meinen Blick, ein stummer Appell um Unterstützung, den ich mit einem bejahenden Nicken beantworte.

„Wir brechen morgen sehr früh wieder auf, vielleicht sollten wir uns langsam dem Geschäftlichen widmen", schlage ich vor, doch Dario lächelt müde. „Amir, seit wann so verkrampft? Samira und ich lernen uns doch gerade erst kennen. Es kam noch nie vor, dass du eine Frau mit hierhergebracht hast. Das ist eine richtige Premiere. Da musst du mir schon zugestehen, wenn ich sie kennenlernen will. Schließlich seid ihr hier in *meinem* Haus."

Mir missfällt die Art, wie er erst mich und dann Samira ansieht. Sein warnender Blick ist ganz klar an mich gerichtet. Er ist sich der Einflüsse, denen ich von ganz oben unterstehe bewusst. Zarnu und er sind alte Freunde und die Geschäftsbeziehung zwischen ihm und dem Darmawan-Syndikat besteht schon sehr lange. Daher wird er sich mit Sicherheit noch öfter weiter aus dem Fenster lehnen, als mir lieb ist.

„Was machen Sie beruflich, Samira?"

Kurz zögert sie und spricht erst, als ich ihr zunicke. „Ich bin in der Kunstbranche."

„Oh, das ist interessant. Als Künstlerin nehme ich an?"

„Nein, mich interessiert eher die Organisation von Ausstellungen und der Kontakt zu den Künstlern."

„In meinem Haus befinden sich etliche Malereien und Skulpturen. Wenn Sie möchten, führe ich Sie später gern ein wenig herum."

Mit eingeplantem Zwischenstopp im Schlafzimmer, was? Das hättest du wohl gern. Ich sehe es dir an, du Schwein.

„Danke, das ist nett." Eine zarte Röte legt sich auf Samiras Wangen, was mir absolut missfällt. Wahrscheinlich möchte sie nur höflich sein, doch als Frau sendet sie gerade die völlig falschen Signale.

Ich atme geräuschvoll aus und beobachte, wie Dario sich entspannt tiefer in den Stuhl lehnt. Mein Puls beschleunigt sich, doch ich beobachte schweigend das Geschehen. Ist das Eifersucht, die in mir brodelt?

Dario breitet die Beine unter dem Tisch aus. Wahrscheinlich ist es bereits ziemlich eng in seiner Hose. Wenn das so weitergeht, werde ich das Treffen unter einem Vorwand abbrechen müssen. Wenn ich ihm die Kauleiste poliere, wird Zarnu mir das nicht verzeihen.

„Also." Darios Fuß schiebt sich in Richtung meiner Begleitung, was ich mit einer hochgezogenen Braue quittiere. „Als raffinierte Frau an Amirs Seite wissen Sie sicher genau, wie man die Aufmerksamkeit auf sich zieht, nicht wahr?"

„Entschuldigung?" Samira weicht ein kleines Stück zurück.

„Das ist ein atemberaubendes Kleid, Samira. Es betont Ihre Vorzüge auf eine sehr ... reizvolle Art."

Das reicht! Die Situation eskaliert, als ich, überwältigt von Eifersucht und Wut, kurz davor bin, die Kontrolle zu verlieren. Meine Augen sprühen vor Zorn, als ich Dario konfrontiere, der unangemessene Avancen gegenüber Samira gemacht hat. Damit hat er eine Grenze überschritten und sich respektlos in mein Territorium gewagt.

„Was zum Teufel denkst du dir eigentlich, Dario?!", brülle ich mit bebender Stimme. Meine Wut ist auch für Samira spürbar, die sich immer kleiner in ihrem Stuhl macht.

Dario hebt die Hände beschwichtigend, aber sein Lächeln ist spöttisch. „Beruhige dich doch, alter Freund. Ich mache nur ein paar Komplimente."

So einfach jedoch lasse ich mich nicht besänftigen. „Das waren keine Komplimente! Du respektierst sie nicht und auch mich nicht! Du belästigst sie!"

„Hab dich mal nicht so." Er lehnt sich in meine Richtung. „Sie ist doch eh nur eine ..." Mit einer eindeutigen Handbewegung führt er stumm den Satz zu Ende.

Samira ist keine Nutte! Sie ist mein Schicksal. Sie bedeutet mir was!

Die Spannung im Raum ist greifbar, während die Konfrontation sich zu verschärfen droht. Rico und Chalid stehen bereit, um einzugreifen und zu deeskalieren, bevor die Situation außer Kontrolle gerät.

33. Kapitel

SAMIRA

Die Luft ist zum Schneiden dick und ich wünsche mich augenblicklich in den schützenden Jeep zurück. Die Stimmung ist kurz davor, in eine bedrohliche Richtung zu kippen, wenn nicht schon geschehen.

Ich weiß nicht, was ich tun oder sagen kann, um den Streit zu schlichten. Daher schweige ich und mein Blick wechselt im Sekundentakt zwischen den beiden hin und her. Dabei habe ich furchtbare Angst, gleich inmitten eines Kugelhagels zu sitzen. Nicht einmal der leise im Hintergrund laufende Jazz des Grammophons kann die Stimmung noch beschwichtigen.

Plötzlich ein ohrenbetäubender Knall von draußen. Die Fenster wackeln.

Was war das?! Mein Herz setzt aus.

Zeitgleich sehen Dario und Amir langsam einander an. Jegliche Mimik in ihren Gesichtern scheint zu erfrieren.

Amir dreht den Kopf warnend zu Chalid, der daraufhin seine Waffe durchlädt.

Was hat sich da draußen abgespielt?

Ein lautes Hämmern unterbricht die erdrückende Stille, sodass ich erschrocken noch tiefer in meinen Stuhl rutsche.

Aus dem Flur sind laute Stimmen zu hören. Ein Gefecht aus Worten, die ich nicht verstehen kann.

Chalid scheinbar schon, denn er hechtet wie ein Irrer aus dem Raum.

Ein wildes Wortgefecht hallt vom Flur herein, was Amir dazu bewegt, sich langsam vom Tisch zu erheben, Rico ein Handzeichen zu geben und eine Hand auf meine Schulter zu legen. „Versteck dich unter dem Tisch. Ich will, dass du in Sicherheit bist", weist er mich an und bedenkt mich mit einem strengen, sorgenvollen Blick. Entschlossenheit steht in seinem Gesicht, die mich keine Sekunde daran zweifeln lässt, dass ernsthafte Gefahr besteht und Amir uns bis aufs Blut verteidigen wird.

Auch Dario hat sich von seinem Stuhl erhoben und sieht besorgt zu Tür.

Das Geschrei hinter dem Holz wird lauter. Schritte von mehr als zwei Menschen sind zu hören.

Mir scheint, als nehme die schwüle Luft im Raum massiv an Dichte zu. Schnell suche ich Schutz unter dem antiken Esstisch – so, wie Amir es mir gesagt hat – und ziehe die Beine an meinen Körper heran. Nicht das optimale Versteck, doch um ein besseres zu suchen, fehlt mir die Zeit. Ich fühle mich wie gelähmt. Das einzige Intakte in mir scheint mein pochendes Herz zu sein. Zwischen den Stuhlbeinen entdecke ich Amirs und Darios Füße.

Die beiden eilen aus dem Raum und lassen mich allein zurück.

Scheiße!

Plötzlich hallt das Knallen vom Magazin eines Maschinengewehrs ins Esszimmer hinein.

Ich presse mir die Hand vor den Mund, um nicht zu schreien. Panisch schließe ich die Augen und halte die Luft an, als ob mein Atmen mich verraten würde.

Ein weiteres Abfeuern von Munition geht mir durch Mark und Bein.

Vor Schreck atme ich laut aus. Doch das Maschinengewehr hat es übertönt. *Das war's! Wir werden alle sterben! O Gott!* Hektisch atmend nehme ich die Hand von meinem Mund und halte mir die Ohren zu, während es um mich ein weiteres Mal knallt. Im Kopf summe ich ein Kinderlied, das meine Mutter früher immer gesungen hat, wenn ich Angst hatte, um mich zu beruhigen. Dabei sehe ich ihr Bild vor mir. Sie lächelt liebevoll. Ein Gedanke, der sich sofort in Luft auflösen könnte, in diesem Augenblick jedoch, mein einziger Halt ist.

Als ich die Strophen zu Ende gesungen habe, herrscht Stille. Ganz langsam nehme ich die Hände hinab und lausche. Dabei pocht mein Herz so laut, dass ich fürchte, es würde jeden Moment aus meiner Brust springen.

Die Stille im Haus ist erdrückend, nur das leise Ticken der Wanduhr dringt an mein Ohr. Meine Hand zittert, als ich sie vor meinen Mund presse, um meinen Atem zu dämpfen.

Schritte nähern sich. Gedämpft und unregelmäßig, als versuche jemand, sich lautlos zu bewegen. *Wer könnte das sein? Amir? Dario? Einer der Wachleute? Ein Killer?*

Mein Atem stockt, und ich halte inne, um besser zu lauschen. Die Schritte nähern sich dem Esszimmer, langsamer werdend, als hätte der Eindringling hier etwas Verdächtiges gehört.

Ein plötzlicher Laut lässt mich zusammenzucken – das Knarren der Tür, die sich öffnet.

Mein Atem stockt, und ich presse meine Lippen fest zusammen, um nicht zu schreien. Beide Hände liegen hart darauf.

Der Raum füllt sich mit einer bedrückenden Spannung, die mich fast erdrückt und sogar das Uhrenticken wirkt zunehmend bedrohlicher.

Ich lausche, meine Ohren gespitzt, versuche, jeden noch so leisen Laut wahrzunehmen. Jedes Rascheln, jeder Atemzug scheint lauter zu sein als je zuvor. Minuten dehnen sich zu Stunden aus, während ich mich unter dem Tisch verkrochen halte, alle Sinne gespannt und bereit, mich zu verteidigen oder zu fliehen.

Die Stille ist meine einzige Gefährtin, und gleichzeitig ist sie das Unheimlichste in diesem Moment der Bedrohung.

Plötzlich hörte ich ein leises Flüstern meinen Namen rufen. „Samira? Bist du hier?“, flüstert eine unbeliebte, aber mir vertraute Stimme. *Chalid.* Mein Herzschlag beschleunigt sich, und ich unterdrücke den Impuls, laut zu reagieren, aus Angst, den Eindringling zu alarmieren.

Die Schritte nähern sich dem Tisch, und ich spüre, wie sich mein Puls mit Hoffnung und Furcht vermischt. „Chalid, hier unten“, bringe ich leise heraus, meine Stimme brüchig vor Erleichterung. „Wo ist Amir?“

Plötzlich höre ich einen dumpfen Aufprall, gefolgt von einem gedämpften Fluchen. Chalid muss gegen einen Stuhl gestoßen sein. Ich zittere immer noch wie Espenlaub, als sich seine Hand unter den Tisch schiebt und meine berührt. Ich kann meinen adrenalingefluteten Körper kaum kontrollieren.

„Alles okay, Samira?“, flüstert er besorgt. Obwohl ich den Scheißkerl nicht leiden kann, ist seine ruhige Stimme wie ein Rettungsanker in der Dunkelheit meiner Angst. Ich nicke stumm und lasse mich von ihm führen, als er mir hilft, unter dem Tisch hervorzukrabbeln.

Meine Beine sind bleischwer, denn es fühlt sich nicht so an, als sei die Gefahr gebannt. „Was war das für ein Knall? Und wo ist Amir?“

„Unser Jeep ist explodiert. Komm jetzt!“ Chalid blutet an der Stirn und sein Blick ist wirr und gehetzt. Seine Kleidung ist schmutzig und der Ärmel an der Schulter aufgerissen wie nach einem Kampf. Seine Waffe hat er zum Glück noch bei sich. Er ergreift mich am Arm und zieht mich hinter sich in den Flur.

„Was!“, frage ich etwas zu laut, worauf er mich mit einem warnenden Blick bedenkt.

„Sei still, verdammt!“, zischt er. „Oder willst du, dass sie uns erschießen?“

Wer?! Wer hat es auf uns abgesehen und warum? Dario und Amir hatten eine Auseinandersetzung, ja. Aber das ist doch kein Grund, das Auto des anderen in die Luft zu jagen. Oder macht man das hier so? Aber was ist, wenn Dario nicht dahintersteckt? Er war genauso überrascht wie wir. Gibt es einen Feind, von dem ich nichts weiß? Amir ist nicht umsonst so gut bewacht hierher gefahren. Ein riesiger

Kloß bildet sich in meinem Hals und verhindert das ungefilterte Ausstoßen weiterer Worte. Stumm folge ich Chalid durch den dunklen Flur.

Das Glas einer zerschossenen Lampe liegt quer über den Boden verteilt, und knackt unter unseren Schuhen. Allerdings ist es unmöglich, den vielen Scherben auszuweichen. In der Wand mit der feinen Tapete aus den Zwanzigern ziehen sich Einschusslöcher von oben nach unten.

Mein Hals schnürt sich beim Anblick dessen noch weiter zu und mir brennt die Frage nach Amirs Verbleib so sehr auf der Zunge, doch ein Blick zu Chalid, dem der Schock anzusehen ist und ich weiß, dass jetzt nicht die Zeit für Antworten ist. Wir müssen hier raus. So schnell wie möglich.

Die Luft ist schwer von Rauch erfüllt, der Geruch von Verbranntem dringt mir in die Nase. Meine Hand klammert sich fest an Chalids Arm, während wir aus dem alten Gemäuer stürmen. Der Pulsschlag hämmert in meinen Ohren, jede Sekunde fühlt sich an wie eine Ewigkeit. Eine solche Szenerie kenne ich nur aus dem Kino.

„Komm weiter. Wir haben es fast geschafft, Samira." Chalid zieht mich hinter sich her, sein Griff ist fest und doch beschützend.

Vorsichtig durchschreiten wir den Hauseingang, in dem ein mir unbekannter Mann blutüberströmt auf der Türschwelle liegt.

Mein Magen krampft sich unvermittelt zusammen und ich muss die Lippen zusammenpressen, um keinen spitzen Schrei auszustoßen.

„Sieh nicht hin.“ Chalid zieht mich weiter und einen Wimpernschlag später treten wir uns Freie. Seine Augen scannen die nächtliche Dunkelheit auf der Suche nach möglichen Gefahren.

Die Straße vor uns liegt im Halbdunkel, nur von wenigen Laternen erleuchtet. Der Jeep, der uns hierhergebracht hat, ist jetzt nur noch ein Feuerball, Flammen züngeln hoch und erhellen die Nacht in einem infernalischen Tanz.

Mein Atem stockt, als ich den Wagen sehe, der kurz zuvor noch unsere Fluchtmöglichkeit war. Panik ergreift mich, aber Chalid zerrt mich weiter fort, weg von den Flammen, weg von der Gefahr.

„Wir müssen von hier verschwinden“, sagt er mit einer Entschlossenheit in der Stimme, die mich beruhigt, obwohl alles um uns herum in Aufruhr ist.

Ich bin einer Ohnmacht nahe, doch irgendwie schaffe ich es, trotz des Schocks zu funktionieren.

Die Straße ist leer, nur vereinzelt huschen Schatten durch die Dunkelheit. *Wo sind die Anwohner der Straße? Müssten wir nicht eigentlich vielen ratlosen Gesichtern begegnen, die neugierig die Köpfe aus den Türen stecken?* Doch niemand ist zu sehen. Alles wirkt verlassen und einsam. Wie in einer fremden Atmosphäre, in der kein Leben möglich ist.

Wir sprinten weiter, ich lasse mich von Chalid führen, vertrauensvoll, während Adrenalin durch meine Adern fließt. Der Rauch steigt in den Himmel auf, ein Signal unserer Anwesenheit, doch wir haben keine Zeit, uns darum zu kümmern.

Ein dumpfes Grollen erfüllt die Nacht, gefolgt von einem ohrenbetäubenden Knall. Die Explosion eines weiteren Wagens nur wenige hundert Meter entfernt wirft uns hart zu Boden, der unter mir erzittert. Ein Schauer aus Hitze und Druckwellen erreicht uns. Ich verstecke instinktiv mein Gesicht hinter meinem angewinkelten Arm, während Chalid mich fest an sich zieht, um mich zu schützen.

Als der Lärm verebbt und die Welt sich langsam beruhigt, steht Chalid auf und reicht mir die Hand. „Komm, wir müssen weiter."

„Ich kann nicht mehr." Tränen laufen wie ein Rinnsal über meine Wangen. „Wo ist Amir?"

„Später, Samira. Dafür ist jetzt keine Zeit." Er zieht mich hoch und ich stehe zitternd auf den Beinen. „Komm jetzt. Ich will nicht aus einem Hinterhalt erschossen werden. Du etwa?"

Sofort schüttele ich mit dem Kopf.

Chalid, der Mann, den ich bis vor wenigen Minuten noch verachtet habe, steht neben mir wie mein Fels in der Brandung. Sein Blick ist entschlossen, aber auch besorgt. Wir sind unverletzt, aber der Schock sitzt tief.

„Los jetzt, Samira", wiederholt Chalid und zieht mich behutsam weiter, weg von den brennenden Wracks, weg von der Gefahr, die uns immer noch umgibt.

Die Nacht hat ihre Ruhe verloren, und wir eilen davon, auf der Suche nach Sicherheit in einer Welt, die plötzlich so bedrohlich geworden ist.

Amir, wo bist du?

34. Kapitel

JADE

„Guten Morgen, meine Liebe. Es ist Zeit aufzustehen." Die Stimme von der Frau, deren Name Crita ist, holt mich sanft aus meinen Träumen.

Müde blinzele ich, um etwas zu sehen, doch der Schlaf entlässt mich nicht so schnell aus seinen Armen. Ich kann mich nicht mehr genau an den Traum erinnern. Aber ich weiß, dass Samira und ich darin vorkamen. Ich muss sie finden. Wenn sie nicht hier ist, dann kann sie nur auf der *Infinite Horizon* sein. „Ich muss zurück aufs Schiff", murmele ich mehr zu mir selbst als zu Crita.

„Das ist keine gute Idee, mein Kind. Du hast ja keine Ahnung, was das für Leute sind. Du kannst froh sein, dass die Jungs dich hierhergebracht haben." Ihre Stimme nähert sich. „Glaube mir, du wärst wahrscheinlich nicht mehr am Leben oder nicht mehr lange."

„Was?"

„Das sind böse Menschen. Sie handeln mit Mädchen wie mit Vieh, setzen sie unter Drogen und misshandeln sie."

Das Geräusch vom Aufziehen von Vorhängen erklingt. „Deiner Freundin ist wahrscheinlich nicht mehr zu helfen."

„Das glaube ich nicht", erwidere ich trotzig, weil ich das einfach nicht wahrhaben will. Doch es passt zu dem Eindruck, den ich von Amir und seinen Leuten habe. „Ich habe gesehen, wie Samira von Bord gegangen ist."

„Nun ja, vielleicht. Wenn sie Glück hat, wird sie auf der Insel sein. Aber die ist nun mal nicht klein."

„Ich werde sie suchen." Ich blinzele ein weiteres Mal, als Sonnenlicht das Zimmer flutet und ich unvermittelt die Decke über den Kopf ziehe.

„Wir helfen dir ja. Aber nun komm. Das Frühstück steht schon bereit. Du musst zu Kräften kommen." Crita stellt ein kleines Tablett mit Brot, Marmelade und einer kleinen Auswahl an Käse auf meinem Schoß ab. Dazu gibt es eine große Tasse mit herrlich duftendem Kopi Luwak – dem traditionellen, balinesischen Kaffee.

„Ich würde mich gern waschen. Wo kann ich das tun? Außer einer Toilette habe ich hier kein Bad gefunden", bemerke ich, als ich das Frühstück mit großem Appetit verschlungen habe.

„Wir baden bei den Wasserfällen. Du wirst es lieben. Dracu wird dich dort absetzen. Er fährt gleich ohnehin in die Richtung."

Dankbar nicke ich und trinke meinen Kaffee aus.

***

Eine halbe Stunde später steige ich aus dem SUV, in dem Dracu mich mitgenommen hat und bedanke mich mit einem Nicken.

„Ich bin in einer Stunde wieder hier. Dann nehme ich dich mit."

„Danke", sage ich und sehe ihn fragend an. „Nachher möchte ich dann auch los. Ich muss meine Freundin suchen. Kannst du mir sagen, wo ich am besten damit anfangen kann?"

„Hm, Jade", brummt er und hebt eine Braue, während er den Mund schief zieht. „Das ist keine gute Idee."

„Warum?"

Dracu legt die Hand in den Nacken unter seinen nach hinten geflochtenen Zopf und sieht mich aus seinen dunklen Augen an. „Du willst zu Fuß losziehen?"

„Ja, wieso nicht?"

Er lacht ungläubig auf. „Hast du eine Ahnung, wie man hier im Dschungel überlebt? Was es hier für Tiere gibt, brauche ich dir ja nicht zu erzählen."

Sofort muss ich an die Schlange denken. „Könnt ihr mir nicht dabei helfen?"

„Wenn dir das so wichtig ist, besprechen wir das später mit den anderen, okay?"

„Danke." Ich wende mich vom Jeep ab. Kurz darauf finde ich mich allein in den Tiefen des Urwaldes wieder.

Der Dschungel von Java umgibt mich mit seiner pulsierenden Lebendigkeit. Das Grün ist so intensiv, dass es fast schmerzt. Der Weg zum Wasserfall ist von üppigem Dickicht gesäumt, das sich im sanften Rhythmus des Windes wiegt. Ich spüre die Feuchtigkeit in der Luft, während der Klang des fließenden Wassers näher rückt. Ich befinde mich zweifelsohne in einem Paradies – jedoch einem gefährlichem.

Als ich endlich den Wasserfall erreiche, verschlägt es mir für einen Moment den Atem.

Das Wasser stürzt tosend über die Felsen und ergießt sich in ein glitzerndes Becken. Es ist ein verstecktes Juwel inmitten dieser wilden Natur.

Ich lasse die Schuhe am Ufer zurück und tauche langsam in das erfrischende Wasser ein. Jeder Tropfen umarmt meine Haut wie ein sanftes Versprechen. Das kühle Nass erfrischt meine Sinne und lässt mich den Stress des Alltags vergessen.

„Na, hast du auch schon das Herzstück dieses Ortes für dich entdeckt?"

Unvermittelt zucke ich zusammen. Da ich niemanden gesehen habe, war ich mir sicher, allein hier zu sein. Ich drehe mich um und sehe einen Mann, der am Rand des kleinen Sees steht, der sich unter dem Wasserfall gebildet hat und seitlich in einen schmalen Bach mündet. Das Wasser reicht ihm bis zum Nabel seines muskulösen Oberkörpers.

„Oh, ähm. Ja. Sieht ganz so aus", entgegne ich zögernd.

Balians dunkles Haar glänzt in der Sonne, und seine Augen haben die Farbe des Dschungels selbst. Seine Mundwinkel heben sich und ich fühle, wie mein Herz schneller zu schlagen beginnt. Insgeheim sehne ich mich in den Augenblick in seinen Armen zurück, der erst wenige Stunden hinter mir liegt.

„Wie geht es dir heute? Hast du den Schreck überwunden?", will er wissen und steigt in den kleinen See hinein.

„Danke, besser. Aber der Schock steckt mir noch in den Knochen."

„Kann ich mir vorstellen", antwortet er knapp und wendet sich von mir ab. Als Balian langsam in das klare Wasser gleitet, offenbart sich eine beeindruckende Sammlung kunstvoller Tätowierungen auf seinem muskulösen Oberkörper. Jede Linie, jedes Symbol scheint eine Geschichte zu erzählen – von vergangenen Abenteuern und geheimen Bedeutungen. Die Tattoos umfassen seinen Rücken, winden sich über seine breiten Schultern und tanzen seine Arme hinab. Sie sind wie eine lebendige Kunst, die mit seinen Bewegungen zum Leben erwacht. Jedes Detail zeigt eine tiefe Verbundenheit mit der Natur und dem mystischen Erbe dieser Region.

Ich kann meinen Blick nicht von diesen faszinierenden Mustern lassen, die auf seiner Haut tanzen. Ich werde magisch von ihnen angezogen, als würden sie mich in eine andere Welt locken, eine Welt voller Geschichten und Geheimnisse, die darauf warten, enthüllt zu werden.

Balian bemerkt meinen Blick und lächelt verhalten, als würde er die Wirkung seiner Kunstwerke auf mich spüren. Seine Augen funkeln geheimnisvoll, als er sich mir nähert. Er räuspert sich und presst angespannt die Lippen aufeinander. Verbietet er sich etwa, mit mir zu flirten? Hat sein Verhalten etwas mit der Diskussion gestern auf dem Gang zu tun? Er wirkt auf einmal distanziert und weicht meinen Blicken aus.

Na schön. Wenn er seine Ruhe möchte ... Dann unterhalten wir uns eben nicht.

Mit leicht angekratztem Ego lasse ich die Hüllen fallen. Einen Bikini habe ich von der Frau bekommen, die gestern mit uns gegessen hat. Sie hat sich mir als Indira vorgestellt und war trotz ihres überheblichen Selbstbewusstseins so freundlich, mir auszuhelfen. Dem Anschein nach hält sie sich für sehr klug und hübsch, was sie zweifellos ist, doch was ihr fehlt, ist Mitgefühl den anderen gegenüber. Denn bei ihnen verhält sie sich sehr reserviert.

Als ich tief in das klare Wasser eintauche, umhüllt mich eine erfrischende Kühle. Das Gefühl, von der lebendigen Welt des Dschungels umgeben zu sein, verstärkt sich unter der Wasseroberfläche. Jeder Tauchgang ist wie ein Eintauchen in eine andere Welt, in der sich die Geräusche des Waldes zu einem gedämpften Flüstern verwandeln.

Das Wasser umschmeichelt meinen Körper, als wäre es maßgeschneidert, um alle Sorgen wegzuspülen. Ich lasse mich von der Strömung treiben, spüre, wie ich ruhiger werde und wie jede Bewegung mich tiefer in diesen Moment der absoluten Gelassenheit zieht. Trotzdem ist der Gedanke an die Suche nach Samira immer noch präsent. Ich hoffe, dass Dracu mir helfen wird, sie zu finden.

Die Sonnenstrahlen brechen durch das Blätterdach des Dschungels und malen funkelnde Muster auf die Oberfläche des Beckens. Das Spiel von Licht und Schatten verstärkt die Magie dieses Augenblicks und füllt mich mit einem Gefühl der Ehrfurcht für die Schönheit der Natur.

Ich tauche wieder auf, lasse mich von der Oberfläche treiben und schließe die Augen, um jede Sekunde dieses friedlichen Augenblicks einzufangen. Dieser Moment gehört mir ganz allein und ich habe das Gefühl, endlich wieder durchatmen zu können.

Die Luft riecht nach feuchter Erde und exotischen Blumen, und der Klang des Wassers singt eine beruhigende Melodie. Es ist, als ob die Zeit hier stillsteht, und ich bin nur ein winziger Teil dieses atemberaubenden Universums.

Unweit von mir blubbert es.

Kurz darauf taucht Balian neben mir auf. Er wischt sich das Wasser aus dem Gesicht und sieht mich irritiert an. Etwas Geheimnisvolles liegt in seinen Augen, das ich zu gern enthüllen möchte. Doch eine gewisse Skepsis schwingt immer noch mit ihm mit. Was hat er nur?

Mir kommt die Szene bei meinem Eintreffen in den Sinn, als er wild gestikulierend mit Miroh gesprochen und mich finster angesehen hat. Ich weiß immer noch nicht, warum.

„Ich bin dir wirklich dankbar, dass du mir geholfen hast. Damit habe ich nicht gerechnet. Ich hatte den Eindruck, du magst mich nicht sonderlich, kann das sein?" Meine Frage erwischt ihn eiskalt, denn seine linke Braue zuckt verdächtig.

„Wie kommst du darauf?"

Kein Ja. Kein Nein. „Ist nur so eine Vermutung", entgegne ich und paddele in gemächlichen Bewegungen, da ich an dieser Stelle des Sees keinen Boden unter den Füßen spüre.

„Ich kann mir kein Urteil über dich erlauben, da ich dich nicht kenne. Allerdings hat dein Auftauchen viel Unruhe gebracht."

„Unruhe? Warum?"

„Verrate mir zuerst, warum du so erpicht darauf warst, zu Dracu auf das Motorrad zu steigen."

„Ich habe meine Freundin gesucht."

Balian sieht mich forschend an, sagt jedoch nichts.

„Wir waren zusammen an Deck der *Infinite Horizon*. Samira ist einfach von Bord gegangen, ohne einen Ton zu sagen. Ich verstehe es immer noch nicht. Das ist so surreal. Wir waren seit Jahren unzertrennlich. Egal, was passiert ist, wir haben immer zusammengehalten. Es war undenkbar, die andere je im Stich zu lassen. "

„Ihr wart dort Passagiere?", will Balian wissen und weicht ein Stück zurück.

„Nein, nein. Das waren wir nicht. Wir haben einen Job als Animateurinnen angenommen. Das war eigentlich gar nicht geplant. Dieser Kerl – Amir heißt er – hat ihn uns spontan angeboten, als wir ihn in einer Bar kennengelernt haben. Ich war von Anfang an skeptisch und wollte ablehnen, aber Samira war nicht davon abzubringen, den Job anzunehmen." Den schweren Seufzer, der folgt, kann ich nicht zurückhalten. Mein Magen zieht sich unangenehm zusammen, wenn ich daran zurückdenke. Ich lege die Hand vor den Mund und kämpfe mit den Tränen. „Warum konnte sie nicht einfach mein Geld annehmen, statt sich auf diesen Job einzulassen?", murmele ich leise, mehr an mich selbst, als an Balian gerichtet und reibe mir die Tränen aus den Augen.

Schweigend sieht dieser mich an und hört einfach nur zu.

Es tut gut, endlich mit jemandem über die letzten Tage zu sprechen. Ich kämpfe mit mir, um die Fassung zu wahren. „Weißt du ... Wir sollten die Gäste ein wenig unterhalten. Poolgymnastik und so."

„Und so?“, zitiert er mich und wirkt dabei ziemlich skeptisch.

„Was ist?“

„Dir ist aber schon bewusst, was das für ein Schiff ist, oder?“

Kurz halte ich inne. Dass etwas mit der *Infinite Horizon* nicht stimmt, habe ich von Anfang an geahnt. Vielleicht erhalte ich nun endlich Antworten auf die vielen Fragen, die dieser dubiose Job aufgeworfen hat. „Nein, weiß ich nicht. Kannst du mich aufklären?“

„Hör mal, Jade. Es ist besser, wenn du nicht so viel darüber weißt“, sagt er und taucht neben mir ab.

Wie bitte?! So kann er mich jetzt nicht hier zurücklassen! Das geht doch nicht. Ich brauche Antworten! Verdutzt drehe ich mich einmal um die eigene Achse und suche das Wasser ab, um zu sehen, wo Balian auftaucht. Schließlich entdecke ich ihn kurz vor dem Ufer. *Balian, bitte gib mir die Antworten, die ich brauche. Ich werde sonst nie herausfinden, was Samira zugestoßen ist oder wird.*

Er klettert aus dem Wasser, ohne sich auch nur einmal nach mir umzusehen. Allem Anschein nach ist die Unterhaltung für ihn hiermit beendet.

So ein Arschloch! Was denkt der sich eigentlich? Ich will gerade losschimpfen, doch der Anblick seines knackigen Pos lässt mich die Worte verschlucken, die sich bereits auf meiner Zunge gebildet haben. *Jesus!* Mein Blick bleibt jedoch nicht lange an seinem Hintern, sondern an dem Ding um seinen Knöchel hängen, das verdächtig nach einer Fußfessel aussieht. *Ist Balian etwa ein Verbrecher?* Sprachlos sehe ich ihm nach, wie er hinter einem Baum verschwindet. Der Versuch, leise auf eine andere Position zu schwimmen, um mehr erkennen zu können, bleibt erfolglos.

„Soll ich dir ein Fernglas bringen?“

Erschrocken fahre ich herum, als ich ihn ein paar Meter neben dem Baum entdecke, hinter dem er zuvor verschwunden ist. *Verdammt! Balian muss mich für eine totale Spannerin halten.*

Er schüttelt den Kopf, bevor er sich ein weißes Shirt über den nassen Oberkörper streift. Es klebt teils durchsichtig an seiner breiten Brust. Die dunkle Jeans liegt eng an seinen muskulösen Beinen an.

Jade, du starrst schon wieder! Ertappt beiße ich mir auf die Lippe und spüre, wie sich eine beißende Hitze auf meine Wangen legt.

Balian ignoriert mich und verschwindet barfuß hinter einem dichten Strauch. Er lässt mich mit dem unguten Gefühl zurück, als hätte ich etwas Verbotenes getan. Habe ich ja auch irgendwie.

„Scheiße“, fluche ich und tauche in das kühle Nass ab, aus dem ich am liebsten nie wieder auftauchen würde. Das wird mir noch nachhängen, das weiß ich jetzt schon.

35. Kapitel

BALIAN

In meiner Hängematte liegend bekomme ich – trotz aller Bemühungen – diese Frau und diesen Wahnsinnskörper nicht aus dem Kopf. Mit einem Buch versuche ich mich abzulenken. Doch seit zehn Minuten liegt es unangerührt auf meinem Oberkörper und bewegt sich im Rhythmus meiner Atmung auf und ab.

Jade – ihr Name allein ist wie ein Echo, das mir unaufhörlich durch den Kopf hallt. Ich versuche hartnäckig, sie aus meinen Gedanken zu verbannen, aber sie bahnt sich beharrlich einen Weg zurück. Ihr Lächeln ist wie ein Sonnenstrahl in meiner Dunkelheit und ihre Augen, die die Farbe des Ozeans haben, tragen Geheimnisse, die mich fesseln.

„Ich habe meine Freundin gesucht“, hallen Jades Worte in meinen Ohren wider. *„Sie ist einfach von Bord gegangen, ohne einen Ton zu sagen.“*

Ratlos reibe ich mit den Händen über mein Gesicht. *Warum ausgerechnet sie? Kann sie nicht irgendjemand anderes sein? Eine Urlauberin?*

Nero, unser Maulwurf an Bord der *Infinite Horizon* hat im letzten seiner Berichte von zwei jungen Frauen geschrieben, von denen die Beschreibung einer auf

Jade passt. Wenn sie es wirklich ist, so handelt es sich bei ihrer Freundin um das neue Spielzeug von Amir. Demnach würde ihn das blonde Juwel direkt hierherführen, sollte diese Samira wirklich auf der Insel sein. Wo Jade ist, könnte auch ihre Freundin sein.

Miroh wollte das zunächst nicht verstehen, die Augen vor der Gefahr verschließen. Dabei weiß er ganz genau, dass das nicht funktioniert.

Mir war sofort klar, wer sie sein könnte und welche Bedrohung sie mit sich bringt, als ich sie zum ersten Mal auf dem Flur gesehen habe.

Inzwischen scheint auch Miroh zu begreifen, dass ich recht behalten werde: Amir wird kommen, um sie beide zu holen.

Ich sollte mich auf die Aufgaben konzentrieren, die ich hier auf dem Anwesen habe, doch jedes Mal, wenn ich meine Augen schließe, taucht ihr Bild vor mir auf, wie ein faszinierendes Rätsel, das ich lösen muss. Die Erinnerungen an verflossene Beziehungen, die zu nichts als gebrochenen Herzen geführt haben, kommen mir in den Sinn. Die Narben dieser Enttäuschungen sind noch frisch genug, um mich daran zu erinnern, wie zerbrechlich die Liebe sein kann, besonders in einer Welt wie dieser, wo Gefahren hinter jeder Ecke lauern. Selbst hier im Dschungel ist das *Darmawan-Syndikat* und die Bedrohung, die es mit sich bringt, allgegenwärtig.

Außerdem gehört Jade nicht hierher. Ihr Akzent ist amerikanisch, also wird sie weit weg von zu Hause sein und sich sehnlichst dorthin zurückwünschen.

Es wäre naiv zu denken, dass etwas zwischen uns passieren könnte. Hier draußen, in dieser wilden Umgebung, haben Gefühle keinen Platz. Die Vorstellung, Jade in diesem Strudel aus Schmerz und Verlust zu verlieren, wenn die *Darmawan* hier auftauchen, um sie zu holen, ist fast unerträglich. Zweifelsohne wären sie in der Lage, unsere komplette Gemeinschaft auszulöschen. Dass sie kommen, ist gewiss. Es ist nur eine Frage der Zeit, wann sie die Frauen finden.

Selbst während ich all das denke, kann ich nicht leugnen, dass Jade in meinen Gedanken wie ein beharrlicher Schatten bleibt. Sie ist ein Rätsel, das ich nicht lösen, und eine Anziehungskraft, der ich mich nur schwer entziehen kann. Es ist nicht nur die körperliche Gefahr, die mich beunruhigt, sondern auch die emotionale Verwundbarkeit. In dieser Umgebung sind Vertrauen und Bindungen ein Luxus, den man sich kaum leisten kann. Ich muss stark bleiben, die Mauern um mein Herz hochziehen und ihre Faszination zurückweisen. Die Liebe hat mich noch nie auf einen guten Pfad geführt, und ich kann es mir nicht leisten, wieder in diese Dunkelheit zu stürzen. Es geht mir nach meiner Ankunft hier gerade erst besser. Ich muss mich auf den Kampf vorbereiten, der uns bevorsteht: Das Aufeinandertreffen mit Amir, das weiß Gott nicht gut ausgehen wird. Ich denke, ich sollte mich mit Nero besprechen, um herauszufinden, was genau Amir plant und bei den Nachbarinseln Verstärkung anfordern. Wir brauchen mehr Waffen und Leute, um uns zu verteidigen. Vielleicht wäre es auch keine schlechte Idee, mich ein paar Tage zu Fatir zurückzuziehen. Ich brauche dringend einen klaren Kopf.

36. Kapitel

AMIR

„Solis. Stella. Cordis. Lacrima." Samira steht vor mir und haucht jedes dieser Worte, das von tiefenschwerer Bedeutung ist, mit solch einer Leichtigkeit hinaus, als trüge eine Feder es davon. Wir liegen auf einer Wiese, die nach frisch gemähtem Gras duftet. Im Hintergrund zwitschern Vögel. Samiras Lächeln erwärmt mein Herz und erzeugt ein Gefühl von Geborgenheit. Ihr Gesicht verschwindet im Sonnenlicht.

Dunkle Wolken ziehen über unseren Köpfen auf.

Dunkelheit bricht über mir herein und ein eisiger Wind schlägt mir ins Gesicht.

Samira ist weg.

„Pssst. Lacrima. Ich hab dir was mitgebracht." Es ist Balian, der aus der Dunkelheit auftaucht.

Ich bin mit Ketten an einen Stuhl gefesselt.

Er lächelt. Wie damals, als wir Kinder waren. Doch jetzt sind wir erwachsen. Seine Hand gleitet in seine Hosentasche. Er trägt ein Lächeln im Gesicht, doch es ist nicht echt. Als er die Hand wieder hervorholt, entdecke ich die Spritze. Auf dem Aufkleber darauf steht der Name des Giftes, das ich seinem Vater verabreicht habe. Wenn auch nicht freiwillig. „Ich habe dir was übriggelassen."

In der Spritze ist nicht viel Flüssigkeit zu erkennen, doch genug, um mich damit zu vergiften.

„Balian, bitte! Tu das nicht. Wir sind doch Freunde", bettele ich und bekomme es mit der Angst zu tun.

„Wir *waren* Freunde", korrigiert er mich und nähert sich. „Jetzt bekommst du, was du verdienst ... du bist ein Monster!"

Neben ihm taucht Samira auf. Ihr eben noch liebliches Gesicht hat sich verfinstert. „Du bist ein Monster! Du hinterlässt nichts als Tränen!"

„Stimmt", höre ich Nero, dessen Kopf zwischen den beiden auftaucht. „Du kannst niemals eine gute Sonne sein, weil alles durch deine Hand verdorrt!"

„Du bringst nichts als Kummer und Elend. Und nun wirst du dafür bezahlen, Amir." Balian sieht mich aus finsteren Augen an. Er jagt die Spritze in meinen Arm. Ein höllischer Schmerz durchfährt meinen Körper und das Bild vor meinen Augen verschwimmt.

„Ist er tot?", höre ich Samiras Stimme wie durch Watte.

„Noch nicht. Aber das ist nur eine Frage der Zeit." Auch Nero kann ich nicht mehr klar und deutlich wahrnehmen.

Das schwammige Bild vor meinen Augen beginnt sich zu drehen, gepaart mit dem grausamen Übel, das sich den Weg durch meine Adern bahnt, um mich zu vernichten. Ich verfluche mich, dass ich die Herstellung dieses todbringenden Giftes nicht habe stoppen lassen. Aber hätte ich es eigentlich gekonnt? Vermutlich nicht.

Es war mir nicht einmal möglich, die Ampulle mit dem Gift auszutauschen. Dabei hätte ich es so gern getan.

„In ihm ist nichts an Liebe. Für mich empfindet er gar nichts!", höre ich Samiras Stimme wie ein fernes Echo.

„Das ist nicht wahr!", rufe ich ins Leere.

Sie ist weg.

Sie sind alle weg.

Mein Körper fühlt sich an, als würde ich bei lebendigem Leibe verbrennen. Ich schreie und schreie, doch niemand hört oder reagiert auf mich.

Panisch reiße ich die Augen auf und schnappe nach Luft.

Als ich langsam zu mir komme und begreife, dass ich nur geträumt habe, ist mein erster Eindruck die dumpfe Stille um mich herum. In meinem Kopf pulsiert ein Rhythmus, der nicht mein eigener ist und Schmerz liegt bleischwer auf mir. *Was ist passiert?* Meine Augenlider fühlen sich schwer an. Doch der Drang, die Realität zu begreifen, überwiegt die Müdigkeit. Ich spüre den beklemmenden Griff der Bettdecke um meinen Körper, der mit einem leisen Rascheln nachgibt, als ich versuche, mich zu bewegen.

Langsam blinzele ich und das Bild vor meinen Augen klart allmählich auf.

Die weißen Wände des Krankenzimmers umschließen mich, wirken steril und unnatürlich in ihrem klinischen Glanz. Der Geruch von Desinfektionsmitteln hängt in der Luft.

Schwerfällig sehe ich an meinem Körper hinab. Verband bedeckt die Haut wie ein Mosaik aus Schutz und Heilung. Die Schmerzen sind da, aber sie sind gedämpft, als müssten sie durch eine dicke Schicht aus

Watte dringen, um mich zu erreichen. Als ich die Hand hebe, um mein Gesicht zu berühren, bemerke ich die Schläuche und Kabel, die mit Pflasterband an meinem Arm befestigt sind. Die Kanüle unter meiner Haut erzeugt ein unangenehmes, aber notwendiges Gefühl, um mich mit den lebenserhaltenden Maschinen zu verbinden.

Ein Klopfen an der Tür unterbricht meine Betrachtungen. Eine Krankenschwester kommt herein, ihr Lächeln ist warm und freundlich, in ihren Augen liegt eine Spur von Mitgefühl und Sorge. „Guten Morgen. Wie geht es Ihnen heute?“ Ihre Stimme ist sanft, fast wie ein Flüstern, um meine Ruhe nicht zu stören.

Ich versuche zu sprechen, aber meine Kehle ist trocken und das Wort bleibt stecken.

„Sie hatten eine lange Operation, aber Sie sind stark“, erklärt sie ruhig und nimmt meine Hand in ihre. „Sie hatten Glück. Einige Schusswunden, aber keine lebensbedrohlichen Verletzungen. Sie haben riesiges Glück gehabt ... und ich bin mir sicher, Sie werden sich schnell erholen.“

Ein Gefühl der Erleichterung überflutet mich, als ich versuche, die Worte zu verarbeiten. Glück? Ich kann mich an nichts erinnern. Die Erinnerung an den bewaffneten Überfall ist wie in einem Nebel verloren. Doch der dicke Verband auf meiner Haut, erinnert mich daran, dass es real war. Ich weiß nur noch, dass da ein Knall war, als ich mit Samira und Dario zusammen am Tisch gesessen habe. *Dario ... dieser Mistkerl.* Sofort keimt Wut in mir auf, die jedoch vom aufmunternden Lächeln der Schwester erstickt wird.

„Wo bin ich ... genau und wie bin ... ich hierhergekommen?“

„Sie sind im städtischen Krankenhaus von Surabaya. Ein Helikopter hat sie gebracht. Sie müssen einen verdammt guten Schutzengel gehabt haben.“

Die Krankenschwester verlässt das Zimmer und ich bleibe allein zurück, um die Fragmente meiner Erinnerungen zusammenzusetzen. Jeder Atemzug fühlt sich wie ein kleiner Sieg an, ein Beweis dafür, dass ich am Leben bin. Mein Herz schlägt unregelmäßig, aber es schlägt. Und in diesem Moment ist das genug.

Samira. Ihr Name hallt in meinem Kopf wider wie ein Echo aus einer vergangenen Zeit. Ein befremdliches, warmes Gefühl umschließt mein Herz, als ich an ihr Lächeln denke, an die Art, wie ihr Haar im Wind tanzt und wie ihre Augen in der Sonne glänzen. Was ist mit mir passiert? Werde ich durch die Verletzung nun zum Weichei? Samiras Bild vor Augen weckt meine schlummernden Kräfte. *Ob es ihr gut geht? Nicht, dass sie ...* Ich möchte diesen fiesen Gedanken nicht zu Ende bringen. Doch die Ungewissheit darüber, ob sie den Überfall überlebt hat, nagt an mir. Und zwar so sehr, dass ich mir schwöre, so schnell zu genesen, wie es mir möglich ist. Ich will sie an meiner Seite und in Sicherheit wissen. Ich erinnere mich an den Moment, in dem sie neben mir war, ihre Hand in meiner, als die Welt plötzlich in Chaos versank. Doch dann wurde alles verschwommen, wie ein Traum, der sich dem Vergessen anpasst.

Ich sehne mich danach, sie zu sehen und sie im Schutz der *Darmawan* zu wissen. Doch die Leere in meinem Zimmer erinnert mich daran, dass ich keine Informationen habe, keine Gewissheit. Ich hoffe, dass Chalid bald hier auftauchen und mich auf den neusten Stand bringen wird.

Eines weiß ich jedoch ganz genau: Das Schwein, das den Anschlag verübt hat, wird meine Rache spüren. Wer auch immer mir das angetan hat, soll ausbluten – so lang, bis ich mich besser fühle. Ich werde nicht nur diesen Bastard, sondern auch seine Familie auslöschen. Zwar habe ich einige Feinde, doch nur einen, der tiefere Beweggründe hat. Zudem hält er sich in der Nähe von Java auf: Balian.

37. Kapitel

JADE

Bama Beach Hafen, Java

Die ersten zarten Strahlen der Morgensonne kitzeln mein Gesicht, als ich den kleinen Hafen sehe. Die düsteren Schatten der vergangenen Nacht hängen noch in der Luft, als wären sie gefesselt an die Dunkelheit, die uns umgibt. In aller Herrgottsfrühe sind Dracu und ich aufgebrochen, um mit der Suchaktion nach Samira zu beginnen. Miroh musste noch etwas erledigen, wird aber später dazustoßen.

Die Fahrt hierher war die reinste Hölle. Ein ziemlich schmaler Abhang muss überquert werden, um Limanossa überhaupt zu verlassen. Ich erinnere mich deswegen nicht daran, weil ich einen Sack über dem Kopf hatte, als ich hierhergekommen bin. Danach geht es durch eine tiefe Schlucht, in der Baumwurzeln und Gestein wie tödliche Hindernisse aus dem Boden ragen, als wolle die Natur uns daran hindern, Limanossa zu verlassen.

Die kühle Brise des Meeres streift meine Haut, während ich sehnsüchtig auf das glitzernde Wasser hinausblicke und mir nichts mehr wünsche, als Samira zu finden.

Die Menschen, die wir nach ihr fragen, schweigen beharrlich oder werfen uns misstrauische Blicke zu, als würden sie ahnen, dass wir nicht nur nach einer verlorenen jungen Frau suchen. Die Angst vor den Darmawan stand ihnen sprichwörtlich ins Gesicht geschrieben. Wahrscheinlich hat sich längst herumgesprochen, was los ist, wenn die *Infinite Horizon* hier anlegt.

Die Enttäuschung schnürt mir die Kehle zu, während ich versuche, die Tränen zurückzuhalten.

„Jade, ich fürchte das bringt nichts." Dracu tritt neben mich. Seine Augen, von einem tiefen Dunkelrot durchzogen, spiegeln die gleiche Besorgnis wider, die auch in mir brodelt.

„Wir werden sie finden", entgegne ich trotzig und hoffe, dass er die Suche nicht aufgeben wird. Wir haben doch gerade erst damit angefangen. Wenn allerdings das restliche Volk genauso reagiert, sehe auch ich schwarz.

Dracu legt sanft seine kalte Hand auf meine Schulter, ein schwacher Trost inmitten der ausweglosen Situation. „Komm, ich weiß, wo wir es noch versuchen können."

Nach einem kleinen Fußmarsch erreichen wir ein Gästehaus, das ebenfalls am Rand der Insel liegt. Die Holztür knarzt, als wir sie öffnen und in den spärlich beleuchteten Flur eintreten. Ein schwacher Duft von salziger Seeluft und verblasstem Holz liegt in der Luft. Das Innere des Gästehauses scheint genauso düster wie die Wirklichkeit, die uns umgibt. Hier würde ich definitiv nicht einchecken.

Wir bahnen uns den Weg durch den schmalen Flur, vorbei an verlassenen Zimmern mit halb geöffneten Türen. Das Knarren des Holzbodens unter unseren Schritten verstärkt die bedrückende Stille, die nur vom entfernten Rauschen der Wellen durchbrochen wird. Der Schein einer einsamen Laterne wirft schwache Lichtflecken auf den abgewetzten Teppichboden.

Als wir die Rezeption erreichen, ist auch diese verlassen. Ein vergilbtes Gästebuch liegt offen da, ein stummes Zeugnis vergangener Tage. Ich lasse meinen Blick darüber schweifen, auf der Suche nach einem Hinweis auf Samira. Die Seiten sind gefüllt mit Namen, aber keiner von ihnen lässt mein Herz schneller schlagen.

Dracu kommt an meine Seite, seine Augen durchsuchen den Raum mit einer fast unheimlichen Entschlossenheit. „Wir müssen jemanden finden, der etwas weiß“, flüstere ich, meine Stimme kaum mehr als ein Hauch in der Dunkelheit. Dracu nickt zustimmend und wir verlassen das Gästehaus, um weiter nach Antworten zu suchen.

Die Rezeptionstür öffnet sich mit einem leisen Knarren, und eine schlanke, junge Frau mit dunklen Haaren und einem nervösen Blick tritt heraus. Dracu, in seiner unnatürlichen Gelassenheit, spricht sie an: „Entschuldigen Sie, wir suchen nach einer jungen Frau. Sie könnte unter Ihren Gästen sein.“

„Wir haben viele Gäste“, entgegnet sie verhalten und sieht voller Argwohn zwischen uns hin und her.

„Sie könnte mit einem Mann aber auch allein hier ein Zimmer gebucht haben. Darf meine Freundin hier sie kurz beschreiben?"

„Also, ich weiß nicht."

„Bitte", richtet er das Wort erneut an sie und mit einem Mal flirtet er so geschickt mit ihr, wie ich es so noch nie bei ihm gesehen habe. „Vielleicht erinnern Sie sich ja an sie." Er wendet sich mir zu. „Jade, beschreibe Samira so genau du kannst."

Ich stehe neben Dracu und beobachte die Rezeptionistin, während ich jede Einzelheit von Samira beschreibe. Ihre sanften braunen Locken, ihre strahlenden Augen, die wie Sterne in der Nacht leuchten, und das zarte Lächeln, das selbst die düstersten Schatten zu vertreiben scheint. Nicht zu vergessen. Das Armband und die Kleidung, die sie trug, als sie von Bord ging. Die Rezeptionistin hört aufmerksam zu, doch ihre Augen verraten eine Mischung aus Unsicherheit und Furcht.

Als ich erwähne, dass mein Handy noch auf dem Schiff liegt und ich ihr leider kein Foto zeigen kann, zieht sich die Stirn der Rezeptionistin besorgt zusammen. „Ihr seid von dem Schiff aufgebrochen? Etwa die", sie beugt sich leicht vor, *„Infinite Horizon?"*, sagt sie mit einem Flüstern, das die düsteren Geheimnisse der Insel zu umfassen scheint.

Dracu bleibt ruhig und sachlich: „Wir haben mit dem Schiff nichts zu tun. Auch nicht mit dem Darmawan-Syndikat. Wirklich. Wir müssen Samira finden. Sie könnte in Gefahr sein. Haben Sie sie gesehen oder nicht?"

Die Rezeptionistin wirft einen nervösen Blick über die Schulter, als würde sie sich vor etwas fürchten. „I-

Ich kann euch nicht helfen. Ihr müsst gehen, bevor der Chef euch sieht", stammelt sie und macht eine vage Geste zur Tür.

„Nun warten Sie doch –" Dracu stoppt, denn ein Gewitter scheint im Gesicht der Rezeptionistin aufzuziehen.

„Verlasst sofort das Gasthaus. Sonst muss ich den Sicherheitsdienst rufen."

Dracu hebt die Hände. „Schon gut. Wir haben es ja verstanden."

Enttäuscht verlassen wir rückwärtsgehend den Empfang, drehen uns um und halten auf den Ausgang zu.

Dabei spüre ich den stechenden Blick der Rezeptionistin in meinem Rücken.

Die Tür schließt sich hinter uns, und ich stehe mit einem Kloß im Hals da, während der Wind des Ozeans meine Ungewissheit noch verstärkt. *Samira, wo bist du?*

„Tut mir leid, Jade. Ich fürchte, egal, wo wir noch nachfragen werden, wird es ähnlich laufen. Die Menschen hier haben Angst vor den Darmawan."

„Ja, das hat man deutlich gesehen", seufze ich und kämpfe dagegen an, die Hoffnung zu verlieren.

„Was willst du jetzt tun? Wieder zurück nach Hause? Wir könnten dir eine Mitfahrgelegenheit organisieren", bietet Dracu an und steckt sich eine Zigarette zwischen die Lippen.

Das Sturmfeuerzeug klackt und kurz darauf stehe ich in einer Rauchwolke.

Hustend wedele ich den Qualm weg.

„Sorry."

„Ich kann doch nicht einfach fahren und Samira hier zurücklassen."

Dracu nimmt einen tiefen Zug und richtet den Blick auf das weite Meer. „Du wirst sie womöglich nicht finden. Hier wird dir niemand eine Auskunft geben. Es wird sich schnell herumsprechen, dass man nach deiner Freundin gefragt hat und woher ihr gekommen seid."

„Vielleicht hat Miroh mehr Glück."

„Ich glaube kaum." Dracus Worte sind wie Salz in meiner Wunde.

„Jedenfalls werde ich bleiben. Hinten habe ich eine Telefonzelle gesehen. Ich werde meine Eltern anrufen und ihnen mitteilen, dass Samira und ich eine tolle Insel entdeckt haben, die wir noch ein wenig länger erkunden wollen. Das verschafft mir Zeit."

„Wie du meinst. Aber du ziehst nicht alleine los, damit das klar ist."

„Warum ist dir das so wichtig?", hake ich nach und hebe eine Braue in die Stirn.

„Mir nicht. Aber Crita würde ausflippen, wenn ich dich allein durch den Dschungel und das Dorf irren lasse. Es ist nicht ungefährlich hier. Nicht einmal im Dorf."

„Deal." Mit dem Kopf deute ich auf die Telefonzelle unweit des Gasthauses. „Bin gleich wieder da.

Die Fernsprechzelle hat schon deutlich bessere Tage gesehen. Je näher ich trete, desto mehr stellt sich mir die Frage, ob das alte Ding überhaupt noch funktioniert. Ihr Rost hat sich über die Jahre ausgebreitet, die Wählscheibe sieht aus, als hätte sie schon eine Ewigkeit keine Finger mehr gespürt. Die Glasscheiben sind trüb und von einem Schleier überzogen. Ein kühler Schauer läuft mir über den Rücken, als ich mich der Zelle nähere und atme tief durch. *Du tust das Richtige, Jade.*

Ein knarzendes Geräusch begleitet meine Bewegungen, als ich die verstaubte Tür der Telefonzelle öffne. Der muffige Geruch von altem Metall und vergilbtem Plastik umgibt mich, als ich das Innere betrete. Meine Augen müssen sich erst an die Dunkelheit gewöhnen, die hier drinnen herrscht. Die schwache Glühbirne über der Wählscheibe flackert unsicher und spendet nur spärliches Licht.

Meine Hände zittern leicht, als ich den Hörer aufnehme und ihn an mein Ohr führe. Ein Kratzen und Rauschen begleiten die Stille, während ich die vertrauten Ziffern wähle. Der Klang der Wählscheibe scheint in der Zeit stehen zu bleiben. Mein Herz klopft laut in meiner Brust, während ich darauf hoffe, dass das Telefon auf der anderen Seite der Leitung noch lebt.

Zuerst wähle ich die Nummer von Samiras Mom. Zu meinem Glück ist sie nicht da, sodass ich schnell auf Band sprechen kann, dass wir länger bleiben. Ich lege erleichtert auf. Dann steht der schwerste Anruf ins Haus.

„Bitte, bitte lass sie da sein“, flüstere ich, meine Stimme kaum mehr als ein Hauch. Es fühlt sich an wie eine Ewigkeit, während ich auf das vertraute Klingeln warte. Schließlich höre ich eine bekannte Stimme am anderen Ende der Leitung. Tränen der Erleichterung vermischen sich mit dem Staub auf meinen Wangen, als mein Vater sich mit Namen meldet – ein kleiner Hoffnungsschimmer inmitten dieser düsteren Insel, wo jede Entscheidung über Leben und Tod fällt.

„Dad, hier ist Jade.“ Mit Mühe versuche ich das Zittern zu verbergen, das sich verräterisch in meine Stimme schleicht.

„Jade, mein Kind. Schön, dass du anrufst. Wie ist der Urlaub?“

„O Dad, es ist einfach fantastisch hier. Das Wetter ist großartig, die Aussicht ist atemberaubend, und die Leute sind so freundlich.“ Die Worte verlassen meine Lippen, während die Leere in meinem Magen sich zu einem Knoten zusammenzieht.

„Wo seid ihr denn gerade?“

„Wir haben einen Zwischenstopp auf einer der Inseln gemacht. Mir fällt der Name gerade nicht ein. Da muss ich gleich noch einmal nachfragen. Hier gibt es so viel zu entdecken. Samira und ich sind schon völlig reizüberflutet“, lüge ich.

Er lacht leicht, und dieses vertraute Geräusch ist wie ein sanftes Kissen für meine geschundene Seele. „Das freut mich zu hören, Jade. Du hast es dir verdient, eine Auszeit zu nehmen.“

Ich zwinge mich, meine Gedanken zu sammeln, bevor ich frage: „Und wie geht es dir, Dad? Wie ist dein Tag?“

„Ach, ganz gut. Ich habe mir heute früher frei genommen, weil deine Mutter mich dezent an unseren Hochzeitstag erinnert hat.“

„Stimmt. Der ist morgen, richtig?“

„Und ich habe ...“

„Es fast vergessen“, schiebe ich ein und muss schmunzeln, obwohl sich eine Träne über meine Wange schleicht.

„Wie letztes Jahr.“

„Und das Jahr davor“, zähle ich auf.

„Und das Jahr davor. Ja, ich weiß. Aber noch habe ich die Chance, für morgen etwas zu organisieren. Ich denke, wir gehen schick essen und gönnen uns einen Tag im Spa. Das liebt deine Mutter doch."

Ja, aber am liebsten mit ihrer Affäre, Dad. Wach doch endlich auf. Das ist die reinste Zeitverschwendung.

„Na ja. Ganz uneigennützig ist der Plan nicht. Auch ich könnte ein wenig Entspannung gebrauchen. Die Arbeit läuft gut aber es gibt zunehmend mehr zu tun."

„Ich weiß. Du bist so fleißig, Dad", seufze ich und drifte mit den Gedanken ab. „Du hast es dir wirklich verdient."

„Stell dir vor, die neue Sekretärin hat es tatsächlich geschafft, den Drucker an ihrem zweiten Arbeitstag zu zerstören. Wer weiß, was für Knöpfe sie da im Sekundentakt gedrückt hat. Es tut sich nichts mehr." Seine Antwort wirkt beruhigend, als er mir von den banalen Dingen erzählt, die seinen Alltag füllen. Die Geschichten von zu Hause, von Dingen, die so normal sind, dass sie fast surreal wirken. Ein Gefühl der Normalität schleicht sich in meine Brust, als er spricht, und ich klammere mich an diese Flucht vor der Dunkelheit.

„Dad, ich denke, ich werde noch etwas länger hier bleiben", sage ich schließlich, die Worte schwer auf meiner Zunge. „Samira und ich haben beschlossen, ein paar weitere Tage zu verlängern. Es ist so schön hier, und wir wollen die Zeit einfach genießen."

Die Stille am anderen Ende der Leitung wird von einem Seufzen unterbrochen, gefolgt von einem zustimmenden: „Wenn das für dich gut ist, Jade. Tu mir nur bitte einen Gefallen und passt auf euch auf."

„Aber klar doch." Ich spüre den Stich der Schuld in meinem Inneren, während ich diese Worte ausspreche, die mehr Lüge als Wahrheit sind. Doch in diesem Moment ist die Illusion von Normalität und Sicherheit wichtiger als die Wahrheit, die mich in den Schatten dieser düsteren Insel zurückzieht.

„Ich liebe dich, Dad."

„Ich dich auch, Kleines." Seine Worte sind wie ein Kissen für meine geschundene Seele.

Meine Lippe bebt. Lange werde ich die vielen Tränen, die bereits einen Film vor meinen Augen bilden, nicht mehr zurückhalten können. „Bis bald."

„Mach's gut, mein Kind."

Ganz langsam lege ich den Hörer zurück, der sich bleischwer in meiner Hand anfühlt.

Tränen schießen mir in die Augen und ich kann nicht anders, als mich an der trüben Wand auf den Boden sinken zu lassen und die Beine anzuziehen. Die Tränen laufen wie ein Wasserfall über meine Wangen. So lange, bis meine Augen leergeweint sind. Ich raffe mich auf, reibe mir durch das Gesicht. „So", richte ich das Wort an mich selbst. „Und nun finden wir Samira."

Geistig total erschöpft lasse ich mich auf einer großen Steinmauer neben Dracu nieder und blicke auf die wilde See.

„Alles okay?"

„Ja", antworte ich leise und starre auf das Wasser.

Wellen schlagen hoch und die Luft riecht, als zöge bald ein Unwetter auf.

Ich richte das Gesicht zum Himmel, an dem dunkle Wolken aufgezogen sind.

„Lass uns hier verschwinden. Da braut sich ordentlich was zusammen."

„Versprichst du mir etwas?"

Dracu dreht den Kopf in meine Richtung. „Was?"

„Dass wir alles tun werden, um Samira zu finden."

„Jade", brummt er leise, „du weißt, wie die Chancen auf Erfolg stehen."

„Trotzdem." Verzweifelt fahre ich mir mit der Hand durch das Haar und lehne mich in seine Richtung, um ihm eindringlich in die Augen zu sehen. „Bitte, Dracu."

Er reibt die Hände über die Oberschenkel und stößt laut Luft aus. „Also schön. Deal", wiederholt er meine Worte von vorhin und lächelt mir verhalten zu. In seinen Augen sehe ich Verständnis und Wärme.

Doch ich weiß, was er denkt. Dass wir Samira niemals finden werden und das alles Zeitverschwendung sein wird. Das sie vielleicht gar nicht mehr lebt. Doch ich habe einen Entschluss gefasst. Ich werde nichts unversucht lassen, Samira zu finden. Vorher bekommen mich keine zehn Pferde von dieser Insel.

38. Kapitel

SAMIRA

Mitten im Dschungel Javas

Beinahe die ganze Nacht haben wir uns Stück für Stück durch den Dschungel vorgearbeitet. Jedes Geräusch und ist es doch so harmlos gewesen hat mir einen Schrecken eingejagt. Mein Kopf hämmert immer noch von den Detonationen. Unter Schock stehend habe ich getan, was Chalid gesagt hat – habe mich versteckt, bin gelaufen, bis ich nicht mehr konnte und habe mich erneut versteckt. So lange, bis die Dämmerung über uns hereingebrochen ist und wir die große Straße nahe des Hafens erreichen. Entgegen meiner Erwartungen geht es nicht zum Anlegeplatz, denn dafür hätten wir links abbiegen müssen.

Ein dunkler SUV steht bereits auf der Straße. Drei bewaffnete Männer, die ich unter Amirs Leuten schon einmal gesehen habe, haben sich um den Wagen positioniert und behalten die Umgebung im Blick.

Einer von ihnen nickt Chalid zu, der grüßend die Hand hebt, als sei es ein Nachbar, dem er morgens beim Mülltonnenrausstellen einen schönen Tag wünscht.

„Unsere Mitfahrgelegenheit ist da“, höre ich da einen beschwingten Unterton in seiner Stimme? Ich bin fast gestorben vor Angst in den letzten Stunden. Wie kann er da noch so locker daherreden?

Einer der Männer öffnet die hintere Tür. Der Wagen ist leer. Wenn Amir nicht vorne sitzt, wo ist er dann? Irgendetwas kommt mir komisch vor.

„Wo fahren wir hin?“, will ich wissen und verlangsame das Tempo.

Chalid dreht sich zu mir um und kneift die Augen zusammen. Das Blut in seinem Gesicht ist mittlerweile getrocknet und rotbraun verkrustet.

Es lässt die Bilder des Kugelhagels wieder mein Bewusstsein hinaufkriechen, was ich zu verhindern versuche, indem ich an etwas Schönes denke. Jedoch will es mir nicht so recht gelingen. Gänsehaut stellt sich auf meinem Körper auf, der das Zittern immer noch nicht in Gänze ablegen kann.

„Zum Flughafen“, antwortet er und sieht mich forschend an, als könne er die Bilder in meinem Kopf ebenfalls sehen. „Dort wartet ein Privatjet, der uns von der Insel bringt.“

„Es geht nicht zurück aufs Schiff?!“ Ich bin völlig irritiert.

„Nein.“

„Und wohin fliegen wir?“ Meine Beine wollen mich nicht eher weitertragen, bis ich darauf eine Antwort habe.

„Dahin, wo es sicher ist.“

„Und wo ist das?“, hake ich nach und verlange nach einer klaren Aussage.

„Das wirst du noch früh genug erfahren. Jetzt komm!“, seine Worte klingen herrisch, wie die von Amir, als habe er sie sich bei ihm abgeschaut.

„Wo ist Amir?“

Chalid antwortet nicht.

Da ich die Stille nicht aushalten kann, stelle ich die Frage, die mir am meisten auf der Zunge brennt, weil ich an Jade denken muss. „Kommen wir wieder zurück?“

Mit einem affektierten Lächeln schüttelt er den Kopf. „Kannst du diese beschissene Fragerei lassen? Oder willst du mich in den Wahnsinn treiben?“, brüllt er und sieht mich finster an. „Ich fasse es nicht! Du willst hierher zurück und dich abknallen lassen?“ Chalid erhebt die Stimme. „Ist das dein beschissener Ernst!“

„Nein“, gebe ich kleinlaut zurück und bin hin und her gerissen. „Aber Jade ... ich kann sie doch nicht hier zurücklassen. Sie ist hier irgendwo.“

„Wir. Müssen. Hier. Weg. – Jetzt!“, knurrt er ungeduldig und ich weiß, dass uns die Zeit davonläuft. „Nun steig endlich ein, sonst bist du die ganze Nacht umsonst gelaufen.“ Mit dem Finger fährt Chalid sich über den Hals. Eine bedrohliche Geste, die sich mir den Magen verknoten lässt.

Über seine Schulter hinweg sehe ich, wie sich die Gesichter der Wachleute verfinstern. Mit denen sollte man sich besser nicht anlegen.

Widerwillig steige ich in den Wagen und rutsche auf den kalten Ledersitz.

Chalid und einer der Wachleute nehmen mit mir hinten Platz.

Mir ist diese Enge unangenehm. Ich sehe durch die getönten Scheiben nach draußen, mit dem Wissen, dass alle Augenpaare auf mir ruhen. Die erdrückende Stille im Wagen lässt meine innere Stimme immer lauter werden, die mich anbettelt, auszusteigen. Doch es geht nicht. Gegen vier schwer bewaffnete Männer habe ich keine Chance – auch wenn ich alles tun würde, um ihnen zu entkommen. Super, Samira. *Du manövrierst dich von einer Gefahr zur nächsten. Hast du nicht langsam genug?*

Wir fahren eine Weile, ohne dass jemand auch nur einen Ton von sich gibt.

Der Wagen drosselt das Tempo und hält schließlich auf einer kleinen Landebahn.

Der Jet, von dem Chalid gesprochen hat, steht schon bereit. Dieser ist rabenschwarz, was mir Unbehagen bereitet.

„Aussteigen", befiehlt Chalid in strengem Ton und öffnet die Tür. Er bedeutet mir, dass ich aus dem Wagen steigen soll.

Der Wachmann vom Beifahrersitz steht bereits draußen und nimmt mich mit seinem stechenden Blick in Empfang.

Mir ist klar, dass ich keine Chance habe, den Männern davonzulaufen, also folge ich ihnen zum Jet.

„Ich komme zurück, Jade", flüstere ich in den Wind, in der Hoffnung, dass die Worte zu Jade getragen werden und steige in den Flieger. *Ich komme zurück.*

39. Kapitel

SAMIRA

Jakarta, Indonesien
Darmawan Tower-West

Die Limousine gleitet durch die hektischen Straßen von Jakarta, vorbei an einem Meer aus Lichtern und Hochhäusern, die den Himmel zu verschlucken scheinen. Meine Augen saugen jeden Moment dieser atemberaubenden Stadt in sich auf, während mein Herz wild in meiner Brust pocht. Jakarta – eine fremde Welt, die ich bisher nur aus Erzählungen kannte.

Fahrig streiche ich über den schwarzen Rock meines Etuikleides. Das Oberteil besteht aus einer weißen, enganliegenden Bluse mit Bubikragen. Dazu trage ich tiefschwarze High Heels. Eigentlich nicht mein Stil, doch Chalid meinte, es würde Amir sicher gefallen. Die Haare trage ich zu einem französischen Zopf geflochten. Einige Strähnen haben sich während er Fahrt schon daraus gelöst, die ich mir nervös hinter das Ohr streiche.

Mein Blick huscht immer wieder zum Fenster hinaus, ich erfasse meine Umgebung, doch meine Gedanken sind bei Amir. In den letzten Tagen habe ich oft an unser Date im Kino denken müssen. Der Tag, an dem ich den wahren Amir kennengelernt habe, der sich in Wirklichkeit hinter der Fassade des harten Geschäftsmannes verbirgt. Vermutlich kennen diesen Menschen nur die Wenigsten. Endlich nach all der Sorge, Ungewissheit und des Wartens habe ich die Chance, ihn wiederzusehen. Zudem fühle ich mich schuldig, weil er das Esszimmer bei Dario verlassen hat, um *mich* zu beschützen. Die Schussverletzung hat ihn an den Rand des Abgrunds gebracht, aber jetzt, jetzt endlich soll er auf dem Weg der Besserung sein, so Chalid. Ich bete, dass es wahr ist.

Die letzten Tage habe ich in einem kleinen Appartement verbracht. Natürlich gut bewacht. Es liegt inmitten der tobenden Stadt, die viel zu groß und zu laut für meinen Geschmack ist. Ich musste untertauchen, bis die Gefahr durch die Terroristen, die uns angegriffen haben, vorüber ist. Chalid meinte, dies sei der einzig sichere Ort für mich, so lange nicht klar ist, wer hinter dem Angriff steckt. Er ist mir nicht von der Seite gewichen, hat sich jeder Unannehmlichkeit sofort angenommen, doch meine Sorge um Amir und Jade konnte er mir nicht nehmen. Seit er mir das Leben gerettet hat, hat sich mein Bild von ihm geändert. Ich glaube, er ist ein besserer Mensch, als ich zuvor von ihm den Eindruck hatte. Von ihm habe ich erfahren, dass Jade höchstwahrscheinlich Opfer dieser Terroristen geworden ist und Amirs Leute mit Hochdruck auf der Insel nach ihr suchen. Wenn sie in einer Woche nicht gefunden wird, so hat er mich gebeten, muss ich mir für ihre

Eltern eine Ausrede einfallen lassen und sie diesen mitteilen. Wir brauchen Zeit, doch jeder Tag zählt. Ob Jade noch lebt, bleibt nur zu hoffen, aber ich glaube fest daran. Hoffentlich glaubt man mir die offizielle Version, dass wir unser Work-and-Travel-Abenteuer auf unbestimmte Zeit verlängert haben. Ihre Eltern werden mich umbringen, wenn sie die Wahrheit erfahren. Ich frage mich, ob es nicht vielleicht doch besser gewesen wäre, die Polizei einzuschalten. Allerdings hat Chalid mir dringend davon abgeraten. Die Polizei sei korrupt, meinte er und Jade sei verloren, wenn wir sie einschalten. Ich weiß langsam nicht mehr, was richtig und was falsch ist.

Für ein Telefonat mit Mom blieb nur kurz Zeit. Da ich sie zu Hause nicht erwischt habe, habe ich es auf der Arbeit probiert und Glück gehabt. Sie war sehr kurz angebunden und hat nur halb zugehört. Wie immer. Trotzdem tat es gut, ihre Stimme zu hören, auch, wenn es mir das Herz zerrissen hat, sie anzulügen. Das Wichtigste ist, dass sie sich keine Sorgen macht, denn davon hatte sie weiß Gott schon genug.

Die Limousine verlangsamt ihr Tempo, als wir uns einem majestätischen Tower nähern. *Was, das ist es?* Ein ehrfürchtiges Raunen entweicht meinen Lippen, als ich den imposanten Bau in seiner ganzen Pracht erblicke. Ich steige aus dem Wagen und mir zittern die Knie vor Aufregung. Ich bin hier, in dieser faszinierenden Stadt, um den Mann zu treffen, um den ich mir solche Sorgen gemacht habe, nachdem ich mich so verzehre, der mir immer noch ein Rätsel, aber dennoch mein einziger Halt ist.

„Wir sind da“, kündigt Chalid an, als wir anhalten und gibt mir mit einer Kopfbewegung zu verstehen, dass ich aussteigen soll.

Ich betrete das gläserne Foyer des imposanten Towers und bin von der modernen Eleganz überwältigt.

Chalid folgt mir mit zehn Metern Abstand, um mir ein wenig Privatsphäre zu geben, wie ein Schatten.

Die schlanke Rezeptionistin in ihrem feinen Tweetblazer lächelt mir zu und nickt in Richtung der Aufzüge. *Meine Güte, ist das edel hier.* Der helle Marmorboden blitzt vor Reinheit. Große Säulen ragen empor und ich fühle mich wie in einer anderen Welt. Jakarta an sich ist schon in der Lage, einen mit seiner Fülle und Pracht zu erschlagen aber das hier ist der helle Wahnsinn. Ob das alles Amir gehört?

Ich folge dem unausgesprochenen Hinweis und betrete gefolgt von Chalid den glänzenden Aufzug.

Mit einem gedämpften Summen gleitet der Lift in die Höhe, jede Etage vorbeiziehend wie ein flüchtiger Gedanke. Ich starre auf die Zahlenanzeige über der Tür, die sich langsam ändert. Fünf, sechs, sieben ... mein Herz klopft schneller, während ich mich dem Ziel nähere.

Chalid lehnt galant neben mir an der Wand und sieht auf sein Smartphone. Mir fällt auf, dass er die silbergrauen Haare immer gleich nach hinten gestylt trägt. Wahrscheinlich ist das sein Markenzeichen. Er könnte mehr aus sich machen, wenn er wollte. Aber vielleicht braucht er diese knallharte Fassade, um dahinter Zuflucht zu finden.

Der Blick aus den gläsernen Wänden des Aufzugs fasziniert mich. Jakarta breitet sich unter mir aus, ein Labyrinth aus Straßen und Lichtern, das in der Ferne verschwimmt. Ich kann die geschäftige Energie der Stadt spüren, das Pulsieren des Lebens in jeder einzelnen Straße.

Der Aufzug verlangsamt seine Fahrt und stoppt schließlich im dreiundzwanzigsten Stockwerk. Die Türen gleiten lautlos auf und enthüllen einen eleganten Flur, der an vielen gläsernen Büros entlangführt.

Ich trete hinter Chalid hinaus und spüre eine Mischung aus Aufregung und Nervosität.

Vor einer schwarzen Tür am Ende des Ganges bleibt Chalid stehen. Sie scheint eine undurchdringliche Barriere zwischen der Realität und dem Unbekannten zu sein.

Ich stehe direkt davor und spüre das Flüstern der Ungewissheit auf meiner Haut. Nur noch diese eine Barriere trennt mich von dem Mann, der mein inneres Feuer zum Lodern bringt.

Der Muskel in meiner Brust pocht heftig, als ich die Hand nach dem glatten, kalten Türgriff ausstrecke. Die metallene Oberfläche fühlt sich unnatürlich kühl an, als ich langsam die Tür öffne. Ein leises Quietschen, das fast wie ein warnendes Flüstern klingt, begleitet meine Bewegung.

Im Raum dahinter liegt eine undurchdringliche Dunkelheit, nur von einem fahlen Lichtschein erhellt, der aus einer Ecke des Zimmers zu kommen scheint. Die Atmosphäre ist schwer, mit einer Mischung aus Unbekanntem und einer vertrauten Präsenz gefüllt.

Zögernd sehe ich zu Chalid, der neben der Tür Position bezogen hat und mir zunickt. „Nun geh schon."

Langsam trete ich über die Schwelle, fühle, wie der Raum die Temperatur um mich herum zu absorbieren scheint. Mein Blick sucht instinktiv nach Amir.

Durch das Licht, das hinter mir durch die Tür fällt, kann ich ein wenig aus dem Inneren des Raumes erkennen, der eine Mischung aus Eleganz und Geheimnis ist. Die Wände sind in einem tiefen, schattigen Grauton gehalten, der dem Raum eine mysteriöse Atmosphäre verleiht. Einige kunstvoll gerahmte Gemälde hängen an den Wänden, ihre Motive verschwimmen leicht im gedämpften Licht. An der Seite steht eine smaragdgrüne Samtcouch auf der ein paar lose Kissen in einem harmonischen Farbspiel aus Dunkelgrün und Gold liegen, die einen Hauch von Luxus vermitteln.

Ich gehe weiter hinein und sehe mich nach Amir um. In der Dunkelheit erkenne ich allerdings nur die Umrisse eines Mannes, der in einem Schatten steht, doch ich spüre seine Anwesenheit, seine Intensität, die wie ein Magnet auf mich wirkt.

„Amir?", flüstere ich, meine Stimme kaum mehr als ein Hauch. Die Sekunden dehnen sich aus, während mein Herzschlag mir bis in die Ohren dröhnt. Langsam gewöhne ich mich an die Dunkelheit, während meine Sinne versuchen, die Gestalt vor mir zu entziffern.

Der Raum fühlt sich an wie ein Labyrinth der Emotionen, gefüllt mit einer Mischung aus Aufregung und Nervosität. Ich stehe einfach nur da, zögernd und dennoch entschlossen, bereit, den Mann mit der dunklen Aura zu entdecken, für den mein Herz brennt und dem ich mich zu Dank verpflichtet fühle. Er hat womöglich mein Leben gerettet. Ich frage mich immer noch, warum. Bisher hatte ich den Eindruck, dass es ihm nur um Sex ging und den kann er auch von jeder anderen Frau haben. Allerdings haben das Kino-Date und die vielen Geschenke von ihm eine ganz andere Sprache gesprochen. Eine, die er vielleicht erst noch erlernen muss. Oder wieder.

Amirs langsame Annäherung durch den halbdunklen Raum ist wie ein Tanz der Schatten und des Lichts. Jeder seiner Schritte scheint das Echo eines Geheimnisses zu tragen, das nur er kennt.

Meine Nervosität wächst mit jeder Sekunde, als ob sein bloßes Näherkommen elektrische Ladung in der Luft erzeugt.

Seine Präsenz ist wie eine unsichtbare Macht, die mich umgibt. Ich kann die Intensität seiner Ausstrahlung fühlen, diese Mischung aus Anziehungskraft und einem Hauch von Gefahr, die mich immer noch gleichermaßen fasziniert und verunsichert.

Als er näherkommt, erfasst ein schwaches Licht seine Konturen, enthüllt die markanten Züge seines Gesichts, die mandelförmigen Augen, deren Blick eine eigene Geschichte zu erzählen scheint. Sein Gang ist ruhig, aber bestimmend, und jedes Detail an ihm strahlt eine unbestreitbare Anziehungskraft aus.

Meine Nerven vibrieren, als er sich mir nähert, die Luft zwischen uns scheint geladen zu sein, als könnte man sie mit einem Messer schneiden.

Meine Gedanken wirbeln wild durcheinander, während ich versuche, mich zu sammeln. Ich weiß nicht, wie schwer er verletzt wurde, ob er bleibende Schäden oder Narben davontragen wird.

„Amir“, flüstere ich unsicher, meine Stimme ist kaum mehr als ein Hauch.

Sein schwarzer Anzug verschmilzt fast mit der Dunkelheit. Das weiße Hemd bietet den einzigen Kontrast. Amirs Blick ist forschend, die Miene emotionslos, was mich zutiefst verunsichert.

Unsere Augen treffen sich, und in diesem Moment scheinen Welten zu kollidieren. Die Aura von Geheimnissen und Verlangen umgeben mich, während er näher kommt, sein Feuer ist zum Greifen nah. Die Erinnerungen an unseren ersten Kuss und an den Mann, der Amir wirklich ist, sind wieder so lebendig.

Meine Atmung wird flacher, als ich mich in seinem Blick verliere, ein Gefühl von Aufregung und Unsicherheit wächst in meiner Brust, als die Tür hinter mir ins Schloss fällt. Ich spüre die Hitze seiner Nähe, während er sich langsam in meine persönliche Sphäre bewegt, und mein Herzschlag wird lauter, fast überwältigend, als ich versuche, dieser elektrisierenden Atmosphäre standzuhalten.

Amir streckt den Arm nach mir aus und seine Hand berührt meine Wange. „Geht es dir gut?“

„Ja“, hauche ich sehnsuchtsvoll und spüre, wie meine Kehle immer trockener wird. „Wie geht es dir? Du warst weg.“

„Ich habe mich erholt. Mehr brauchst du nicht wissen.“ Seine Worte lassen mich Böses vermuten. Ich schlucke hart bei dem Gedanken, was er für mich erlitten haben muss. „Hat man sich gut um dich gekümmert?“

Ich bin erschlagen von seinen mitfühlenden Worten. Wo ist der Amir hin, der nichts als Kälte an den Tag legt? Während ich wortlos nicke, bildet sich ein dichter Schleier vor meinen Augen. Zwar lässt Amir sich nichts anmerken, doch ich spüre das Leid und den Schmerz, den er ertragen musste. Langsam lasse ich den Kopf sinken. Es ist mir unangenehm, dass er mich so sieht, doch in diesem Augenblick steigen alle Emotionen der letzten Zeit auf einmal in mir auf.

Amir legt den Zeigefinger auf mein Kinn und schiebt es mit dem Daumen nach oben, sodass ich mich seinem durchdringenden Blick nicht entziehen kann.

Als seine Lippen die meinen berühren, durchzuckt ein elektrisierendes Knistern meinen Körper. Die Spannung zwischen uns entlädt sich in einem Moment, der wie eine Ewigkeit dauert. Amirs feuriger Kuss, erobert meine Sinne und zieht mich in einen Strudel aus Leidenschaft und Verlangen.

Ein Aufschrei der Überraschung und Erregung wird in meinem Inneren laut, als seine Küsse ein Feuer entfachen, das mich völlig überwältigt. Ich erwidere den Kuss und ziehe ihn, meine Hände seinen Nacken umfassend, näher an mich heran, um mehr von diesem berauschenden Gefühl zu bekommen. Sein Kuss ist wie ein Sog, der mich tiefer in dieses Spiel der Gefühle hineinzieht. Die Intensität des Moments bringt mein Innerstes zum Beben, während ich nach Luft ringe, um diesen Augenblick der Leidenschaft festzuhalten. Dabei ist es nur ein Kuss. Ein Kuss der Dunkelheit.

Die Grenzen zwischen uns verschwimmen, als wären wir die einzigen zwei Menschen in dieser Welt, verloren in der Magie des Augenblicks. Doch der Kuss, so intensiv und berauschend, weckt in mir ein Verlangen, das ich kaum kontrollieren kann.

Er löst sich von mir und drückt mich an seine Brust. Vorsichtig lege ich mein Ohr auf und lausche seinem Herzschlag.

„Wir beide sind gar nicht so verschieden, Samira“, sagt er plötzlich. „Zwei Seelen, die schon früh lernen mussten, auf sich allein gestellt zu sein. Wir tragen alle unsere Narben, weißt du? Wenn auch nicht unbedingt auf der Haut.“

Es fröstelt mich. Hat er etwa Nachforschungen über mich angestellt? „Was meinst du?“

„Chalid hat mir erzählt, wie tapfer du dich mit ihm aus dem Dschungel gekämpft hast. Dieser Kampfgeist kommt nicht von irgendwo her. Und dein rebellischer Blick ist mir schon bei unserem ersten Treffen aufgefallen, als ich von dem Job erzählt habe.“

Ich muss schlucken, denn ein Teil von mir wünscht sich zu diesem Tag zurück, um Jade wieder an meiner Seite zu wissen. Ein anderer Teil jedoch schmiegt sich gerade wie ein Kätzchen an Amirs Brust und genießt den Augenblick.

„Und du scheinst in dieser Woche im Krankenhaus gekämpft zu haben, richtig? Bist du schon soweit genesen, um entlassen zu werden?“

Amir schweigt.

„Jedes Mal, wenn ich Chalid auf dich angesprochen habe, hat er sehr besorgt gewirkt.“

Ein tiefes Seufzen entgleitet Amir. „Hat er irgendetwas gesagt?“

„Nein.“

„Gut.“

Ich löse mich von Amir und sehe ihm tief in die Augen. „Warum hast du das gemacht?“

Irritiert weicht er mit dem Kopf zurück und sieht mich einfach nur an.

„Du hättest dich selbst verstecken und damit in Sicherheit bringen können. Stattdessen hast du dafür gesorgt, dass *ich* in Sicherheit bin. Warum?"

Sein Kiefer mahlt und ich sehe ihm an den zuckenden Augen an, dass er nach Worten sucht.

„Ich dachte immer, ich sei dir egal. Wir hatten Sex, aber abgesehen davon, hast du nicht den Eindruck erweckt, dich sonderlich für mich zu interessieren", spreche ich weiter und halte den Blick aufrecht. Ich will eine Antwort. „Und nun ... fühlt sich alles ganz anders an."

Amir löst sich von mir, macht ein paar Schritte in Richtung Fenster und blickt hinaus. Er rauft sich das Haar und schweigt. Es sieht so aus, als hadere er sehr mit sich.

Langsam trete ich näher und schlinge von hinten meine Arme um ihn.

Kurz zuckt er zusammen, doch er lässt es zu. „Für Emotionen war in meinem Leben bisher nicht sonderlich viel Platz", setzt er zum Sprechen an und atmet tief durch. „Von meinen Eltern habe ich das nicht gelernt und seit meiner Jugend musste ich funktionieren – als Waffe des Syndikats." Er räuspert sich. „Beziehungen hatten dort keinen Platz. Frauen schon, aber nie länger als eine Nacht."

Bei diesen Worten bildet sich ein Kloß in meinem Hals, der mich hart schlucken lässt. Wir scheinen uns ähnlich zu sein. Seit meine Mutter auf sich allein gestellt war, musste ich auch irgendwie funktionieren.

„Als ich im Krankenhaus lag, warst du immer in meinem Kopf. Ich bin damit ehrlich gesagt ein wenig … überfordert.“ Er dreht sich zu mir um und hält mich fest.

Unsere Blicke treffen sich – so intensiv, dass mir schwindelig wird.

Ich weiß nicht, was ich sagen soll, da seine Worte mein Inneres in ein völliges Chaos gestürzt haben. War das etwa seine Art mir zu sagen, dass er mehr für mich empfindet?

Das Knistern zwischen uns wird in der Stille immer lauter.

„Ich weiß, was du meinst. Mir geht es ähnlich. Die letzten Beziehungen, die ich hatte, waren nicht gerade Balsam für meine Seele. Das waren üble Typen und im Nachhinein könnte ich mir ein Bein ausreißen, weil ich mich auf sie eingelassen habe. Seitdem war der Gedanke an mehr als einen One-Night-Stand für mich einfach nicht mehr greifbar.“ Ich lege meine Hand an seine Wange. „Mit dir ist das irgendwie … anders. Ich bin gern in deiner Nähe.“ Ich muss grinsen. „Keine Sorge, ich will dich nicht heiraten.“

Amirs Mundwinkel heben sich. „Gut, dass wir darüber gesprochen haben.“ Die Wärme in seinen Augen löst sich jedoch langsam auf. „In meiner Welt sind Beziehungen gefährlich. Ich will nicht, dass du zum Druckmittel werden könntest. Deswegen kann ich mich mit dem Gedanken einfach nicht anfreunden.“ Er streicht über meine Wange. „Aber verzichten kann ich auf dich auch nicht. Es tut gut, dich in meiner Nähe zu wissen. Außerdem …“ Seine Hand gleitet unter den

Rock meines Etuikleides und jagt mir einen angenehmen Schauder über den Rücken.

Mein Verstand gerät ins Taumeln, während mein Herz wild in meiner Brust pocht. Ich will mehr.

Als würde er die Kunst des Gedankenlesens in Perfektion beherrschen, schieben seine Finger meinen Slip beiseite und gleiten mühelos in mich hinein.

„Da hat aber jemand Sehnsucht gehabt", raunt er dunkel und bewegt seine Finger geschickt in mir.

Meine Mitte zieht sich lustvoll zusammen und dürstet nach mehr.

Seine Lippen an meinen, dirigiert er mich zur Couch, auf der ich rücklings Platz nehme und eine liegende Position einnehme.

Amir bleibt neben der Couch stehen und sieht mich lüstern an. Er verharrt einen Augenblick, klettert über mich und verzieht dabei für einen kurzen Moment schmerzvoll das Gesicht.

Noch bevor ich etwas entgegnen kann, legt er den Zeigefinger auf meine Lippen. „Shhh."

Das Klappern seiner Gürtelschnalle ist wie eine Melodie in meinen Ohren, die Gänsehaut auf meinen Körper zaubert.

Mein Rock wird nach oben geschoben und ehe ich mich versehe, reißt Amir meinen Slip entzwei.

Vorbei ist es mit den romantischen Ausschweifungen. Der Amir, wie ich ihn kenne, ist wieder da. Aber in Sachen Sex liebe ich es, wenn er so ist. Seine dominante Seite ist es, die ihn so interessant für mich macht. Denn wenigstens im Bett darf ich somit die Kontrolle abgeben und muss nicht die toughe Samira mimen, die sich durch das Leben schlägt.

Er schiebt seine Härte in mich, sodass ich gar nicht anders kann, als laut aufzustöhnen. Dieser Mann berauscht meine Sinne wie eine Droge. Ich bin Wachs in seinen Händen, wenn er sich so in mir bewegt, denn ich stehe nicht auf Blümchensex. Amir lässt mich seine Begierde spüren – hart und intensiv – genauso, wie ich es brauche. Mein Leben war noch nie so rosarot wie das von Jade. Es war manchmal finster, weil ich nie das Bild mit Leben füllen konnte, das ich von meinem Vater haben wollte und von Einsamkeit gezeichnet, weil meine Mutter so viel arbeitete, um uns zu ernähren.

Wir verschmelzen in der Dunkelheit, in die er mich zieht.

Seine Küsse brennen sich wie Lauffeuer in meine Haut und bringen ein Verlangen zutage, dass ich nicht imstande bin, noch länger auszuhalten.

Gierig gleiten meine Hände zu seiner Brust, wollen sie berühren und jede Stelle seines Körpers erforschen. Unter dem Stoff des Hemdes ertaste ich einen Verband und halte sofort inne.

Amir zuckt und zieht seine Härte aus mir zurück.

„Tut mir leid", wispere ich und presse schuldbewusst die Lippen aufeinander.

Für den Bruchteil einer Sekunde entdecke ich Schmerz in seinem Gesicht, doch er schweigt und sieht mir forschend in die Augen. Braucht er Zeit, um sich die Worte, die mich nun doch noch zurückweisen sollen, zurechtzulegen?

„Ich weiß, was du vorhast. Aber so läuft das heute nicht, Samira", raunt Amir dunkel und nimmt mir die Hände über dem Kopf zusammen.

Es klickt und etwas Kaltes, Hartes legt sich um meine Handgelenke.

Über mir erblicke ich metallene Handschellen, mit denen er mich an einem Regal, das hinter der Couch steht, fixiert hat.

„Jetzt gehörst du mir", sagt er dunkel und mit leicht angehobenen Mundwinkeln. Seine Worte sind wie ein düsteres Versprechen und malträtieren meine Phantasie wie tausende von Nadelstichen.

Ich bin seiner Härte gnadenlos ausgeliefert. Das einzig Weiche, das mir zuteilwird, ist das Polster unter meinem Rücken.

Amir wendet sich von mir ab und hält auf einen der Wandschränke zu. Aus einer Schublade zieht er zwei Krawatten heraus. Beim Zuschieben schmunzelt er kurz. Mit einem durchdringenden Blick und einem teuflischen Grinsen auf den Lippen flaniert er auf mich zu.

Mir schwant nichts Gutes. Oder doch? Doch.

Amir spreizt meine Beine, als er mich erreicht und kniet dazwischen nieder. Seine Hände gleiten zu meinem linken Fuß und ziehen den Schuh herunter. Seine Finger reiben über meinen Knöchel, um den er einen Augenblick später den glatten Stoff einer der Krawatten legt. Ehe ich mich versehe, ist mein Bein am Fuß der Couch fixiert.

„Amir, was –"

„Shhh." Seine dunkle Präsenz lässt mich erschaudern, als er sich den Zeigefinger auf die Lippen legt.

Mein Herz flattert wie das eines Kolibris, als Amir zwischen meinen Beinen abtaucht, und ich werfe den

Kopf zurück, als seine Zunge meine Perle liebkost. Bebende Hitze überrollt mich wie eine Welle, doch Amir gönnt mir nur einen kurzen Moment dieses Genusses.

Er richtet sich wieder auf und sieht mich an. Sein Blick ist erfüllt mit Gier und Verlangen. „Du gehörst mir, Samira."

Ich nicke zustimmend und genieße die Tatsache, dass er mich so sehr begehrt.

Mit einem kräftigen Stoß ist er in mir und nimmt sich auf die mir bekannte, animalische und düstere Art, was er braucht ... was *ich* brauche. Doch ich fühle mich keineswegs von ihm benutzt, denn ich werde begehrt – von einem der einflussreichsten Männer der Welt.

40. Kapitel

JADE

Es ist schon merkwürdig, wie schnell man sein Schicksal akzeptiert, damit man nicht Gefahr läuft, den Verstand zu verlieren. Die Tage sind wie im Flug vergangen. Doch die Suche nach Samira dauert immer noch an. Bisher erfolglos. Nicht einmal den kleinsten Hinweis haben wir. Das Leben auf Limanossa ist mittlerweile so etwas wie Alltag geworden und ich werde so lange hier bleiben, bis wir Samira gefunden haben. Wenn wir nicht gerade auf der Suche sind, helfe ich den Inselbewohnern, wo ich nur kann. Sie bereiten sich auf einen möglichen Krieg mit dem Darmawan-Syndikat vor, dem Amir angehört. Von Crita habe ich viel über das Syndikat und die damit verbundene Gefahr erfahren. Jedes Mal, wenn sie erzählt, während des gemeinsamen Essens oder wenn ich ihr beim Arbeiten helfe, könnte ich ihr stundenlang zuhören. Sie hat diese Märchenerzählerstimme, von der ich mich nicht losreißen kann. Obwohl das Darmawan-Syndikat alles andere als märchenhaft ist. Natürlich habe ich auch die Frage wegen der Fußfessel nicht zurückgehalten. Nach langem Zögern und viel Nachbohren verriet mir Crita, dass Balian Mitglied des *Darmawan-Syndikats* war.

„Und die Mitglieder reisen mit der Infinite Horizon?", wiederhole ich gedanklich unser Gespräch.

„Das ist richtig. Amir ist einer der hohen Köpfe. Den Anführer kennt niemand. Doch jedermann hier weiß, dass er es war, der Bayan durch Amirs Hand dieses Leid angetan hat. Auch Bayan war einer von ihnen. Sie sind gefährlich. Jeder, der sich von ihnen abwendet, wird sterben. Früher oder später." Die Angst in Critas Augen, als sie das sagte, hat sich in meinen Kopf gebrannt. Sie ist ein so herzensguter Mensch. Es tut weh, zu sehen, wie verängstigt sie in diesem Punkt ist.

Mit ihr und Sayla habe ich die meiste Zeit der letzten Wochen verbracht. Hauptsächlich habe ich auf dem Hof von Sayla und ihrem Vater ausgeholfen. Ich wollte Balian aus dem Weg gehen, denn aus irgendeinem Grund meidet er mich. Warum ist mir allerdings schleierhaft. Ob er mir böse ist, dass ich beim Baden einen Blick zu viel auf ihn geworfen habe? Er könnte sich doch eher geschmeichelt fühlen. Sicher wird er um seine Attraktivität wissen. Andererseits kann er sich denken, dass mir die Fußfessel nicht entgangen ist. Möglich, dass ihm das vor mir sehr unangenehm war.

Ich bahne mir den Weg durch das wilde Gestrüpp, um Fatir eine Flasche zu bringen. Sie sieht aus wie eine Weinflasche, doch es ist kein Wein. Crita wollte mir nicht genau verraten, um was es sich handelt, nur, dass Fatir ihn dringend benötigt.

Vogelgesang begleitet mich auf meinem Weg, der nach dem Gestrüpp an einer kantigen Felsengruppe vorbeiführt, die sich schier bis in den Himmel erstrecken. Erstaunt bleibe ich stehen und betrachte, den ehrfürchtigen Anblick des majestätischen Gesteins. „Der Wahnsinn“, murmele ich, gehe langsam weiter.

Vor mir breitet sich ein Labyrinth aus steinernen Formationen aus. Ich zwänge mich durch enge Spalten und taste mich behutsam voran. Eines ist klar: Wer hier lebt, ist nicht scharf auf Besuch.

Endlich, hinter einer massiven Felswand, die wie eine Festung anmutet, enthüllt sich die verborgene Hütte des Stammesältesten.

„Was zur Hölle ...“, flüstere ich und stocke beim Anblick, der sich mir bietet.

Zwei majestätische Leoparden, an langen Eisenketten gehalten, bewachen den Eingang zur Hütte. Ihre Augen fixieren mich aufmerksam.

Ich halte inne, den Atem anhaltend, um ihre Wachsamkeit nicht zu provozieren. Die Flasche in meiner Hand scheint plötzlich schwerer zu werden, als trüge sie das Gewicht der Verantwortung.

Vor der Hütte stecken Schädel auf Pfählen im Boden, eine düstere Warnung an mögliche Eindringlinge. Der Anblick lässt mein Herz schneller schlagen, aber ich zwinge mich, ruhig zu bleiben. Ich habe Crita versprochen, Fatir die Flasche zu bringen.

Ein Hauch von Voodoo liegt in der Luft, eine Aura des Mysteriösen und Unerklärlichen, die meine Sinne kribbeln lässt. Ich spüre eine fremdartige Energie, die sich mit der Feuchtigkeit des Dschungels vermischt und eine unheimliche Atmosphäre schafft.

Entschlossen gehe ich näher an die Leoparden heran, mein Blick fest auf ihre Augen gerichtet. Langsam, fast ehrfürchtig, halte ich die Flasche hoch als Zeichen meines Friedensangebots.

„Ich glaube, die stehen nicht sonderlich auf Alkohol. Willst du sie abfüllen?", spottet eine mir bekannte Stimme hinter meinem Rücken.

Erschrocken fahre ich herum und mache Balian aus.

Nur mit einer dunkelblauen Jeans bekleidet, steht er mir gegenüber. Die Haare sind nass und eine Strähne hängt ihm ins Gesicht, von der Feuchtigkeit abperlt, als sei er vom Baden gekommen.

„Ich glaube, die stehen auch nicht auf nackte Männer. Kannst du dir nicht mal was anziehen?", feuere ich unerschütterlich selbstbewusst zurück.

„Ho, ho! Sag bloß, dir ist das plötzlich unangenehm. Sah neulich nicht so aus."

„Pfff", entgegne ich und halte Balian die Flasche hin. „Ich bin nicht hier, um dich zu begaffen. Keine Sorge, so toll bist du nun auch wieder nicht. Hier, die soll ich zu Fatir bringen. Mehr nicht. Crita hat mich geschickt."

„Ah. Und du hast ganz allein hierhergefunden?"

„Mit einer vernünftigen Wegbeschreibung ist das ja wohl nicht schwer. Oder heißt bei dir Blond gleichzeitig blöd?" *Schachmatt, der Herr.*

Ist das Enttäuschung in seinen Augen? Es fällt mir schwer, bei Balian zwischen den Zeilen und erst recht sein Gesicht zu lesen. „Ich bringe dich hin."

„Bin ich nicht schon da?"

„Ja, aber ich werde dich erst ankündigen", sagt er, als sei dies essentiell. Wir sind doch nicht bei Hofe. Oder? Dabei meinte Crita, dass Fair mich erwartet.

„Ahhh“, gebe ich altklug zurück und sehe Balian nach, der kurz darauf in der Hütte verschwindet. *Verdammt, ich habe ihm schon wieder auf den Arsch gestarrt!*

„Kommst du?“, ruft Balian, dessen Kopf im nächsten Augenblick aus dem Eingang hervorguckt. Er grinst, als würde er genau wissen, was ich getan habe.

Die majestätischen Tiere scheinen sich zu entspannen, als ich mit Bedacht auf sie zuhalte. Schnell husche ich an ihnen vorbei und betrete hinter dem Prachtarsch die Hütte des Stammesältesten.

Das Innere ist abgedunkelt. Prächtige Stoffe schmücken die Wände und überall stehen kunstvoll geschnitzte Masken und Figuren herum. Der Geruch nach Kräutern und Räucherwerk durchdringt meine Sinne, während ich mich dem Ältesten nähere, der in der Mitte des Raumes auf einem erhöhten Sitz thront.

Seine Augen, tief und weise, treffen die meinen, und ich senke respektvoll den Blick. Mit ruhiger Stimme begrüße ich ihn und überreiche die Flasche, ein Geschenk von Crita aus Dankbarkeit für seine Weisheit und Führung. Er nimmt sie an, ein Hauch eines Lächelns umspielt seine Lippen.

„Schön, dass du gekommen bist, um mir Critas Geschenk zu bringen. Wie heißt du, mein schönes Kind?“

„Mein Name ist Jade.“

„Hast du gut hergefunden? Zugegeben, der Weg ist etwas beschwerlich.“

Ich nicke und schiebe nach: „Aber es hat sich gelohnt. Hier ist es wirklich toll. So mystisch und besonders.“

„Danke, mein Kind. Ich fühle mich hier auch sehr wohl. Viel mehr noch als auf Limanossa. Das liegt wohl daran, dass ich alt bin und mit den Gesprächsthemen der jungen Leute schon lange nicht mehr mithalten kann."

Ich lächele verhalten, als er es auch tut.

Balian lässt sich neben einem Feuer auf dem Boden nieder. Ein Ausdruck neugieriger Gelassenheit ruht auf seinem Gesicht, der mir ungewohnt erscheint.

Fatir bittet mich mit einer Geste, neben Balian, der sich endlich etwas übergezogen hat, Platz zu nehmen.

Es ist mir ein wenig unangenehm, aber ich leiste ihm Folge – nicht wissend, was mich erwartet, jedoch fasziniert von der Energie des Moments.

Der Älteste beginnt das Ritual, seine Stimme dabei ist tief und voller jahrhundertealter Weisheit. Er greift neben sich und nimmt ein paar Blätter und Kräuter in die Hand. Er murmelt etwas in einer fremden Sprache, dass sich wie ein geheimnisvolles Mantra anhört, und zerbröselt die Kräuter-Blätter-Mischung über dem hell lodernden Feuer.

Fasziniert verfolge ich jedes seiner Worte und Bewegungen.

„Er beschwört die Geister der Ahnen und bittet um Einsicht in die Zukunft", flüstert Balian mir zu.

Fatirs Worte sind ein hypnotisches Geflecht aus Klang und Bedeutung, das mich gefangen nimmt.

„Sieh in die Flamme, Jade. Das, was dir dort erscheint, kannst nur du sehen, wenn du deine Seele öffnest." Die Worte des Stammesältesten lassen mich frösteln, denn noch nie habe ich solch einem uralten Ritual beigewohnt. Es ist ein wenig beängstigend, aber gleichzeitig beschwört es auch meine Neugierde herauf.

Ein Hauch von Verwirrung und Neugier umgibt mich, während der Älteste das Mantra weiterspricht.

Konzentriert richte ich meinen Blick in die Flammen. Die Bilder, die er beschwört, sind wie ein reißender Fluss aus Visionen. Ich sehe uns, Balian und mich, in Situationen, die ich nie für möglich gehalten hätte. Ein Band, das über Distanz und Missverständnisse hinweg verbindet, entsteht in diesen bildhaften Momenten. Ich sehe, wie wir uns küssen, während Leidenschaft uns umgibt und spüre sogar, wie mein Herz höherschlägt. Es ist verwirrend, denn bisher schien Balian mir gegenüber eher gleichgültig oder sogar abweisend. Doch hier, in diesen Visionen, erscheint er anders. Ein Hauch von Wärme und Verbundenheit, den ich nie zuvor in seinem Verhalten gespürt habe.

Als das Ritual endet, schließt Fatir die Augen und senkt seinen Kopf. Ein Moment der Stille liegt in der Luft, bevor er langsam zu sprechen beginnt.

Seine Worte sind sanft, aber ihre Bedeutung wiegt schwer: „Das, was die Flamme dir gezeigt hat, wird eintreffen. Sie lügt niemals."

Ein unerwarteter Windstoß in meinem Leben.

Die Worte hallen in meinem Geist wider, während der Älteste seine Augen öffnet und mich ansieht, als würde er meine Reaktion ergründen wollen.

Balian hält meinen Blick fest, ein seltsam weicher Ausdruck in seinen Augen, der mir bisher verborgen geblieben war.

„Du hast es zuvor auch gesehen, mein Junge", Fatir richtet den Blick zu Balian, der nichts darauf entgegnet. Ein Lächeln huscht über die Lippen des Ältesten, als ob er das Geheimnis unserer zukünftigen Verbindung bereits kennt. Er entlässt uns mit einem Segen, und ich verlasse die Hütte mit einem Gefühl der Verwirrung und Faszination.

Die Prophezeiung hat etwas in mir ausgelöst, etwas Unerwartetes und Aufregendes. Die Idee, dass Balian und ich, trotz allem, ein Paar werden könnten, löst eine Mischung aus Angst und Nervosität in mir aus.

Als ich Balian draußen treffe, ist es dunkel. Ich bemerke eine gewisse Veränderung in seinem Blick, eine subtile Offenheit, die mir bisher entgangen war. Vielleicht gibt es mehr zwischen uns, als ich gedacht hätte. Die Zukunft liegt in einem Schleier verborgen, aber die Prophezeiung des Ältesten hat einen Samen der Möglichkeit gepflanzt, der in meinem Herzen keimt und langsam wächst.

41. Kapitel

BALIAN

„Komm, ich begleite dich zurück“, schlage ich vor, denn meine Manieren habe ich nicht an Bord zurückgelassen. Schnell schnappe ich mir eine der brennenden Fackeln neben der Hütte. Wir verlassen Fatirs Platz und flanieren auf die Felsengruppe zu. „Bleib dicht hinter mir und schau, wo du hintrittst. Schlangen sind zu dieser Stunde nicht selten.“

„Oh ... okay.“

Vorsichtig passieren wir das scharfkantige Gestein, ohne auf giftige Kriechtiere zu stoßen. In der Ferne tummeln sich die Laute nachtaktiver Tiere, denen ich gern aus dem Weg gehen würde. Einen Skorpionstich oder Schlangenbiss möchte ich ungern riskieren.

„Glaubst du an die Prophezeiung von Fatir?“ Jade klingt ein wenig verhalten. War ihr das etwa so unangenehm?

Ich wusste, dass diese Frage aufkommen würde, ehe wir zwanzig Meter gelaufen sind, und lächele schief. „Keine Ahnung. Ich würde es nicht wagen, seine Fähigkeiten infrage zu stellen. Vermutlich würde er sofort eine Voodoo-Puppe von mir herstellen“, entgegne ich belustigt und habe die Puppe bildhaft vor Augen.

„Glaubst du daran?“ In strammem Marsch laufen wir weiter durch das Dickicht.

Jade antwortet nicht sofort und entlockt mir damit ein Schmunzeln. „Ähm. Nein“, schiebt sie dann doch selbstbewusster hinterher, als ich angenommen habe.

„Nein?“ Neben einem großen Felsen bleibe ich stehen und drehe mich zu ihr um. Es verwundert mich, denn eigentlich hat Jades Gesichtsausdruck beim Blick in die Flammen mir etwas anderes erzählt. Ich hatte den Eindruck von *Sehnsucht*.

„Nein. Denn dass du mich nicht leiden kannst, lässt du mich ja mehr als deutlich spüren.“ Ihre Worte klingen gewählt und dennoch treffen sie mich wie Giftpfeile.

„Du hast recht.“

„Was?“ Jade starrt mich ein wenig pikiert mit ihren Puppenaugen nieder.

Ich mache keine Anstalten ihr sofort darauf zu antworten und genieße es, wie ihr das Lächeln aus dem Gesicht gleitet.

„Was hast du da gesagt?“ Jade sieht mich echauffiert an, als habe sie sich verhört.

„Na, ich habe dir wirklich das Gefühl gegeben, dich nicht leiden zu können.“

Ganz langsam heben sich ihre Mundwinkel. In ihrem Blick liegt eine Intensität, die mich gefangen nimmt, ein tiefes Verlangen, das ich in ihrer Gegenwart nie zuvor so stark gespürt habe. Es ist, als würden wir uns in diesem Moment auf einer ganz anderen Ebene verstehen, als würden unsere Herzen im gleichen Takt schlagen.

Die Spannung zwischen uns lässt sich nicht ausblenden. Sie steigt – wie eine nicht sichtbare Barriere umringt von Nähe und Distanz. Ich spüre den magnetischen Sog, der uns zusammenzieht, und ich bin mir sicher, dass Jade das Gleiche empfindet. Unsere Blicke sind wie ein unsichtbares Band verbunden, das sich zunehmend straffer spannt.

„Ach, du hast mir also ein falsches Gefühl gegeben?"

„Hmmm", brumme ich bejahend und will mich zum Gehen umdrehen.

Jade umfasst meinen Arm und zieht ihn zu sich. „Und wie sieht die Realität aus?"

Ein Hauch von Unsicherheit mischt sich mit dem Verlangen, das zwischen uns liegt. Es ist ein Moment der Entscheidung, der Augenblick, in dem wir beide spüren, dass etwas Großes und Unvermeidliches in der Luft liegt.

„Balian, weiche mir nicht aus."

Ich bin hin und her gerissen. Egal, was ich nun antworte, es wird Konsequenzen nach sich ziehen.

„Mir ist nicht entgangen, wie auch *du* mich angesehen hast."

Unvermittelt trete ich vor und rahme Jades Gesicht mit meinen Händen.

Das Blau ihrer Augen funkelt verschwörerisch. Wie der schönste See, den ich je gesehen habe. Doch ein Bad in ihm könnte meinen und ihren Tod bedeuten.

Jade atmet angespannt, sagt jedoch kein Wort. Ihre unvergleichliche Ausstrahlung nimmt mich gefangen und ich kann nichts dagegen tun.

„Hör mal.“ Schwer seufzend ziehe ich die Brauen zusammen und fahre mir mit den Fingern durch das Haar. „Das mit uns darf nicht sein, Jade. Es geht nicht.“

„Sag mir warum. Warum darf das nicht sein?“ Jades Blick ruht auf mir, erwartungsvoll, voller Stille, die lauter ist als jedes Wort. Es fällt mir schwer, diesen Augenblick zu durchbrechen, diesen Moment der Verbindung und des Verlangens, aber ich weiß, dass ich es tun muss.

„Jade“, starte ich einen neuen Versuch mit einem leisen Ton, meinen Blick fest auf ihre Augen gerichtet, „eine Beziehung zwischen uns ... das wäre einfach zu gefährlich.“ Die Worte sind schwer, belastet von der Wahrheit, die ich nicht länger ignorieren kann. „Für dich und für mich.“

Ihr Gesicht, das zuvor erwartungsvoll gewesen ist, verdunkelt sich und ein Schatten legt sich über ihre weichen Züge. Ich sehe den Schmerz in ihren Augen, der mein Herz plötzlich unfassbar schwer macht, doch ich muss stark bleiben – für uns beide.

„Die Darmawan“, fahre ich fort, mein Ton bedacht und ernst, „sie werden die Insel stürmen. Es ist nur eine Frage der Zeit. Sie suchen ja vermutlich nach Samira.“ Ein Hauch von Bitterkeit schwingt in meiner Stimme mit, denn ich weiß, wie feindselig die Mitglieder des Syndikats sind, wie rachsüchtig und gnadenlos.

„Und wenn sie kommen“, setze ich fort, „dann werden sie uns ein für alle Mal vernichten. Eine Bindung zwischen uns ... sie würde dich in Gefahr bringen. Und das kann ich nicht zulassen.“ Die Worte fühlen sich an wie ein Dolchstoß, aber ich muss sie aussprechen, um sie zu beschützen, um sie vor der Gefahr zu bewahren, die über uns lauert.

Jade schaut nach unten, ihre Schultern scheinen zu sinken, als ob die Schwere meiner Worte sie physisch belastet. Der Schmerz in ihren Augen zerreißt mich innerlich, aber ich halte stand, fest in meiner Entscheidung.

„Es tut mir leid", flüstere ich, und jeder Buchstabe fühlt sich an wie eine Last. „Ich wünschte, ich könnte dich einfach anlügen und zum Teufel schicken ... Ich fühle mich genauso zu dir hingezogen, das kannst du mir glauben. Aber ich kann das Risiko nicht eingehen." Mein Herz schlägt schnell, die Schwere der Worte liegt wie Blei auf meiner Seele.

Ein Moment der Stille legt sich zwischen uns, eine unsichtbare Barriere, die schwer zu durchdringen ist. Ich kann ihre Enttäuschung spüren, ihren Schmerz, und es zerreißt mich fast. Aber es *muss* sein. Es ist das Einzige, was ich tun kann, um sie zu schützen.

Der Wind trägt die Stille unserer Worte fort, während wir in dieser unbehaglichen Ruhe verharren, umgeben von der Dunkelheit des Dschungels und den Schatten unserer unausgesprochenen Gefühle.

„Komm, lass uns weitergehen", schlage ich vor, die Sorge um Jade schwer in meiner Stimme mitschwingend. „Ich bringe uns zurück. Crita sorgt sich sicher schon." Doch plötzlich sehe ich, wie sie mich entschieden ansieht, ein Funke von Entschlossenheit in ihren Augen.

„Ich werde das Risiko eingehen", sagt sie mit einer Bestimmtheit, die mich überrascht und beeindruckt. Bevor ich reagieren kann, spüre ich ihre Lippen auf meinen, ein stürmischer Kuss, der alle Zweifel über Bord zu werfen scheint.

Das Verlangen und die Schwermut vermischen sich in diesem Augenblick. *Das geht nicht. Beende das. Besser jetzt, als wenn es zu spät ist. Die Vernunft muss siegen.* „Jade, das ist zu gefährlich", flüstere ich zwischen den Küssen, obwohl mein Herz in diesem Moment lauter schlägt als alle Vernunft. „Wir wissen nicht, was uns bevorsteht."

„Ich weiß", erwidert sie atemlos, ihre Stimme von einem Hauch Entschlossenheit erfüllt. „Aber ich kann nicht einfach davonlaufen." Ihre Worte sind entschieden, und sie zieht mich weiter in diesen leidenschaftlichen Kuss, der die Grenzen zwischen Verstand und Herz verschwimmen lässt.

Ein Teil von mir will sie zurückhalten, sie vor der drohenden Gefahr beschützen. Doch ein anderer lässt sich von ihrer Entschlossenheit und ihrem Mut mitreißen. Wir lassen uns von dem Moment fortschwemmen, von der Gewissheit, dass uns mit der baldigen Ankunft der Darmawan Schlimmes bevorsteht, aber im Hier und Jetzt sind wir nur zwei Menschen, die sich in einem verzweifelten Akt der Verbundenheit finden.

Die Dunkelheit des Dschungels umgibt uns, die Geräusche der Nacht scheinen in diesem Moment verstummt zu sein. Unsere Küsse sind ein einziges Verlangen, aber auch voller Unsicherheit und dem Wissen um die drohende Gefahr. Sie stürzen uns emotional in einen Abgrund, doch nun bin ich bereit zu fallen.

Als sich unsere Lippen schließlich voneinander lösen, spüre ich das Pochen meines Herzens so stark wie nie zuvor. Ein Blickaustausch, der mehr sagt als tausend Worte, ein Moment, in dem wir beide verstehen, dass wir uns auf eine ungewisse Reise begeben haben, aber dass wir sie gemeinsam gehen werden.

Meine Hand greift nach ihrer, als ich sie sicher durch die Nacht hindurchführe. Wir sprechen kein Wort mehr und verweilen in Gedanken, bis wir das Anwesen erreichen.

„Das muss erst mal geheim bleiben, Jade. Ich traue hier nicht jedem. Außerdem kann ich die Gefahr noch nicht abschätzen."

„Okay", flüstert sie und kichert. „Ich gehe voraus, damit niemand Verdacht schöpft."

„Du bist mir eine", sage ich und gebe ihr einen Klaps auf den Po. Mit einem saften Kuss auf die Stirn verabschiede ich mich für diesen Moment, denn wer weiß, wann wir wieder allein sein werden.

42. Kapitel

SAMIRA

Die Limousine gleitet durch das nächtliche Gewirr der Straßen, ein Schleier aus Ungewissheit umhüllt mich, als wir durch die Dunkelheit fahren. Aufgeregt sitze ich neben Amir, der ein Telefonat führt. Die Sprache kann ich nicht verstehen, doch es scheint ein angenehmes Gespräch zu sein, da sich die Winkel seines Mundes immer wieder heben.

Die weiche Berührung des luxuriösen Stoffs dieses atemraubenden Abendkleides streichelt meine Haut. Jedes silberne Steinchen funkelt im Licht der Welt draußen. Noch nie zuvor habe ich so ein prächtiges Kleid tragen dürfen. Den ehrfürchtigen, ersten Blick in den Spiegel bei der Anprobe, werde ich wohl nicht mehr vergessen. Normalerweise ist mein Kleidungsstil eher ein wilder Mix aus Boho und Rock, doch an diesen eleganten Stil, den ich seit meiner Ankunft in Jakarta lebe – schließlich haben Chalid und Amir mich ausgestattet – könnte ich mich glatt gewöhnen. Ich bin nicht mehr die rebellische Samira, die sich von Tag zu Tag durch das Leben schlägt, begleitet von Hoffnung und Enttäuschung. Keine Ahnung, wer die Frau aus dem

Spiegel jetzt ist, doch sie gefällt mir. Sie wirkt irgendwie ... zufrieden.

Wo genau es hingeht, ist mir immer noch schleierhaft, aber es muss ein besonderer Anlass sein.

Amir scheint Gefallen daran zu finden, mich erst mit solch einer Abendgarderobe zu verwöhnen und dann im Unklaren über den Hintergrund zu lassen. Jedes Mal, wenn ich mich danach erkundige, wohin wir fahren, grinst er schweigend.

Ich bin wie ein Schatten in dieser prächtigen Hülle, gefangen inmitten von Erwartung und Zweifel.

Die Stille zwischen uns ist undurchdringlich, als hätte sie eine feste Gestalt angenommen. Nur das monotone Brummen des Motors ist um uns herum. Die Zeit vergeht wie ein unendlicher Herzschlag, bis plötzlich alles erlischt.

„Toll siehst du aus." Amirs Stimme neben mir lässt mich zusammenfahren. Ehe ich mich nach ihm umdrehen kann, legt sich ein sanfter Druck über meine Lider und ich ergebe mich der Dunkelheit, die meine Welt verschlingt. „Na toll, jetzt verbindest du mir die Augen. In einer Stadt, die ich noch nie gesehen habe und auf dem Weg zu einem Ziel, das ich nicht kenne. Macht Sinn", necke ich ihn.

„Deine Neugierde sollte dringend gezähmt werden, Samira." Sein Tonfall ist so monoton, dass er keine Rückschlüsse zulässt.

Ich kann nicht einschätzen, ob das eine scherzhafte Bemerkung oder eine Drohung sein soll, da ich sein Gesicht nicht lesen kann. Ein Glück, dass er mein Augenrollen unter dem Stoff nicht sieht.

„Wir sind da", spricht Amir nach einer Weile und ich spüre wie, die Limousine zum Stehen kommt.

Mir wird aus dem Wagen geholfen. Kühler Wind zieht an mir vorbei und bringt Gänsehaut auf meinem Körper hervor.

„Komm, hak dich bei mir ein." Amirs Stimme ist direkt neben mir.

Blind taste ich nach seinem Arm und lasse mich von ihm führen.

„Achtung, neun Stufen."

Vorsichtig steige ich neun Schritte in die Höhe. In der Ferne nehme ich das Murmeln von Menschen wahr und der Wind nimmt mit jedem folgenden Tritt ab. Die Menschenstimmen nehmen an Stärke zu und bekommen einen hallenden Klang. Wir müssen uns in einem Gebäude mit hohen Decken befinden. „Amir, wo sind wir?"

„Hab Geduld. Es ist nicht mehr weit."

Ich zähle vierundzwanzig weitere Schritte, als wir stehenbleiben.

Gelächter und ausgelassenen Gespräche um mich herum.

Amir löst sich von mir und ich fühle mich einen Augenblick lang in der lauten Geräuschkulisse verloren. Mir schlägt das Herz bis zum Hals, da ich nicht weiß, was mich als Nächstes erwartet. Was hat er mit mir vor? Gebannt versuche ich, etwas den Gesprächsfetzen zu entnehmen, um schlau aus meiner Situation zu werden – doch vergebens. Als mir das Tuch endlich von den Augen genommen wird, offenbart sich vor mir eine Szenerie, die so unwirklich erscheint, dass ich mich am liebsten Kneifen würde. *Was zu Hölle?* Mir steht der

Mund offen, weil ich meinen Augen kaum traue. Ich sehe zu Amir, der neben mir an einer Säule lehnt und sich über mein verdutztes Gesicht amüsiert.

„Klapp die Kinnlade wieder hoch, das ist nur eine gesellschaftliche Veranstaltung."

Sofort schießt mir Hitze ins Gesicht und ich würde am liebsten im Erdboden versinken. „Amir, ich habe keine Erfahrung mit solchen Veranstaltungen. Ich werde uns bis auf die Knochen blamieren."

„So ein Blödsinn", entgegnet er, drückt sich von der Säule ab und legt seine Hand auf meinen unteren Rücken. Dann lehnt er den Kopf vor und flüstert mir ins Ohr: „Sei einfach du selbst. Du machst das schon. Und nun amüsieren wir uns."

Ich schlucke hart, doch mir bleibt nichts anderes übrig, als mich der Situation zu ergeben. *Komm, Samira, du hast schon Schlimmeres gemeistert.* „Okay, also schön."

Amir lächelt zufrieden und ich nehme einen tiefen Atemzug. *Dann mal los.*

Wir gehen ein paar Schritte und ich fühle mich mit jedem einzelnen noch mehr erschlagen, denn alles hier erscheint mir so unwirklich.

Ich finde mich in einem riesigen Saal wieder, majestätisch und erhaben. Eine Tafel, reich gedeckt mit Köstlichkeiten, die den Gaumen betören, erstreckt sich in der Mitte des Raumes. Opulente Blumenarrangements zieren den Tisch und die Wände des Saals in all ihrer Pracht. Hunderte flackernde Kerzen tauchen alles in ein schimmerndes Licht.

Menschliche Statuen mit Hörnern auf dem Kopf thronen auf Podesten. Sie sind wie stille Wächter der prachtvollen Szenerie, flankieren die Tafel und verleihen dem Raum eine mysteriöse Aura. Die Gestalten scheinen lebendig und dennoch erstarrt – eine Illusion geschaffen, um die Sinne zu täuschen und die Realität zu verschleiern.

Eine Bühne erhebt sich am Ende des Saales, auf der eine Frau in einem samtroten Kleid steht. Um ihren Hals rankt ein ausgefallener Kragen, der wie ein purpurnes, filigranes Geäst erscheint. Die Stimme der Sängerin untermalt die Gespräche und füllt den Raum mit Melodien von Schmerz und Leidenschaft. Ihr Gesang ist ein Echo vergangener Geschichten, die in den Gemäuern dieses Ortes gefangen zu sein scheinen.

Ich stehe da wie eine verlorene Prinzessin in diesem Märchenreich und dem unfassbar schönen Kleid, umgeben von der Pracht einer Welt, die mir fremd ist. Jade würde ausflippen, wenn ich ihr davon erzählen könnte.

Amir, in seinem dunklen Anzug, lässt mich stehen und begrüßt einen Mann am Rand des Geschehens, mit einem kräftigen Händedruck. Er ist ein Schatten im Glanz dieser Szenerie. Seine Augen sind mein einziger Anker in dieser surrealen Umgebung, und ich frage mich, was dieser Abend noch alles bereithält. Bin ich überhaupt in der Lage, noch mehr Eindrücke aufzunehmen?

Mein Kopf ist damit überfordert, all die Schönheit und Exklusivität dieses Abends zu erfassen. Es ist ein Fest für die Sinne, eine Inszenierung von Schönheit und Geheimnissen, die mich gleichermaßen fasziniert und ängstigt. Mein Herz schlägt im Takt der verführerischen Melodie, während ich mich in diesem Labyrinth aus Luxus und Rätseln verliere.

Als Amir voranschreitet, durchdringt eine Aura von Selbstsicherheit und Eleganz seine Bewegungen. Jeder Schritt ist wohlüberlegt, jede Begrüßung von einer anmutigen Leichtigkeit begleitet. Sein Blick, ein Spiegelbild souveräner Vertrautheit, trifft auf jedes Gesicht, als würde er es seit Ewigkeiten kennen.

Ich spüre die ehrfürchtigen Blicke, die nicht nur auf ihm, sondern auch auf mir liegen und fühle mich wie Grace Kelly.

Die Gäste füllen den Raum mit ihrer Anwesenheit. Namen und Gesichter verschwimmen in einem Kaleidoskop aus Eindrücken, zu viele, um sie alle zu fassen. Ich bin völlig überwältigt von diesem Labyrinth aus Begegnungen.

Die Zeit verrinnt in einem Tanz zwischen Höflichkeit und Wärme, während Amir beharrlich jedem Einzelnen seine Aufmerksamkeit schenkt. Er präsentiert mich mit einer subtilen Anmut, die von sanften Stolz erfüllt ist, als wäre ich ein Juwel, das er vorführt. Seine Worte sind wie Melodien, die die Anwesenden in unsere Sphäre des Unergründlichen ziehen.

Jedes Lächeln, jede Geste der Anerkennung verstärkt das Gefühl der Zugehörigkeit, das Amir um uns beide webt. Ich bin wie eine Fremde in diesem Meer aus Vertrautheit, ein Puzzlestück, das er geschickt in dieses opulente Bild einzufügen weiß.

Trotz der Überflutung von Namen und Gesichtern ist es offensichtlich, dass es Amir Freude bereitet, uns als Einheit zu präsentieren. Seine Hand ruht sanft an meiner Seite, eine unsichtbare Verbindung, die mein Herz höherschlagen lässt.

Die Wogen der Vorstellung und der Annahme brechen über uns herein, während wir in dieser gesellschaftlichen Zeremonie gefangen sind. Amir navigiert geschickt durch das Meer aus Gesichtern und Namen, und ich bin seine stille Begleitung, ein Teil dieses schillernden Theaters, das die Grenzen zwischen Realität und Illusion verschwimmen lässt. Doch ich bin die Frau, die alles für ihn ist. Die seine tiefsten Bedürfnisse kennt und die einzig und allein im Stande ist, sie zu befriedigen.

43. Kapitel

AMIR

Die Nacht ist über der Gesellschaft hereingebrochen. Samira hat ihre Sache sehr gut gemacht und mit ihrem Strahlen jeden Diamanten in diesem Saal übertroffen. So langsam glaube ich, dass es die richtige Entscheidung gewesen ist, den Gefühlen mehr Raum zu geben, die sie in mir auslöst. Vielleicht sind wir ja wirklich durch das Schicksal verbunden.

Wir haben uns von der großen Tafel losgelöst und verweilen an einem der vielen kleinen Stehtische, um etwas mehr Privatsphäre zu genießen. Irgendetwas ist anders als noch vor ein paar Stunden.

Ein Hauch von Zigarrenrauch liegt in der Luft, vermischt mit dem Duft von teurem Parfüm und dem schwachen Geruch von alkoholischen Getränken. Das Klirren von Gläsern und das Murmeln gedämpfter Gespräche erfüllen den Raum, doch es herrscht eine unterschwellige Spannung, als würde jeder hier anwesende Gast seine Worte mit Bedacht wählen.

Samira steht neben mir und nippt an ihrem Champagner. Die Sängerin am Klavier lädt zum Tanzen ein. Doch ich bin weiß Gott kein passionierter Tänzer.

„Amir, mein Freund. Wie läuft es?“ Eine vertraute Stimme lässt mich herumfahren.

Neben mir entdecke ich den Mann, der sich aus der Dunkelheit hervorschält. Sein Anzug ist ein Meisterwerk aus dunklem Tuch, perfekt geschnitten, aber auch bedrohlich. Die Falten wirken wie Spuren von Geschichten, die er lieber nicht erzählen will. Seine Erscheinung ist wie aus einem Noir-Film entsprungen. Die scharfen Konturen seines Gesichts werfen Schatten, die seine Augen in undurchdringliches Dunkel tauchen. Das Haar, sorgfältig gestylt, fügt eine Aura der Autorität hinzu, die alles um ihn herum verstummen lässt. Sein Blick ist durchdringend, fast bedrohlich, aber auch faszinierend auf eine Art, die ich nicht beschreiben kann.

„Amüsiert ihr euch gut?“ Er begrüßt uns mit einer Stimme, die so tief und gleichzeitig so beherrscht klingt, dass sie den Raum zu durchdringen scheint. Sein Blick ruht auf Samira, stechend, fast durchbohrend. Jede Bewegung von ihr wird von seinen scharfen Augen verfolgt, als würde er nach verborgenen Geheimnissen suchen.

„Kaizo. Was für eine Überraschung.“ *Jedoch keine Gute.* „Gesell dich doch zu uns.“ Ich lege meine Hand auf seine breite Schulter. Sein Haar ist weiß, ebenso der perfekt getrimmte Dreitagebart über dem spitzen Kinn. Er trägt einen hellgrauen Anzug und gibt somit ein monotones Farbspiel ab. Kaizos Brauen zucken nervös, als er sich zu uns stellt.

„Mit Samira habe ich dich noch nicht bekannt gemacht, nicht wahr?“

Er reicht ihr freundlich die Hand, die sie schüchtern dreinblickend schüttelt. „Amir, ich möchte gern etwas mit dir besprechen."

„Ich bin mir sicher, Samira darf es auch hören."

Für einen kurzen Moment entgleist ihm das aufgesetzte Lächeln. „Na schön. Ich wollte wissen, wann wir die kleinen Scheißer auf Limanossa wegradieren."

Muss er dieses Thema ausgerechnet vor Samira anschneiden? Ich war der Annahme, es ginge um etwas Belangloses, als ich mein Okay für Samiras Anwesenheit gegeben habe. Sie weiß, dass es sich um die Insel handelt, auf der sie ihre Freundin vermutet.

„Ich will diese elenden Bastarde endlich auslöschen. Die versauen mir das Geschäft", knurrt er und sieht grimmig in Samiras Richtung.

„Das ist nicht so einfach, Kaizo. Wir müssen mit Bedacht an die Sache rangehen."

„Ach, was für ein Scheiß, Amir! Brennt einfach alles nieder."

Aus dem Augenwinkel sehe ich, wie sämtliche Farbe aus Samiras Gesicht entweicht.

„Kaizo, nun warte doch erst mal die Verhandlungen ab", schlage ich diplomatisch vor, was ich in Samiras Abwesenheit sicherlich nicht getan hätte.

„Was für Verhandlungen?"

„Wir vermuten meine Freundin unter den Geiseln der Terroristen", platzt es aus Samira heraus, woraufhin ich sie scharf ansehe, und den Kopf wie in Zeitlupe schüttele. *Was zur Hölle redet sie da? Mit solch einer Aussage kann sie mich gleich ans Messer liefern.*

Kaizo reagiert sofort. Er dreht sich in Samiras Richtung und sieht sie derart finster an, dass selbst mir ein Schauer über den Rücken läuft.

Meine Freundin, normalerweise selbstbewusst und gelassen, scheint unter seinem Blick zu erstarren. Ich spüre ihre Anspannung, als würde sie versuchen, in seiner Gegenwart unsichtbar zu werden. Seine Aufmerksamkeit auf ihr zu spüren, fühlt sich an wie ein Strahlwerfer in der Dunkelheit – unerbittlich und alles durchdringend.

„Ach, was Sie nicht sagen, Samira."

Ich versuche, ruhig zu bleiben, meine Körpersprache zu kontrollieren, während ich die eisige Aura von Kaizo spüre. Seine Worte sind zwar höflich, aber die Art, wie er meine Freundin betrachtet, spricht Bände über seine Macht und Autorität. Ein falsches Wort oder eine unbedachte Geste könnte hier alles verändern.

„Ja", presst sie kleinlaut hervor und weicht Kaizos Blick schüchtern aus.

Ich lehne mich zu ihr und flüstere ihr warnend zu: „Noch ein Wort von dir und ich lasse dich aus dem Raum entfernen."

„Amir, was sind das für Terroristen? Davon weiß ich nichts." Kaizo hebt skeptisch eine Braue. Es fühlt sich an, als greife eine unsichtbare Hand nach meinem Hals, um mir die Kehle zuzudrücken. Mit lebhafter Klarheit stelle ich mir vor, was Kaizo imstande ist zu tun, falls ich mich nicht doch noch herausreden kann.

Suchend gleitet mein Blick durch den Raum und bleibt schließlich an Chalid hängen. Ich bedeute ihm durch ein Zeichen mit dem Kopf, herzukommen.

Sofort setzt er sich in Bewegung und steuert auf unseren Tisch zu. „Meine liebe Samira, würdest du mich mal kurz begleiten?"

„Was? Ich –", setzt sie an und wird von Chalid, der sie am Arm greift, weggezogen.

Die beiden verschwinden zwischen einer Gruppe tanzender Geladener.

Die Sängerin stimmt ein neues Lied an, worauf einige der Gäste jubeln.

Nur minimal erleichtert widme ich mich erneut Kaizo.

Sein Blick ist intensiv, und ich spüre den Druck seiner Erwartungen. Es ist unheimlich, als ob er jede meiner Gedanken lesen könnte.

„Hör mal, du hast recht. Brennen wir alles nieder. Jede Seele dort, ist eine zu viel", pflichte ich ihm bei.

„Das wollte ich hören. Was meint die Kleine mit Terroristen?" Er spricht in einem ruhigen, aber bestimmten Tonfall, der keine Widerworte zulässt. Seine Frage ist direkt und zielsicher, als würde er die Antwort kennen, bevor er sie überhaupt hört. Ich bemühe mich um eine klare und präzise Aussage, jedes Wort mit Bedacht wählend, um nicht ins Kreuzfeuer zu geraten.

„Ach, nichts weiter. Ich habe sie glauben gemacht, ihre Freundin, mit der sie auf der *Infinite Horizon* arbeiten sollte, wäre Opfer von Terroristen geworden. Ich musste sie von ihr trennen. Die Freundin hätte nur zu viele Probleme gemacht. Also bin ich sie bei einem Zwischenstopp losgeworden."

Brummend folgt Kaizo meinen Ausführungen.

„Sie ist wahrscheinlich bei Balian und seinem Volk. Soll sie dort bleiben – vorausgesetzt, sie ist überhaupt lebend dort angekommen. Eine Sorge weniger. Sie war zu gefährlich für uns. Hat alles skeptisch infrage gestellt. Wir mussten sie loswerden. Ohne Jade wird Samira uns keine Probleme machen. Vertrau mir." In Kaizos Gegenwart fühle ich mich wie auf einem Schachbrett, auf dem er die Züge bestimmt. Es gibt keine Fluchtmöglichkeit vor seiner autoritären Präsenz. Jeder Moment in seiner Nähe ist wie ein Tanz auf Messers Schneide, und ich hoffe inständig, dass ich in seinen Augen keine Schwäche zeige.

„Ist Samira dir ein persönliches Anliegen?", will Kaizo wissen. Seine Worte treffen mich wie ein eiskalter Schauer, während sein Blick wie ein Skalpell in meine Gedanken eindringt. Seine Frage klingt unschuldig genug, aber ich spüre die unterschwelligen Warnungen, die zwischen den Zeilen mitschwingen.

„Gelegentlich. Samira ist meine Begleiterin in gewissen Lebenssituationen. Deswegen musste ihre Freundin weg. Ein für alle Mal", antworte ich bestimmt, meine Stimme ruhiger, als ich mich fühle. Doch er lässt nicht locker. Sein Blick bohrt sich weiter in meine Seele, als suche er dort nach Antworten, die ich selbst nicht kenne.

„Ist das so? Du weißt, dass wir eine Mission verfolgen, die keine Ablenkung zulässt oder?" Die Warnung, versteckt in seinen Worten, aber deutlich wie ein Donnerschlag. Er erinnert mich daran, was wirklich wichtig ist, an meine Mission und die Grenzen, die ich niemals überschreiten sollte. Seine Worte sind wie ein Weckruf, der mich daran erinnert, dass ich mich in gefährlichen Gewässern befinde und dass ein Moment der Ablenkung schwerwiegende Konsequenzen haben könnte.

Ich antworte mit einem knappen Nicken, versuche, meine Gefühle zu verbergen und gleichzeitig den Respekt zu zeigen, den er erwartet. „Mach dir keine Sorgen. Samira stellt keine Gefahr dar – im Gegensatz zu ihrer Freundin. Aber das Thema ist nun Geschichte. Ich habe sie unter Kontrolle."

„Das sah mir eben nicht sehr danach aus."

Ich schlucke hart und lasse seine Bemerkung unkommentiert.

„Und du vermutest ihre Freundin bei den Wilden auf Lishia?"

„Ja, das nehme ich an. Es sei denn, sie ist auf dem Weg in den Dschungel umgekommen. Ich vermute allerdings, dass sie Lishia erreicht hat."

„Was macht dich da so sicher?"

„Ach, Dracu, Miroh und seine Jungs waren mit ihren Motorrädern am Hafen, als sie von Bord gegangen ist."

„Noch ein weiterer Grund, alles niederzubrennen, Amir. Ich kann dieses niedere Volk nicht weiter tolerieren. Erst recht nicht, wenn Bayan und sein beschissener, kleiner Bastard dort hausen." Kaizo zitiert einen Kellner zu uns und nimmt sich ein Glas Whiskey vom Tablett. Er setzt es an die schmalen Lippen und kippt alles auf Ex hinab. „Wie geht es dem alten Scheißkerl eigentlich?"

„Ich weiß es nicht genau. Vermutlich platzen ihm bald nach und nach die Organe."

Ein dunkles Lachen entweicht Kaizos Lippen, in das ich mit einstimme. Mit einem befremdlichen Gefühl blicke ich auf Kaizo, einen Mann, der von noch tieferer Grausamkeit ist, als ich es je sein könnte. Der, dem ich mich nie widersetzen würde. Derjenige, der mich von Kindesbeinen an geformt hat. Der Mann, dessen wahres Gesicht niemandem bekannt ist, damit er sich ungehindert durch unsere Kreise bewegen kann. Den alle Zarnu nennen, ohne es zu wissen und der seine wahre Existenz nur mir offenbart, weil unsere Väter beste Freunde waren.

„Ich muss mich nun um ein paar Geschäftspartner kümmern, Amir." Kaizo klopft mir kräftig auf die Schulter. „Amüsiere dich noch prächtig, Junge."

Die Anspannung in meinem Körper lockert sich erst, als Kaizo sich von mir verabschiedet. Ein erleichterter Seufzer entweicht mir, den ich mir bis gerade noch verkneifen konnte. Doch bevor ich mich auf die Suche nach Samira machen kann, taucht plötzlich Chalid zwischen den Gästen auf. Sein angespannter Gesichtsausdruck verrät, dass etwas nicht stimmt.

„Hey, was ist passiert?", frage ich sofort, versuche dabei, die aufkeimende Besorgnis zu verbergen, obwohl der Muskel in meiner Brust plötzlich schneller schlägt.

Chalid wirkt gestresst, seine Stimme ist hektisch, als er antwortet: „Es ist Samira. Sie ist auf dem Flur zusammengebrochen. Sie sieht gar nicht gut aus."

Mein Herz setzt einen Moment aus, bevor es wild zu pochen beginnt. „Wie konnte das passieren? Hast du sie zu tief ins Glas schauen lassen?" Ich versuche, meine Fassung zu wahren, aber unter der Oberfläche brodelt eine ungekannte Sorge um Samira. „Verdammt", fluche ich leise, während ich versuche, meinen nächsten Schritt zu planen. „Ist jemand bei ihr?"

„Ein paar der Gäste."

„Komm, lass uns nach ihr sehen", sage ich zu Chalid, bemüht, meine Stimme ruhig klingen zu lassen, auch wenn durch mein Inneres ein Sturm braust.

Wir navigieren uns durch die Menschenmenge, jeder Schritt fühlt sich an wie eine Ewigkeit. Die Luft scheint plötzlich dicker zu werden, und ich kann das Pochen meines eigenen Pulses hören. Ein Gefühl der Unruhe durchströmt meinen Körper, während ich mir ernsthafte Sorgen um Samira mache.

Als wir sie schließlich auf dem Flur finden, liegt sie dort, blass und regungslos. Strähnen ihres dunkelbraunen Haares liegen über ihrem Gesicht.

Sanft streiche ich eine davon beiseite und sehe in ein Antlitz, das vor wenigen Stunden in meinem Büro noch rotglühend und voller Leben war. Als ich sie gefickt habe und sie sich unter mir vor Lust gewunden hat. Ich könnte mir keinen schöneren Anblick vorstellen, aber das zieht mir den Boden unter den Füßen weg. *Wie konnte das nur passieren? Hat Chalid nicht aufgepasst?* Ich verlange dafür eine Erklärung. Doch erst einmal müssen wir sie wieder hinkriegen. Ich unterdrücke einen Moment des Schocks und knie mich schnell neben sie, um ihre Hand zu nehmen. „Hey, Samira, hörst du mich?", frage ich besorgt, obwohl ich weiß, dass sie vielleicht nicht ansprechbar ist.

Ich versuche, ruhig zu bleiben, doch die Angst um Samira ist überwältigend. „Wir müssen sie zu einem Arzt bringen", murmle ich mehr zu mir selbst als zu jemand anderem. Mir ist schleierhaft, wie das passieren konnte. Oder hat Kaizo etwas damit zu tun? Ich hoffe nicht. „Los, treib einen Arzt auf. Und bestell ihn zu mir ins Appartement. Er soll alles untersuchen. Blutwerte, Vitalwerte ...! Ich bringe sie derweil zurück in den Tower. Hast du verstanden!"

Chalid nickt, seine Miene ist ernst. „Ich kümmere mich darum, Amir. Mach dir keine Sorgen, wir werden das regeln", versucht er, mir Mut zuzusprechen, während wir darauf warten, dass Hilfe eintrifft.

Tief in mir spüre ich einen Stich der Sorge, der sich um Samira windet, eine Sorge, die ich nie für möglich gehalten hätte. Auch wenn ich versuche, es zu verbergen, ist diese unerwartete Sorge um sie nun ein fester Knoten in meinem Herzen.

44. Kapitel

JADE

Die frühe Morgendämmerung taucht den Garten des alten Anwesens in ein schummriges Zwielicht. Es ist mittlerweile der achtzehnte Tag seit dem Antritt unserer Reise. Ich zähle jeden einzelnen davon und jeder schmerzt. Gestern war der erste Tag, der mir ein wenig Licht in meine Dunkelheit gebracht hat.

Die Schatten der vergangenen Nacht verschwimmen mit dem ersten zarten Licht des Tages, während ich über das mit Moos bedeckte Pflaster schlendere. Die Halbschatten der Bäume zeichnen ein filigranes Muster auf den Boden, als wollte die Natur meine Gedanken in verworrenen Linien wiedergeben.

Vogelgesang lässt mich hinauf in die Baumkronen am Rand des Gartens schauen, die sich schier bis in den Himmel erstrecken. Ich kann mir gar nicht ausmalen, wie viele Tiere gerade in ihren Verstecken sitzen und mich beobachten. *Warum kann ich nicht eines von ihnen sein? Ein Vogel, dem es einfach möglich ist, die Flügel auszuspannen und davonzufliegen? Nach Hause. Gemeinsam mit Samira. Ob es ihr wohl gutgeht?* Irgendetwas in mir sagt mir, dass sie noch lebt und wohlauf ist. Hoffentlich behalte ich recht. Wenn nicht, würde nicht nur mich das zerstören. *Ich* fühle mich für sie verantwortlich. *Ich* habe dieser dummen Reise zugestimmt. *Ich* wollte auf sie aufpassen. Aber *ich* habe es nicht geschafft. Mir brummt der Kopf, denn die Gedanken kreisen in Endlosschleife. Doch nicht nur diese.

Müdigkeit steckt mir in den Knochen. Die Nacht war eine endlose Abfolge von Flashbacks, die zu einem einzigen, langgezogenen Moment des Verlangens verschmolzen. Immerzu hat sich dasselbe Bild wiederholt: Balian und ich – unsere Lippen in einem leidenschaftlichen Tanz vereint, ein Kuss, der die Grenzen zwischen Verbot und Verlangen verschwimmen lässt. Es tat so gut, über meinen Schatten zu springen und die Botschaft auszusenden, die uns beiden sprichwörtlich auf den Lippen gebrannt hat.

Ich blicke auf meine Arme herab, die ich vor der Brust verschränkt mit den Händen reibe, als sei mir kalt. Gänsehaut baut sich darauf auf, obwohl mir warm ist. Balians Atem auf meiner Haut hallt immer noch nach, während ich durch den Garten wandere. Doch nun, im Zwielicht dieser Morgenstunde, scheint die Realität des Tages drohend näher zu rücken.

„Das muss erst mal geheim bleiben, Jade. Ich traue hier nicht jedem", seine Stimme schwirrt wie ein leises Flüstern durch meinen Kopf. *Was bedeutet das für uns? Dass wir einander ignorieren? Dabei ist er gerade mein einziger Lichtblick. Nur er kennt sich hier aus, kann mir sagen, wie ich zum Hafen gelange, um wieder nach Hause zu kommen, sobald die Luft rein ist.*

Ein Schleier hat sich vor meinen Augen gebildet. Schnell wische ich mir die Tränen weg. Der Moment mit ihm hat für kurze Zeit mein Leid gelindert, doch nun ist es wieder zurück und der Schmerz über den Verlust von Samira und die Sehnsucht nach zu Hause erschlagen mich. *Ich muss mit ihm reden. Er wird mir bestimmt helfen. Crita ist zwar auch sehr freundlich zu mir, doch ich bin mir sicher, dass sie kein Risiko eingehen und mich hier länger verstecken wird.*

Ihre mahnenden Worte haben sich in meinen Kopf gebrannt. Ich gefährde die ganze Gruppe, wenn ich nicht abwarte und damit diese gefährlichen Leute hierherlocke.

Mein Herz klopft wild in meiner Brust, als ich das Anwesen erreiche. Ein Drang, vor dem nahenden Sturm zu fliehen, pocht in mir, aber ich bleibe standhaft. Das Verbotene, Verborgene zwischen Balian und mir lastet wie ein unsichtbares Gewicht auf meinen Schultern. Niemand darf von unserer heimlichen Verbindung erfahren, die in den Schatten dieser alten Burgruine geboren wurde.

Der Brunnen am Rande des Gartens wirft sanfte Reflexionen auf das umliegende Grün. Hier hat er mich gerettet, als mir eine drohende Vergewaltigung durch Zeuss so nahe war. Ein Schauer läuft mir über den Rücken, als ich mich daran erinnere, wie Balians starken Arme mich aus der Gefahr gehoben, wie seine Augen mich gebunden und seine Worte mir Trost gespendet haben.

Das Rascheln der Blätter über mir erinnert mich daran, dass mir die Zeit davonläuft. Ich seufze leise und setze meinen Weg fort, das Anwesen fest im Blick. Hinter den Fenstern herrscht noch Dunkelheit, doch ich weiß, dass sich das bald ändern wird. Das Frühstück, ein Treffpunkt, an dem ich ihm gegenübertreten werde – doch wie? Wie kann ich mein Inneres vor den neugierigen Blicken der anderen verbergen?

Die Gedanken kreisen unaufhörlich, während ich näher komme. Zweifel und Sehnsucht verschmelzen zu einem einzigen brennenden Feuer in meinem Herzen. Ein Spiegelbild der Verwirrung und der Leidenschaft, die ich unterdrücken muss. Ich atme tief durch, versuche, einen klaren Kopf zu bewahren. *Jade, es war nur ein Kuss. Jetzt dreh bitte deswegen nicht durch.* Ein Kuss, der meine Welt, die ich gerade zu ordnen versucht habe, in ein völliges Chaos voller Möglichkeiten gestürzt hat.

Das Klicken meiner Absätze auf dem Steinpflaster ist das einzige Geräusch, das meine eigene Stille durchbricht. Der Augenblick des Zusammentreffens rückt näher und ein Schauder überläuft mich, als ich daran denke, wie unsere Blicke sich begegnen und keine Funken erzeugen werden. Ein Feuer zwischen uns, doch niemand darf es bemerken.

Der Eingang des Anwesens liegt jetzt direkt vor mir. Die Tür, die mich von der kommenden Begegnung mit Balian trennt, wirkt wie eine Grenze zwischen zwei Welten – einer Welt, in der unsere Liebe existiert, aber im Verborgenen bleibt. *Reiß dich zusammen. Du schaffst das. Es wird bestimmt halb so wild.* Dabei ist mir bereits klar, dass ich einer weiteren Ignoranz von Balian, wie in den letzten Wochen, nicht standhalten kann –, zumindest nicht ohne das mein Herz blutet. Ich atme noch einmal tief durch, sammle meine Entschlossenheit, und trete ein, bereit, dem Tag und all den Herausforderungen, die er mit sich bringt, zu begegnen.

45. Kapitel

AMIR

„Solis, Stella, Cordis, Lacrima“, wiederholen sich Samiras Worte in meinem Kopf. Ich kann diesen Albtraum unmöglich vergessen und er sucht mich immer heim, wenn ich nicht weiß, wohin mit mir.

Aufgebracht tigere ich durch mein Büro und komme nicht zur Ruhe, seit ich den Bericht des Arztes bekommen habe. Meine Gedanken rasen, während ich das Papier in meinen Händen immer wieder durchlese. Samira und ich – wir sind nicht einmal offiziell ein Paar. Ich hatte so klare Pläne für die Zukunft. Doch jetzt ist alles durcheinandergeraten. Ein unerwarteter Strudel aus Gefühlen und Sorgen ergreift mich. „Scheiße, verdammt!“, fluche ich und lasse meinem Unmut freien Lauf.

Ich habe Chalid gebeten, alle restlichen Termine für den Tag abzusagen, denn ich brauche dringend Zeit, um mich zu ordnen.

Ich lehne mich schwer gegen den Schreibtisch, versuche, Ruhe zu finden, aber mein Herz rast wie wild. Die Zeilen des Berichts brennen sich in meine Gedanken ein. Keine Auffälligkeiten, allerdings ein erhöhter HCG-

Wert. Eine kleine, unscheinbare Zahl inmitten all dieser medizinischen Fachbegriffe hat mein Leben nun auf den Kopf gestellt.

Samira ist schwanger.

Meine Hand ballt sich um den Zettel, als könnte ich ihn damit aus meinem Verstand verbannen. Aber die Wahrheit bleibt bestehen – unerbittlich und unausweichlich.

Samira, die erste Frau, die in der Lage ist, mein Herz in die Knie zu zwingen, ist schwanger. Noch nicht lange, wie der Arzt mir gesagt hat. Was nur bedeutet: Ich könnte der Vater sein. Dass Chalid sich in der Zwischenzeit an Samira rangemacht hat, kann ich ausschließen. Meine Leute – unter anderem Rico – hatten ihn eindringlich vor Dummheiten gewarnt. So, wie ich zuvor auch.

Ein Kind. Der Gedanke allein ist elektrisierend und beängstigend zugleich. Ich will nicht zulassen, dass meine eigenen Gefühle und Ängste die Realität überwältigen. Doch es gibt mehr zu bedenken als nur unsere Beziehung, die eigentlich keine ist.

Ja, Samiras Nähe tut mir gut, ich fühle mich zu ihr hingezogen ... sie passt zu mir, ich empfinde etwas für sie und der Sex ist mehr als nur eine körperliche Befriedigung. Aber ich bin kein Familienmensch, weil ich nie gelernt habe, was eine Familie im klassischen Sinne ist.

In meiner Position bin ich hart und unnachgiebig. Ein Hauch von Verletzlichkeit kann ausreichen, um mich zu Fall zu bringen. Meine Feinde warten nur darauf, eine Schwachstelle auszunutzen. Und eine unerwartete Schwangerschaft ist genau das. Andererseits habe ich zu meinem Bedauern keine richtige Familie mehr –

außer dem Darmawan Syndikat. Das würde sich mit diesen Umständen ändern. Zudem bin ich in einer Position, in der ich mein Kind vor solch einer grausamen Abrichtung wie durch unsere Erzieherin Mahrani schützen kann. Es könnte privat unterrichtet werden.

Ich muss einen klaren Kopf bewahren, während mein Herz vor Aufregung pocht. Wie kann ich Samira das mitteilen, ohne sie zu überfordern? Sie ahnt vielleicht um ihren Zustand, aber die Wucht der Worte könnte überwältigend sein.

Ein Klopfen an der Tür reißt mich aus meinen Gedanken. „Amir, ist alles in Ordnung?", fragt meine Assistentin besorgt.

Hatte ich Chalid nicht gebeten, allen auszurichten, dass ich nicht gestört werden will?

Ich versuche, meine Fassung zu wahren, bevor ich antworte: „Ja, alles in Ordnung, bitte lassen Sie mich allein."

Sie zieht sich zurück, und ich stehe da, meine Gefühle wie in einem Sturm gefangen. Ein Blick auf den Bericht in meiner Hand lässt mich erneut innehalten.

Samira ist schwanger, und ich weiß noch nicht, wie ich damit umgehen soll. Ich bin eigentlich kein Befürworter für Abtreibung. Selbst in meinen Kreisen ist das Leben eines Kindes heilig. Geboren oder nicht. Das sind Werte, die sogar ich nicht ablege. Unser Leben wird sich verändern, das steht außer Frage. *Doch wie werden wir diesen neuen Weg beschreiten? Gemeinsam? Sollten wir die Schwangerschaft abbrechen? Scheiße, nein. Es ist mein Kind.* Ich kann nicht einen Teil von mir selbst umbringen. Auch wenn das ziemlich egozentrisch klingt.

Ich ziehe die Möglichkeit in Betracht, diese Informationen für mich zu behalten. Möglicherweise weiß Samira noch nichts von ihrem Zustand oder vermutet ihn nur. Ein paar Tage kann ich das noch mit Stress begründen, sollte sie fragen.

Wieder klopft es an der Tür.

„Herein", brumme ich ungehalten und erblicke Chalid, der seinen Kopf ins Zimmer steckt.

„Ich wollte nicht stören, aber es ist wichtig."

Kurz gerate ich ins Stocken. „Komm rein." Ich setze mich auf die Schreibtischkante und greife nach einem Füllfederhalter, den ich zwischen Zeigefinger und Daumen hin und her drehe. „Was gibt es denn, das gerade so wichtig ist?"

Chalid kommt rein. Erst jetzt bemerke ich den Glanz auf seiner Stirn und die hektische Atmung. „Kaizo sitzt im Besprechungsraum."

„Was?!" Vor Schreck gleitet mir der Füller aus der Hand. Die Tinte hinterlässt ein schauriges Spritzmuster auf dem Teppich. Wir hatten doch überhaupt keinen Termin. Wenn Kaizo unangekündigt hier auftaucht, kann das nichts Gutes bedeuten.

„Ich habe keine Ahnung, was der Grund für seinen spontanen Besuch ist, doch er besteht darauf, dich sofort zu sprechen." Chalids Kopf ist inzwischen hochrot und auch ich werde gleich innerlich Blut und Wasser schwitzen.

Der Gang zum Besprechungsraum fühlt sich länger an als je zuvor. Jeder Schritt ist von Ungewissheit und Anspannung begleitet. Ich betrete den Raum, versuche meine Haltung zu wahren, obwohl meine Gedanken immer noch bei Samira und der ungeplanten Wendung in unserem Leben sind.

Kaizo sitzt ruhig am langen Tisch, seine stechenden Augen fixieren mich, als ich eintrete. „Amir, setz dich bitte“, sagt er in seinem gewohnt ruhigen Ton, der jedoch eine unterschwellige Intensität trägt.

Ich nehme auf dem Stuhl gegenüber von ihm Platz und versuche, meine Nervosität zu verbergen. „Was kann ich für dich tun, Kaizo?“, frage ich trocken und erlaube mir den Ansatz eines entspannten Lächelns.

Sein Blick durchbohrt mich förmlich, bevor er endlich spricht: „Wir haben ein Problem, Amir. Die Sache mit dem Mädchen auf Limanossa. Das hat mir keine Ruhe gelassen.“

Bitte nicht dieses Thema. Ich dachte, wir hätten das bereits geklärt. Ruhig lehne ich mich vor und sehe Kaizo entschlossen an. „Ich habe dir gestern doch bereits versichert, dass es kein Problem gibt. Von Jade fehlt weit und breit jede Spur. Niemand hat sie seit ihrem Verschwinden gesehen.“

„Tja, nur dass jetzt ein Großaufgebot von Amerikanern weltweit nach ihr sucht. Teils Polizei, teils Presse. Beides können wir nicht gebrauchen.“ Nun lehnt Kaizo sich vor und sieht mich aus finsteren Augen an. „Ich habe nachgeforscht, Amir“, knurrt er und schlägt mit der Faust direkt vor mir auf den Tisch. „Hast du eigentlich eine Ahnung, wer das Mädchen ist?“

Stille schneidet den Raum, die kaum auszuhalten ist.

„Ihr Vater ist ein einflussreicher Mann, der alle Hebel in Bewegung setzen wird, um seine Tochter zu finden!“ Seine Miene ist finster, seine Augen funkeln vor Ärger.

„Amir, was ist das für eine Fahrlässigkeit? Diese Information hätte längst in deinen Händen sein sollen!", fährt er mich an, bevor ich überhaupt die Gelegenheit habe, mich entsprechend zu erklären.

Ich schlucke schwer, bemühe mich, Ruhe zu bewahren, während ich um Fassung ringe. „Es tut mir leid, Kaizo. Es war ein Fehler von mir."

„Es tut mir leid", äfft er mich nach und zieht ein Messer aus der Innentasche seiner Anzugjacke. Er packt meine Hand und setzt die Spitze auf dem Handrücken an.

Ein schneidender Schmerz bohrt sich in mich, doch ich verziehe keine Miene.

„Am liebsten würde ich dir sämtliche Finger abhacken, mein Freund. Dessen sei dir sicher." Seine Augen glühen und die Sekunden, die wir einander stillschweigend ansehen, kommen mir endlos lang vor. „Allerdings", setzt er zum Reden an und seufzt, „hast du mich zuvor noch nie enttäuscht. Daher will ich ausnahmsweise Gnade walten lassen. Vorausgesetzt, du bringst das in Ordnung."

„Ich werde mich sofort darum kümmern. Es tut mir leid", versuche ich, meine Stimme ruhig zu halten, obwohl die Anspannung in meinem Körper zunimmt.

Er schnaubt verärgert. „Entschuldigungen helfen uns jetzt nicht weiter, Amir. Du weißt, wie wichtig diese Information über ihre Familie ist und solche Nachlässigkeiten sind inakzeptabel. Wenn du deine Prioritäten nicht im Griff haben solltest und das Mädchen nicht sofort ausfindig machst und an einem Flughafen absetzt, müssen wir Konsequenzen ziehen." Er spuckt fast vor

Zorn. „Gib ihr etwas aus unserem Labor, das sie vergessen lässt, wer sie überhaupt ist. Haben wir uns verstanden?!"

„Ja, haben wir."

Das Messer rückt von meinem Handrücken ab.

Erleichtert sehe ich Kaizo dabei zu, wie er das Messer zurück in sein Jackett gleiten lässt.

„Ich werde sofort jemanden schicken."

„Die Kleine sitzt in vierundzwanzig Stunden am Flughafen. Ohne jede Erinnerung. Ist das klar? Wie du das anstellst, interessiert mich nicht, Amir!"

Mein Puls gerät in Wallung. Seine Worte treffen mich hart. Ich habe nie zuvor solche Fehler gemacht, und ausgerechnet jetzt, wo mein persönliches Leben in Turbulenzen ist, droht meine Professionalität zu wanken.

„Ich werde mich sofort darum kümmern."

„Amir, ich will für dich hoffen, dass das der einzige Fehler sein wird, der dir unterlaufen ist. Noch ein Fehltritt und du weißt, was das bedeutet." Er erhebt sich von seinem Stuhl und verlässt den Raum.

Die Luft im Büro fühlt sich plötzlich stickig an, und die Last der Verantwortung lastet schwer auf meinen Schultern. Die Konsequenzen dieses Fehlers könnten verheerend sein, wenn ich Jade nicht schnellstmöglich finde. Die Strafe, die Bayan erhalten hat, könnte auch mich treffen. Kaizo ist unerbittlich, wenn es um solche Dinge geht. Seine Worte hallen in meinem Kopf wider, und die Sorge um meine berufliche Zukunft mischt sich mit der dringenden Angelegenheit in meinem persönlichen Leben. „Verfickte Scheiße!"

Panik steigt in mir auf, als ich realisiere, dass ich keine Zeit zu verlieren habe. Die Uhr tickt und jede Sekunde zählt. Ich schnappe meine Jacke und eile aus dem Besprechungsraum, meinen Gedanken und Sorgen hinterher.

46. Kapitel

JADE

Mein Frust darüber, dass Balian sich beim Frühstück nicht hat blicken lassen, ist endlos. Ich habe das Gefühl, jeder am Tisch wusste Bescheid. Habe ich etwa so erwartungsvoll den Raum betreten und enttäuscht wieder verlassen?

Auf dem Weg in mein Zimmer holt mich der Frust ein. *Was habe ich mir nur dabei gedacht? Er meint es nicht ernst. Meinte er nie.*

Leise flaniere ich durch den dunklen Gang, strecke die Hand aus und lasse die Finger beim Gehen über die kalte Steinwand streifen. Meine Gedanken hallen lauter als der Absatz meiner Schuhe.

Plötzlich werde ich am Arm gepackt und zur Seite in eine dunkle Ecke hinter einen der schweren Samtvorhänge gezogen. Mein Herz macht einen Satz und mir stockt der Atem.

Vor mir erkenne ich ein Paar strammer Beine, die in einer braunen Chinohose stecken. Lediglich die blanken Füße in Flipflops schauen daraus hervor. Mein Blick wandert höher über den Hosenbund und das halboffene, dunkelgrüne Hemd. Die starke Brust ist mir wohl bekannt. Ebenso das markante Kinn, der gepflegte Bart und die treuen Augen, die mehr Geheimnisse als der Dschungel bergen. Balian trägt sein dunkles Haar zurückgekämmt, doch immer wieder löst sich eine Strähne daraus, als er mich intensiv ansieht.

„Wird das wieder eines deiner Spiele?“, fauche ich ihn an, worauf hin er schnell den Zeigefinger auf meine Lippen legt.

„Shhh.“

Sofort schlage ich seine Hand weg. „Was soll das, Balian? Ich habe keine Lust darauf. Bei mir haben Ehrlichkeit und Offenheit noch einen hohen Stellenwert. Bei dir scheinbar nicht.“ Trotzig sehe ich weg.

„Doch, natürlich. Wie kommst du darauf?“, will er wissen und legt seinen Finger unter mein Kinn. Sanft schiebt er es nach oben, sodass ich seinem Blick nicht ausweichen kann.

„Wo warst du dann heute Morgen?“

Schritte nähern sich.

Balian schiebt den Vorhang beiseite und linst über den Flur. Dann zieht er mich hinter sich her und rennt mit mir den Gang hinab.

Vor der letzten Tür bleibt er stehen und stößt sie auf. Er sieht sich noch einmal auf dem Gang um, bevor er mich hineinschiebt.

Die Tür fällt ins Schloss.

Balian greift nach dem Schlüssel, der darin steckt und dreht ihn um.

Neugierig erfasse ich den Raum. Es ist ein Schlafzimmer. Aber weder seines noch meines.

„Wie hast du das entdeckt?“, flüstere ich atemlos, während ich mich umschaue. Ein großes Bett im Barockstil dominiert den Raum, mit reich verzierten Schnitzereien, die Geschichten vergangener Zeiten zu erzählen scheinen.

Balian lächelt geheimnisvoll und führt mich weiter in das Zimmer.

„Das ist das alte Schlafzimmer von Iris. Sie war Fatirs Frau.“

„War?“, will ich wissen, während ich langsam mich durch den Raum bewege.

„Als sie starb, konnte Fatir es hier nicht mehr aushalten und ist in seine Hütte gezogen, die er früher nur während er Jagd genutzt hat.“

„Woran ist sie gestorben?“

Balian schweigt, aber sein Kiefer mahlt.

„Sag es mir.“

„Sie starb durch die Hand des Syndikats“, antwortet er leise und zieht mich behutsam zu einem riesigen Schrank voller Bücher. Die alten Lederrücken strahlen eine stille Eleganz aus, und ich kann der Versuchung nicht widerstehen, eines davon herauszuziehen.

Ein Hauch von vergilbtem Papier und altem Leder steigt mir in die Nase, als ich das Buch öffne und die vergessenen Seiten umblättere. „Es ist unglaublich“, hauche ich, von der Fülle der Schätze um mich herum überwältigt. Doch dann fällt mein Blick auf den Schminktisch mit antiken Flakons, die das Licht der Sonne einfangen und in schillernden Farben funkeln. Die Spiegel reflektieren unsere staunenden Gesichter, als Balian mich näher zieht und seine Hand sanft über den Tisch gleiten lässt.

Der Raum um uns herum wird von einer seltsamen, aber vertrauten Intimität erfüllt, als wären wir die einzigen Menschen auf der Welt, die dieses geheime Refugium entdeckt haben.

Ich schlucke hart, weil mir eine Sache so sehr auf der Zunge brennt. „So und nun zurück zu meiner Frage. Warum, warst du eben nicht da?"

„Jade", flüstert er meinen Namen, und die Art, wie er ihn ausspricht, lässt mein Herz schneller schlagen. „Glaubst du im Ernst, ich kann mich nach gestern einfach so mit dir an einen Tisch setzen und so tun, als sei das letzte Nacht alles nicht passiert?" Seine Augen glänzen voller Wärme und Zuneigung, und ich spüre erneut die tiefe Verbundenheit, die zwischen uns entstanden ist. Balian macht einen Schritt auf mich zu und schiebt mich sanft in Richtung Bett. „Ich will in deiner Nähe sein, Jade. Dich spüren. Dich beschützen."

Gänsehaut breitet sich auf meinem Körper aus. Er meint es ernst.

„Der Dschungel ist kein Ort, um Spielchen zu spielen. Du hast etwas mit mir gemacht, das sich nicht zurücknehmen lässt." Balian rahmt mein Gesicht mit seinen Händen und sieht mir so tief in die Augen, dass mir schwindelig wird.

Alles um uns herum verschwimmt. Die Zeit verrinnt und doch bleibt sie stehen in diesem Schlafzimmer, das uns wie ein kostbares Geschenk erscheint. Hier, zwischen vergangenen Geheimnissen und gegenwärtiger Zärtlichkeit, spüre ich, dass unsere Liebe wie ein funkelnder Schatz inmitten vergessener Zeiten ist – stark, zeitlos und unerschütterlich.

„Seit ich dich das erste Mal gesehen habe, hast du es mir angetan, Jade. Und ich war wütend, weil ich nichts dagegen tun konnte."

„Und jetzt bist du es nicht mehr?"

Ein verschmitztes Lächeln huscht über seine Lippen. „Ich gehe das Risiko ein. Weil du es wert bist, zu kämpfen."

Meine Knie zittern und ich spüre das brennende Verlangen nach Balian, das mich in diesem Augenblick völlig überrennt.

Sein Blick ruht auf meinen Lippen, und in einem Moment, der wie eine Ewigkeit scheint, beugt sich Balian langsam vor. Seine Lippen berühren die meinen in einem Kuss, der von Zartheit und Leidenschaft gleichermaßen erfüllt ist. Es ist, als ob die Welt um uns herum verstummt, während sich unsere Herzen im Gleichklang vereinen.

Die Wärme seiner Lippen auf meinen löst ein Prickeln aus, das sich über meine Haut ausbreitet. Sein Kuss ist wie ein Gedicht, das jede Sehnsucht und jede Emotion einfängt, die zwischen uns schweben. Meine Hand legt sich sanft auf seine Brust, spürt den rhythmischen Schlag seines Herzens.

Seine Umarmung ist behutsam und dennoch voller Verlangen, als wolle er jeden Moment mit mir festhalten. Ich erwidere seinen Kuss mit der gleichen Intensität, lasse meine Gefühle in diesen Moment fließen, als ob Worte überflüssig wären. Wir verschmelzen zu einer Einheit, die jedem Widerstand trotzig entgegenblicken und ihn zerstören wird.

Als sich unsere Lippen schließlich voneinander lösen, bleibt die Welt einen Herzschlag lang still. Unsere Blicke treffen sich in einem Ausdruck von tiefster Zuneigung und Verständnis. Ich kann das Lächeln in seinen Augen sehen, das mir sagt, dass er all das fühlt, was ich in diesem Augenblick empfinde.

„Du bist unglaublich", flüstere ich, meine Stimme von einem Hauch der Verwunderung durchdrungen.

Balian lächelt und zieht mich behutsam näher an sich, als wolle er mich vor jedem Sturm beschützen, der kommen könnte. Unvermittelt hebt er mich vor sich hoch.

Ich schlinge meine Beine um seine Hüfte und küsse ihn stürmisch.

Momente wie dieser sind kostbar, und ich möchte ihn in vollen Zügen genießen. Der Kuss ist von intensiver Leidenschaft und Zärtlichkeit zugleich, ein Spiegelbild all der Gefühle, die zwischen uns herrschen.

Ein leises Seufzen entweicht meinen Lippen, als wir uns voneinander lösen, jedoch bleiben wir eng umschlungen. Unsere Blicke treffen sich erneut, und in seinen Augen kann ich eine Mischung aus Verlangen, Hingabe und Zuneigung erkennen. Es ist ein unbeschreibliches Gefühl, von solch einem Blick durchdrungen zu werden.

„Ich wünschte, wir könnten die Zeit einfach anhalten", hauche ich ihm ins Ohr und kann mir gerade nichts sehnlicher wünschen.

Balian drückt mich so nah an sich heran, dass keine Barriere mehr zwischen uns ist und geht in Richtung Bett. Er löst seine hungrigen Lippen von meinen, grinst und wirft mich auf das Laken. Dann beugt er sich über mich, während sein Mund wieder den meinen sucht.

Wir versinken in einem immer tiefer gehenden Kuss.

Seine Hände wandern unter den Stoff meiner Bluse, als würden sie wie ein Magnet von meinen Brüsten angezogen werden.

Unter seinen Küssen versuche ich, meine Bluse aufzuknöpfen, um ihm zu helfen. Doch schon hat er sie mir von unten über den Kopf gezogen und in eine Ecke gepfeffert.

Sein Shirt fliegt unvermittelt hinterher.

Die Luft brennt, die Leidenschaft umringt uns.

Balian entledigt mich meiner Shorts und streift auch seine Hose von den Beinen. Ein Lächeln liegt auf seinen Lippen, bevor er mit dem Mund meinen Slip auszieht.

Ich erzittere vor Ekstase.

Der Mann mit dem Wahnsinnskörper klettert über mich und massiert seine Härte, bevor er schließlich vorsichtig in mich eindringt. Seine Bewegungen sind so intensiv, dass sie mich in ein Paralleluniversum stürzen. Er küsst abwechselnd meine Brüste und saugt sanft an meinen Nippeln. Erst zaghaft, dann bis an den Rand des Erträglichen.

Ich seufze und stoße die angestaute Luft aus, die sich in Form von Sorgen und Anspannung in den letzten Wochen in mir gesammelt hat. Ich habe das Gefühl, ohne ein Netz mit doppeltem Boden zu fallen, berauscht von den Berührungen, die ein Feuerwerk in meinem Körper entfachen. Meine Mitte zieht sich bittersüß zusammen, als er mich komplett ausfüllt und seine Stöße an Intensität zunehmen. Er legt die Finger auf meine Klit und berührt mit einer souveränen Treffsicherheit den empfindlichsten Punkt meines Körpers.

Sofort stöhne ich auf und kann unter seinen Berührungen den Orgasmus nicht lange zurückhalten. Mein Körper bäumt sich auf und ich lasse mich von der lustvollen Welle überrennen, die er mir schenkt.

Balian legt den Kopf in den Nacken und richtet den Oberkörper etwas auf.

Meine Hände fahren über seine muskulöse Brust, als seine Stöße schneller und sein Atem tiefer werden.

Ihm beim Kommen zuzusehen, erfüllt mich mit freudiger Erregung. *Das war erst unser Anfang – das weiß ich schon jetzt.*

Schwer atmend beugt Balian sich wieder über mich, haucht Küsse in meinen Nacken und wandert dabei mit den Lippen seitlich meinen Hals hinauf. Ein Hauch von Zedernholzduft ist überall um mich herum. Ein Duft, in dem ich am liebsten ertrinken möchte.

Balian legt sich neben mich und ich schmiege mich nah an ihn heran.

Mein Kopf ruht sanft auf seiner Brust, und ich lausche seinem Herzschlag, der gleichmäßig und beruhigend ist – wie eine Melodie, die mir Trost spendet.

Sein Arm umschlingt mich behutsam, als wolle er mich beschützen, selbst in diesem intimen Moment der Ruhe.

Balians Atem streicht sanft über mein Haar, und ich schließe die Augen, um diesen Moment vollkommen aufzusaugen. Als ich sie wieder öffne, fällt mir die Fußfessel ins Auge, die mich daran erinnert, dass die Gefahr immer noch allgegenwärtig ist. Die Welt außerhalb dieses Raumes mag ungewiss sein, doch hier, in seinen Armen, fühle ich mich geborgen. Die Gedanken an die Gefahr, die uns umgibt, sind wie ferne Echos, die versuchen, in unsere Intimität einzudringen.

„Balian“, flüstere ich leise, fast so, als würde ich seine Anwesenheit noch verstärken wollen.

„Ja, Jade“, antwortet er ebenso leise, und seine Stimme vibriert leicht unter meinem Ohr.

„Was auch immer auf uns zukommt, ich bin froh, dass ich diesen Moment mit dir teilen kann“, gestehe ich, meine Stimme von einer Mischung aus Dankbarkeit und Zärtlichkeit geprägt.

Sein Griff um mich verstärkt sich leicht, als würde er mir durch diese Geste zeigen wollen, dass er genau dasselbe fühlt. „Ich werde dich beschützen, Jade. Ich werde alles tun, um sicherzustellen, dass du in Sicherheit bist“, verspricht er mit einer Entschlossenheit, die mich tief berührt.

Ich hebe meinen Kopf leicht an, um in seine Augen zu schauen, und ich kann die Ernsthaftigkeit in seinem Blick erkennen. Sein Versprechen ist nicht nur eine leere Phrase – es ist ein Eid, den er mit seinem ganzen Wesen abgibt.

„Und ich werde an deiner Seite sein“, antworte ich, meine Worte von der gleichen Entschlossenheit getragen. Wir wissen beide um die Gefahr, die lauert, aber in diesem Moment liegt unsere Stärke in der Gewissheit, dass wir gemeinsam allem trotzen können.

„Hast du noch Kraft für einen Spaziergang am Strand?“, neckt er mich und streichelt mir über den Arm.

„Was, wenn uns jemand zusammen sieht? Ich möchte nicht so tun müssen, als wären wir nur Bekannte. Nicht nach gerade", entgegne ich und sehe Balian tief in die Augen.

„Keine Sorge. Ich kenne einen Strandabschnitt, den kaum jemand besucht. Wir müssen nur ein Stück mit meiner Maschine fahren."

„In Ordnung. Unter dem Helm erkennt mich ohnehin niemand."

Eine Viertelstunde später sitze ich hinter Balian, der seine Maschine über die Straße lenkt. Der Fahrtwind streicht über meinen Körper, während ich die Arme eng um Balians Bauch geschlungen habe und mir wird klar, dass ich mich so wohl bei ihm fühle, dass ich ihn überall hin begleiten würde.

Wir erreichen den kleinen Strandabschnitt, von dem Balian gesprochen hat.

Er parkt das Motorrad im Schatten einer Palmengruppe. „Hast du Durst?"

„Ja", entgegne ich und halte mir, von der Sonne geblendet, die Hände über die Augen.

„Warte hier."

Verwundert sehe ich ihm nach, wie er auf eine der Palmen zusteuert und sie gekonnt hinaufklettert. So hoch, dass mir beim Zusehen schon schwindelig wird. „So durstig bin ich nicht. Komm wieder runter, du brichst dir noch den Hals", rufe ich besorgt hinauf, doch schon schlagen zwei Kokosnüsse auf dem Boden auf. „Du bist doch verrückt!" Ich bücke mich nach den Kokosnüssen und entdecke Balian, als ich mich wieder aufrichte.

Er grinst breit. „Das hab ich als Kind schon immer gern gemacht." Mit dem Kopf deutet er auf die Fessel an seinem Fußgelenk. „Das Teil macht es ein bisschen schwierig, aber hindert mich nicht an der erfolgreichen Kokosnussernte."

„Und wie willst du das Teil jetzt aufkriegen?"

Balian greift in seine Hosentasche und zückt ein Messer. „Loch rein und trinken." Er bohrt die Klinge in die erste Kokosnuss und reicht sie mir.

Ich warte, bis er auch seine mit einem Loch versehen hat.

„Auf uns", sagt er und hält sie mir zum Anstoßen hin.

„Auf uns und dass wir bald Samira finden."

„Werden wir", verspricht er mir und sieht mich mit einer Intensität an, dass meine Knie wacklig werden. *Ich glaube, ich bin ernsthaft verliebt.*

47. Kapitel

SAMIRA

Die Szenerie ist unheimlich, als ich müde am Rand des Bootes stehe und das leichte Schaukeln der Wellen unter meinen Füßen spüre. Der dichte Nebel hängt wie ein Schleier über dem Wasser, nur das leise Plätschern der Wellen durchbricht die Stille der Nacht. Die Finsternis verschluckt die Umrisse der Insel vor uns, die unser Ziel sein wird.

Amir hat gestern am späten Abend eine wichtige Nachricht erreicht. Es gibt ein Lebenszeichen von Jade! Ich konnte es kaum glauben. Es ist gut möglich, dass sie lebt! Hier auf dieser Insel. Amir war klar, dass er mich nicht davon abhalten kann, ihn und sein Team von Sicherheitsleuten zu begleiten, wenn sie sie befreien. Deshalb darf ich mitkommen – jedoch immer im Schutz von Chalid, der inzwischen mein persönlicher Aufpasser geworden ist.

Ich habe nichts mehr von Jades Eltern gehört, da ich seit meiner Nachricht an sie keinen Kontakt zu ihnen hatte, aber ich bin mir sicher, sie werden sich sehr freuen, ihre Tochter bald wieder in die Arme schließen zu können.

Sehnsüchtig ruht mein Blick auf der Insel. Nur noch wenige Stunden und ich habe meine Jade hoffentlich wieder. Kaum zu glauben, dass wir so lange voneinander getrennt waren. Warum sie überhaupt von Bord gegangen ist, bleibt mir allerdings immer noch ein Rätsel. Aber das wird sich ja nun ganz bald klären.

Mir ist ein wenig schummrig, daher wende ich mich von der Reling ab und mache mich auf den Weg zu meiner Kabine, um mich noch ein wenig hinzulegen. Da das Boot nicht beleuchtet werden darf, damit uns niemand ins Visier nimmt, taste ich mich langsam im Dunklen voran. Bedacht setze ich einen Fuß vor den anderen. Knapp vor der Kapitänskajüte mache ich Halt, als ich zufällig ein Gespräch aufschnappe.

„Samira darf nichts davon erfahren, ist das klar?" Amirs Stimme lässt mich unvermittelt aufhorchen.

„Also lass mich zusammenfassen", höre ich Chalid sprechen. „Wir befreien die blonde Schlampe, sie bekommt das Medikament gespritzt, das ihre Erinnerungen komplett auslöscht und wir setzen sie am Flughafen aus, wo ihre Eltern sie in Empfang nehmen, damit Presse und Polizei Ruhe geben. Und Samira?"

„Was soll mit ihr sein?", höre ich Amir und mein Herz fängt wie wild an zu flattern.

„Wird sie mit Jade gehen?"

Hoffnung keimt in mir auf. Die Vorstellung, dass wir unsere Leben weiterführen, als sei nichts gewesen, würde mich glücklich machen.

„Natürlich nicht. Wozu auch? Jade wird sich nicht einmal daran erinnern, wer sie ist. Aber ohne Samira wird sie die Insel nicht in unserer Begleitung verlassen. Es muss so aussehen, dass sie freiwillig mit uns kommt.

Ich möchte unnötiges Aufsehen vor Samira gern vermeiden. Wenn sie erst mal in Sicherheit ist, ist mir egal, was mit den Bewohnern passiert. Erst einmal müssen wir die Blonde finden und ihre Erinnerungen ausradieren."

„Was meinst du, Boss?"

„Jade bekommt SIX384 unser neustes Präparat."

Ich verstehe das nicht. Vorsichtig lehne ich mich an die Wand der Kajüte, um den Gesprächsverlauf ja nicht zu verlieren.

„Das ist doch noch gar nicht richtig getestet. Soweit ich weiß, löscht das alle Erinnerungen komplett." Chalids Stimme ist wacklig geworden, als hätte er Gewissensbisse.

„Na und? Das ist es doch, was wir wollen. Sie würde uns sonst nur Probleme machen. Samira ebenso, wenn wir sie gehen ließen. Außerdem habe ich andere Pläne mit ihr."

„Darf ich fragen wel–"

„Darfst du nicht! Das ist privat!", schnellt Amir entschlossenen Tones dazwischen. „Und jetzt lass mich, ich habe noch zu tun. Wolltest du nicht nach Samira sehen?"

Mir wird schlecht. *Ich bin also nur hier, um den Lockvogel zu spielen? Dafür nutzt Amir mich aus? Was soll das? Warum ist er so kalt? Was ist mit dem, was zwischen uns war?*

„Eben als ich in ihre Kabine geschaut habe, hat sie tief und fest geschlafen."

„Dann weck sie in vierzig Minuten. Ich bespreche mich noch mit dem Angriffstrupp. In einer Stunde steht hier kein Baum mehr." Amirs dunkles Lachen nimmt mir die Luft zum Atmen.

Ich habe das Gefühl zu ersticken – so groß ist der Kloß, der sich seit Gesprächsbeginn in meinem Hals ausgebreitet hat. *Wie konnte ich mich so sehr in Amir täuschen? Niemals hätte ich ihm zugetraut, dass er Jade und mir so etwas antun würde. Warum habe ich bloß damals nicht auf sie gehört? Sie hatte von Anfang an ein schlechtes Gefühl.* Die Enthüllung der wahren Absichten von Chalid und Amir hallen in meinen Gedanken wider wie ein düsteres Echo. Ich schleiche mich von der Kajüte weg, wo ich das Gespräch zwischen Khalid und Amir belauscht habe. Die Worte kreisen in meinem Kopf, während ich versuche, ruhig zu bleiben. Es ist klar, dass sie nicht auf unserer Seite stehen. Jade und ich sind in Gefahr, und es gibt keinen Rückzug mehr.

Mein Herz pocht wild, als ich in meine Kabine zurückkehre. Ich muss einen Plan schmieden, um uns aus dieser Falle zu befreien. Ich lasse mir Zeit, um meine Gedanken zu ordnen. Das Wichtigste ist, Jade zu warnen und sie von der drohenden Gefahr in Kenntnis zu setzen.

Die Insel, die wir bald erreichen werden, birgt mehr Bedrohungen, als ich mir jemals vorgestellt habe. Ich muss einen Weg finden, Jade anzutreffen, ohne Verdacht zu erregen. Amir und Khalid sind wachsam, und ich kann keine falsche Bewegung riskieren.

Als ich meine Kabine verlasse, wirbelt mein Verstand nur so vor Ideen. Ich könnte behaupten, dass ich etwas vergessen habe und zurück aufs Deck muss. Oder ich könnte vorgeben, krank zu sein, und Jade bitten, mich zu begleiten, unter einem Vorwand natürlich.

Ich verharre kurz in meinen Gedanken und lasse mich auf das Bett nieder. Mit den Tränen kämpfend, bemühe ich mich, die Fassung zu wahren. Niemand darf mir etwas anmerken. Niemand. Wenn nur irgendwer im Geringsten den Verdacht schöpft, dass irgendetwas nicht stimmt, gefährdet das meinen Plan, Jade zu retten.

Mit einem Mal fliegt die Tür auf.

Aufgeschreckt fahre ich herum und entdecke Chalid.

„Samira, mach dich fertig. Wir legen gleich an." An seinen barschen Ton habe ich mich nicht gewöhnen können. „Ist alles okay? Du siehst blass aus." Mit besorgter Miene tritt er näher.

„Nein, alles okay", wehre ich blitzschnell ab und lächele. „Ich glaube, ich bin ein bisschen seekrank. Auf dem großen Schiff hat man das Schaukeln nicht so sehr gemerkt wie auf diesem Boot."

„Ah, hm."

„Wird schon. Wenn wir ja ohnehin gleich anlegen. Alles gut. Ich mache mich eben zurecht."

Chalid nickt und schließt die Kabinentür hinter sich.

Glück gehabt. Ein leises Seufzen gleitet mir über die Lippen. Inständig hoffend, dass er mir das abkauft, greife ich nach einem Glas Wasser und nehme einen Schluck. Mir ist wirklich flau im Magen, was aber mehr an der Aufregung liegt. Ich greife nach meinem Kulturbeutel, um nach einer Tablette zu suchen, die meinen Magen beruhigt. Eine kleine Reiseapotheke habe ich mir extra vor Reiseantritt zugelegt. Beim Durchwühlen bemerke ich, dass meine Hände zittern. Ich greife nach einem Blister. Kurz vor dem Ausdrücken der Tablette stocke ich. *Stopp. Falsche Packung. Das ist meine Pille.* Sofort halte ich den Atem an. *Fuck!* Die Kabine um mich herum beginnt sich zu drehen. So schnell, dass ich mich auf das Bett setzen muss. Durch den vielen Stress habe ich sie total vergessen. *Bitte nicht.* Hektische Hitze schießt mir ins Gesicht und bringt meine Wangen zum Glühen. *Hoffentlich ist nichts passiert. Amir und ich haben doch verhütet. Er hat ein Kondom benutzt ... oder? Ich bin mir nicht mehr sicher.* „Scheiße", japse ich und muss erneut gegen die Tränen ankämpfen. In meinem Gedanken sehe ich das Bild von Scarlett O'Hara im Film *Vom Winde verweht* und höre sie den legendären Satz sprechen: Verschieben wir's auf morgen.

48. Kapitel

BALIAN

Die Sonne schickt sanfte Strahlen durch das Fenster zum gut gedeckten Frühstückstisch. Ich bin einer der Ersten und habe Crita beim Eindecken geholfen. Diesen Dienst teile ich mir mit den anderen Inselbewohnern. Abgesehen von Zeuss. Dieser wird seit dem Zwischenfall am Brunnen von unserer Runde ausgeschlossen. Er darf im Anschluss essen, wenn wir fertig sind und den Speisesaal verlassen haben.

Mir knurrt gewaltig der Magen, also setze ich mich auf meinen Platz und hoffe, dass die anderen bald eintrudeln. Immer wieder muss ich an die schönen Stunden mit Jade am Stand denken. Bis zum Sonnenuntergang waren wird dort, haben tiefgründige Gespräche geführt, uns geliebt und die Zeit miteinander genossen. Eine Frau wie Jade ist etwas Besonderes. Zu gern möchte ich mich zu ihr bekennen, denn ich bin stolz, sie an meiner Seite zu haben.

Indira, gefolgt von Miroh, Dracu, Sayla und Zulu betreten den Raum. Suchend blicke ich an ihnen vorbei, doch Jade ist nicht mit ihnen gekommen.

„Wartest du auf wen?" Indira kann sich den dummen Kommentar nicht verkneifen. War ja klar.

„Nein, ich habe bloß Hunger und will endlich anfangen. Ich habe heute noch einiges vor“, entgegne ich und kämpfe gegen das Gefühl der Enttäuschung an. *Wo ist Jade? Geht es ihr nicht gut?*

Ehe ich mir weiter den Kopf zermartern kann, schreitet sie hinter Crita durch die Tür. Entspannt lehne ich mich zurück und verfolge, wie sie sich mir gegenübersetzt.

Sie begrüßt die Runde. Als wir zeitgleich ein Brot aus dem Korb nehmen, huscht ein schüchternes Lächeln über ihre Lippen. „Nimm du zuerst.“

„Nein, du. Ist schon okay. Ich kann warten.“

„Ach? Eben bist du noch vor Hunger gestorben“, feixt Dracu, dem ich einen finsteren Blick entgegenschicke.

„Dracu“, mahnt Crita und lächelt sanft.

„Ist ja gut“, grinst er zurück und schüttet sich Saft ein.

Langsamer als sonst nehme ich das Frühstück zu mir, um Jade noch länger ansehen zu können. Bilder von unserem leidenschaftlichen Moment tanzen durch meinen Kopf und schreien nach Wiederholung. Nur zu gern würde ich sie wieder berühren, in ihr sein und die Zweisamkeit genießen, doch das muss bis nach dem Essen warten.

„Reichst du mir mal den Kopi Luwak, Jade?“, frage ich und lehne mich vor.

Eine leichte Röte liegt auf ihren Wangen, als sie ihn mir reicht.

„Danke“, sage ich, als ich die Kanne entgegennehme, und küsse sie. Wohl wissend, dass uns einige sprachlose Mienen beäugen.

Aus dem Augenwinkel sehe ich, wie Indira langsam ihr Besteck niederlegt.

„Jepp. Jade und ich sind ein Paar“, entgegne ich und hebe die Mundwinkel. Dann blicke ich in Indiras Richtung. „Gewöhnt euch daran.“

„Freut mich, Mann!“ Dracu beglückwünscht mich mit einem Handschlag, was ich ein wenig albern finde, aber so ist er eben.

Crita nickt mir wohlwollend zu und widmet sich wieder ihrem Frühstück.

Plötzlich fliegt die Tür auf.

Alle reißen ihre Köpfe herum.

„Nero!“ Miroh springt von seinem Platz auf und umarmt unseren Doppelagenten.

Während Nero in die Runde grüßt, zuckt Jade sichtlich zusammen.

„Alles gut. Er ist zwar offiziell ein Mitglied des Darmawan-Syndikats, aber da wir alle seit unserer Kindheit befreundet sind, ist Nero auf unserer Seite. Er versorgt uns ab und zu mit Informationen, damit wir die miesen Pläne der Darmawan vereiteln können“, erklärt Dracu, doch Jade wirkt immer noch irritiert. Auch Neros Blick gefällt mir nicht.

Ihre Anwesenheit scheint ihn ebenfalls aus der Fassung zu bringen.

„Kennt ihr euch?“, platzt es unvermittelt aus mir heraus. Ich kenne Nero zu gut, um ihn lesen zu können.

„Flüchtig“, entgegnet Jade und wendet den Blick von Nero ab. Sie sieht starr auf ihren Teller und greift nach ihrer Tasse, um zu trinken. Dabei sehe ich genau, wie wackelig die Tasse auf einmal ist.

Was ist denn da los? Dem werde ich nachgehen.

„Nero, was führt dich her?“, will Crita wissen und scheint besorgt. „Ist ein Besuch bei uns nicht wahnsinnig gefährlich für dich?“

„Ist es. Aber eine persönliche Vorsprache erschien mir unvermeidbar.“ Er seufzt laut. „Ich habe keine guten Nachrichten. Amir will die Insel angreifen.“

Lachend lehnt Dracu sich in einem Stuhl zurück und beißt in das Brot. „Will er das nicht ständig?“, fragt er mit vollem Mund und grinst beim Kauen. „Wann kommt er denn mal? Oder findet er den Weg nicht?“

„Lass die Witze!“, tadelt ihn Miroh und wendet sich Nero zu. „Weißt du was Genaueres?“

„Es gibt Probleme mit ein paar Amerikanern.“ Unser Gast sieht zu Jade, indes seine Miene sich versteinert. „Jade wird mit einem Großaufgebot der Polizei und der Presse gesucht. Amir will, dass ihr sie mir ausliefert. Ansonsten wird er ihre Freundin töten und die Insel abfackeln.“

„Er will was?!“ Erzürnt springe ich von meinem Stuhl auf und stütze mich mit den Handballen auf die Tischplatte.

„Es ist so, wie ich es gesagt habe. Es ist eine Ansage von Zarnu. Der hat auch Amir Folge zu leisten.“

„Scheiße“, knurre ich und lasse den Kopf sinken, während ich fieberhaft nach einer Lösung suche. Ich wusste, dass das passiert. Nur nicht, dass es so schnell gehen wird.

„Er wird auch alles niederbrennen, wenn er Jade hat. Wenn er schon hier ist, macht er kurzen Prozess“, wirft Miroh ein.

„Gut möglich. Ihr habt ihm schließlich lange genug auf der Nase herumgetanzt.“ Nero hebt eine Braue und erntet von Dracu einen giftigen Blick.

„Was soll das denn jetzt, Nero?“

„Ich stehe nach wie vor hinter unserer Mission, Dracu. Aber ihr habt es in letzter Zeit übertrieben. Ihr könnt ihm nicht jedes Mal die Tour versauen. Er ist bereits jetzt misstrauisch. Seit dem Anschlag bei Dario da Ghezaleh hat er die Zahl seiner Securitys verdreifacht.“

„Scheiße“, murrt Dracu und reibt sich mit der Hand über die Stirn.

„Hattet ihr etwas damit zu tun?“ Nero sieht finster in die Runde.

Alle schütteln schweigend den Kopf.

„Hatten wir nicht“, spricht Miroh schließlich. „Amir hat außer uns noch genügend andere Feinde.“

„Was können wir tun, Nero?“ Crita ist blass geworden. „Wir können nicht zulassen, dass er hier alles in Staub und Asche legt. Denkt doch mal an Bayan. Er hatte gestern wieder einen Zusammenbruch. Selbst, wenn es uns gelingt, rechtzeitig die Insel zu verlassen ... Er ist nicht transportfähig.“

„Ich könnte mit ihm sprechen“, schlägt Nero vor. „Aber ihr wisst, was Amir dafür verlangen wird. Er wird sich nur mit Jade zufriedengeben.“

„Bitte nicht den Familienschatz. Er ist alles, was ich von meinem Vorfahren noch habe.“ Eine Träne läuft über Critas Wange.

Jade ist in ihrem Stuhl ziemlich klein geworden. Sie wirkt wie in Trance und starrt unaufhörlich ins Leere.

Auch die anderen sind still. Jeder hier weiß, dass der Familienschmuck von Critas Eltern heilig ist. Er birgt eine jahrhundertealte Geschichte.

„Wenn ihr Schlimmeres verhindert wollt, würde ich euch dazu raten, ihm ein Angebot zu machen, das ihn zufriedenstellt."

Crita schluckt. „Der arme Bayan", wispert sie. Ihre alten Hände zittern, als sie sich an die Brust greift. Die sonst so toughe Frau wirkt in diesem Moment nicht nur äußerlich zerbrechlich. In ihren Augen entdecke ich unendliches Leid. Ich habe schon immer gewusst, wie viel Bayan ihr bedeutet. Auch, wenn sie es nie ausgesprochen hat. Das musste sie nicht. Um keinen anderen hat sie sich hingebungsvoller gekümmert als um ihn. Manchmal sagen Taten mehr als tausend Worte.

„Gut, dann biete es ihm an", antwortet sie schließlich mit gebrochener Stimme. „Wir haben keine andere Wahl. Und Jade kann endlich nach Hause."

„Nero, können wir kurz draußen reden?", platzt es aus mir heraus, da ich nicht länger an mich halten kann.

„Natürlich."

Er folgt mir aus dem Raum. Wir gehen ein paar Schritte, als ich in der Mitte des dunklen Flures stehenbleibe. „Du bist dir sicher, dass sie Jade nichts antun und sich an die Abmachung halten?"

„Ich werde schon gut auf sie aufpassen, wenn es das ist, was du meinst." Er lächelt auf eine subtile Weise, die mich irritiert. „Das habe ich auf dem Schiff schon getan." Er lehnt sich zu mir vor. „Du glaubst nicht, wie heiß die Kleine wirklich ist, wenn sie hinter ihre Eisprinzessinnen-Fassade blicken lässt", flüstert er stolz wie ein Trophäenjäger.

Sofort weiche ich zurück. „Was sagst du da?"

„Ach, wir hatten ein kleines Tête-à-Tête an Bord. Vielleicht nehme ich sie mir noch mal vor, bevor ich sie Amir ausliefere. Mal sehen."

Mit einem Mal krampft sich mein Magen zusammen. Ich sauge scharf Luft ein, meine Hände schnellen hoch, packen ihn am Hemdkragen und drücken ihn mit voller Wucht gehen das kalte Gemäuer.

„Spinnst du, Balian? Was soll der Scheiß?!"

„Du lässt deine Finger von ihr, hast du verstanden!", knurre ich und koche vor Wut.

Nervös zucken seine Augen, als er gerade zu registrieren scheint, dass er mir das Revier streitig gemacht hat. Entschuldigend hebt er die Hände. „Schon gut. Ich wusste nicht, dass sie dir etwas bedeutet. Das scheint ja offensichtlich der Fall zu sein."

„Hat sie dir denn etwas bedeutet?", will ich wissen und halte den Griff immer noch gefestigt.

„Nein. Sie war ein kleines Abenteuer. Mehr nicht."

„Hmm", brumme ich und schlucke hart. Ob er die Wahrheit sagt? Ich versuche, die Bilder der beiden zu verdrängen, die meine Phantasie mir vorzuspielen versucht. „Und umgekehrt?"

„Keine Ahnung, Mann! Ich glaube, Blondie ist einfach prüde. Das war die reinste Zeitverschwendung." Nero will sich aus meinem Griff befreien, doch schafft es nicht. „Jetzt lass mich los!"

Langsam löse ich die Hände von ihm, während mein Magen sich schmerzhaft zusammenkrampft.

Er richtet sich das Hemd und zieht grimmig die Brauen zusammen. „Alles klar, Mann? Jetzt komm mal wieder runter."

Nichts ist klar.

„Ich melde mich mit den Details zur Übergabe in einer Stunde bei euch." Nero nickt mir zu und wendet sich von mir ab.

Schwer atmend sehe ich ihm nach, bis er um eine Ecke biegt.

Jade und Nero. Ein Bild, das ich nie wieder aus meinem Kopf bekommen werde. Auch wenn es eine bedeutungslose Sache war – er hat sie berührt, sie hat ihn in diesem Augenblick begehrt. Das ist alles, was mir durch den Kopf geht. Und was mich zerstört.

Vielleicht sollte ich sie gehen lassen – es wäre besser für ihre Seele. Und für meine.

„Was für eine Scheiße!", murmele ich auf dem Weg über den Flur vor mich hin und stocke, als Jade mir unvermittelt gegenübersteht.

„Es ist nicht so, wie du denkst, Balian."

„Ach nein?"

Jade seufzt. „Du kannst mich mal." Dann dreht sie sich um und lässt mich stehen.

49. Kapitel

SAMIRA

Es muss inzwischen Mittag sein. Seit Stunden sind wir im Dschungel unterwegs. Bisher fehlt von Jade jede Spur. Wegen der Terroristen, die auf der Insel leben, ist höchste Vorsicht geboten, so Amir. Eine endlose halbe Stunde ist vergangen, während ich in meinem Versteck ausharre. Der tosende Wasserfall in der Nähe ist mein Komplize, der meine Anwesenheit verschleiert.

Die Dschungelgeräusche um mich herum erfüllen die Luft mit einer kakophonischen Symphonie, die meine Nerven strapaziert. Die Hitze drückt auf mich, meine Kehle ist trocken und mein Mund fühlt sich staubig an. Ich blicke zur Wasserflasche neben mir. Sie ist fast leer und ich wage es nicht, einen weiteren Schluck zu nehmen.

Hoffentlich geht alles gut. Die Zeit verrinnt wie Sand durch meine Finger, während ich im Versteck lauere, das Rauschen des Wasserfalls dröhnt in meinen Ohren. Der Dschungel scheint lebendig zu sein, jedes Geräusch sendet Schauer über meinen Rücken.

Chalid patrouilliert in der Nähe, ein Schatten zwischen den Bäumen. Er ist mein Ziel, der Schlüssel zu meiner Flucht. Aber ich muss geduldig sein und auf den richtigen Moment warten, um mich von ihm abzulenken.

Jede Minute zieht sich quälend hin. Jede Sekunde fühlt sich wie eine Ewigkeit an. Die hitzigen Strahlen der Sonne brennen auf meiner Haut, während ich mich ducke und aufmerksam auf jede Bewegung um mich herum achte.

Die Ungewissheit über Jades Sicherheit nagt an meinen Gedanken.

Chalid sollte mich eigentlich keine Sekunde aus den Augen lassen, aber nun spaziert er einige Meter neben mir vor einem Busch hin und her. Seine Aufmerksamkeit lässt wohl langsam nach. Es scheint, als ob seine Wachsamkeit von der Hitze und der Monotonie des Postens abgelenkt wird. Mein Plan, ihn während einer Zigaretten- oder Pinkelpause zu überlisten und zu fliehen, kitzelt meine Nerven. Doch ich muss geduldig bleiben und auf den perfekten Moment warten.

Amir ist mit Nero und einer Gruppe schwer bewaffneter Securitys ins Dorf gefahren, um Jade zu holen. Mein einziger Hoffnungsschimmer liegt darin, dass ich entkommen kann, bevor sie dort sind. Ich kenne die genaue Lage des Dorfes nicht, aber in diesem vermeintlich kleinen Dschungel sollte es nicht allzu schwer sein, es zu finden.

Inständig bete ich, dass Jade in Sicherheit ist, dass sie keine Ahnung hat, was hier vor sich geht.

Nun geh schon pinkeln! So viel Wasser wie du in den letzten zwanzig Minuten getrunken hast, müsste deine Blase randvoll sein. Die Ungeduld wächst. Ich spüre die Dringlichkeit, mich zu bewegen, während die Zeit verrinnt.

Es wird immer schwieriger, meine Nerven zu beruhigen, meine Kehle schreit nach Flüssigkeit, und mein Verstand trommelt ungeduldig auf meine Entscheidung ein. Ich kann meinen Atem hören, während ich mich auf den Moment vorbereite.

Die Zeit scheint endlich gekommen zu sein. Chalid macht Anstalten, eine Pinkelpause einzulegen. Sein Blick wandert zum Busch, zum Reißverschluss seiner Hose, an die er seine rechte Hand legt und dann zu mir.

Schnell lehne ich mich an einem Felsen an und schließe die Augen, als würde ich ein Nickerchen machen. Dann höre ich das Ratschen eines Reißverschlusses, blicke auf und sehe, wie er hinter dem Busch verschwindet. *Das ist meine Chance.*

Langsam stehe ich vom Felsen auf, um kein Geräusch zu machen. Mit weichen Knien bewege ich mich vom Felsen weg. Ein letzter Blick zum Busch – Chalid ist immer noch verschwunden. *Jetzt oder nie. Ich muss es versuchen!*

Die Hitze scheint noch intensiver zu werden, als wolle sie meine Flucht erschweren. Mein Herzschlag hämmert in meinen Ohren, als ich mich behutsam durch das Dickicht bewege, jeden Schritt bedacht und lautlos.

Der Dschungel scheint mir den Weg zu versperren, aber ich lasse mich nicht aufhalten. Ich laufe, meine Beine tragen mich durch das undurchdringliche Grün, meine Lunge brennt vor Anstrengung, aber ich kann nicht aufhören.

Ich höre die Geräusche des Dschungels, das Zwitschern der Vögel, das Rascheln der Blätter. Die Hitze ist unerbittlich, aber die Angst vor dem, was kommen mag, treibt mich voran.

Eine Ewigkeit vergeht, während ich renne. Meine Wasserflasche ist längst leer, aber ich kann nicht stehenbleiben. Das Dorf muss in der Nähe sein, es muss einen Weg geben, dorthin zu gelangen.

Plötzlich höre ich Stimmen, entfernt, aber klar erkennbar. Ich ducke mich in die Büsche, um nicht entdeckt zu werden. Es sind Männerstimmen, eine Gruppe, die sich nähert. Ich erkenne die Stimme von Amir und die schwere, fremde Stimme von Nero.

Ich muss mich verstecken, ich kann nicht riskieren, entdeckt zu werden. Jedoch muss ich einen Weg finden, sie zu warnen, bevor sie in die Falle tappen.

Ich bleibe reglos, mein Herzschlag laut in meinen Ohren. Die Männer passieren mein Versteck, und ich kann ihre Schritte hören, wie sie sich entfernen. Jetzt ist meine Chance.

Ich stehe auf, meine Beine zittern vor Erschöpfung, aber ich kann nicht aufgeben. Ich muss das Dorf finden, Jade warnen und einen Ausweg aus dieser Albtraumsituation finden.

Mit jedem Schritt durch den dichten Dschungel kämpfe ich gegen die Angst an, dass ich zu spät sein könnte. Aber ich darf nicht aufgeben. Meine Entschlossenheit ist mein einziger Antrieb, als ich durch das undurchdringliche Grün kämpfe, auf der Suche nach Rettung für uns beide.

50. Kapitel

SAMIRA

Der Dschungel verschluckt meine Schritte, während ich mich durch das undurchdringliche Dickicht bewege. Ich folge meinem Instinkt, versuche, jede Richtung bewusst zu wählen. Bergauf, um Kurven, durch dichte Büsche und über wurzelübersäte Pfade. Die Hitze des Tages drückt schwer auf meinen Körper, aber die Angst und der Drang zu fliehen, treiben mich vorwärts.

Ich bin mir sicher, dass jeder Schritt, den ich mich bewege, mich von der Gefahr fortträgt. Doch das unerbittliche Rauschen des Wasserfalls bleibt konstant in meiner Nähe. Ist es möglich, dass ich im Kreis gelaufen bin? Der Dschungel scheint mich zu verschlucken und meinen Weg zu verdrehen.

Ich stoppe, um mich zu orientieren, das Herz pochend vor Anspannung. Um mich herum ist alles grün, das Blätterdach verdeckt den Himmel, und der Dschungel scheint mich in einem endlosen Labyrinth gefangen zu halten. Die Luft ist erfüllt von Düften und Geräuschen, die mich verwirren.

Bleib ruhig, Samira. Orientiere dich. Ich entscheide mich für einen neuen Weg, eine Richtung, die ich zuvor nicht eingeschlagen habe. Es fühlt sich an, als würde ich immer tiefer in das Dickicht eindringen, als ob der Dschungel mich auf irgendeine Weise leitet, oder ist es einfach die Verwirrung, die mich irreführt?

Plötzlich, als ich eine Biegung nehme und vorsichtig durch das Gestrüpp schaue, sehe ich eine Szene, die meinen Atem stocken lässt. Oberhalb des Wasserfalls steht Jade. Ihr Rücken ist mir zugewandt, sie scheint in Gedanken versunken.

Regungslos bleibe ich stehen, unfähig, meinen Augen zu trauen. Die Erleichterung, sie gefunden zu haben, mischt sich mit einem Anflug von Angst. *Warum steht sie hier allein? Ist sie in Gefahr?*

Ich wage es kaum, einen Laut von mir zu geben, bewege mich langsam näher, ohne sie zu erschrecken. Mein Herz rast vor Erleichterung, aber ich muss vorsichtig sein. Ich weiß nicht, was um uns herum lauert, welche Gefahr sich versteckt.

„Jade", flüstere ich leise, meine Stimme von der Aufregung gefangen. Sie zuckt zusammen und dreht sich überrascht um. Ihre Augen weiten sich vor Erstaunen und dann erkennen sie mich.

„Samira?", ruft sie aus, eine Mischung aus Freude und Verwunderung in ihrer Stimme. Sie rennt auf mich zu und fällt mir um den Hals. „Ich dachte, ich sehe dich nie wieder!"

Tränen laufen uns beiden über die Wangen. Wir lachen, weinen, sehen uns an und können es nicht glauben, sodass wir uns erneut fest umarmen.

„Jade, wir müssen hier weg", sage ich schließlich. „Es ist nicht sicher. Amir, Chalid, sie ... sie sind nicht, wer sie zu sein scheinen."

Ihr Gesichtsausdruck wechselt von Überraschung zu Besorgnis. Sie versteht die Dringlichkeit meiner Worte.

„Ich weiß, du hast mir von Anfang an gesagt, dass mit denen etwas nicht stimmt und du ihnen nicht vertraust."

„Was ist passiert?", fragt sie, ihre Stimme flüsternd.

Ich versuche, meine Worte mit Bedacht zu wählen, ohne zu viel Preis zu geben. „Es ist keine Zeit für Erklärungen. Wir müssen von hier verschwinden, bevor sie zurückkommen."

Jade nickt, ihre Entschlossenheit spiegelt meine eigene wider. „Ich vertraue dir."

„Nicht so schnell, die Damen!" Ein ungepflegter, hagerer, Mann mit blondem Haar, eingefallenen Wangenknochen und den Augen einer Raubkatze tritt aus dem Gebüsch wie eine düstere Erscheinung. Sein Aussehen ist ungepflegt, sein Blick wild und gefährlich. Seine Worte hallen bedrohlich durch die Stille des Dschungels. Es ist niemand von Amirs Leuten, doch Jade scheint ihn zu kennen.

„Zeuss, was willst du hier?"

„Ich weiß über alles Bescheid", greint er und lässt einen Arm hinter den Rücken gleiten. Als er sie wieder hervorholt, hält er eine Schusswaffe in der Hand. „Was ich will?" Er spielt mit der Waffe herum und kommt in kleinen, aber bedrohlichen Schritten auf uns zu. „Sieht man das nicht?" Seine Lippen legen sich auf die Waffe, die er bewundernd küsst. „Ich will Rache."

„Rache?" Jades Atem flattert. Meiner ebenfalls.

Wir tauschen ratlose Blicke aus, bevor sie sich ihm wieder zuwendet. „Ganz genau. R-A-C-H-E", buchstabiert er, als seien wir schwer von Begriff.

„An wem?“, schalte ich mich mutig ein – entschlossen, meine Freundin nicht noch einmal zu verlieren.

Der schmierige Kerl lacht kehlig. Dabei kommen seine desolaten Zähne zum Vorschein, von denen mindestens einer eine Goldkrone hat. „Ich werde mich an dir, Blondie, Amir und Balian rächen“, knurrt er mit einer Stimme, die von Verbitterung durchtränkt ist. Seine Augen funkeln vor Zorn, und seine Haltung strahlt Entschlossenheit aus, als stünde er kurz davor, seinen Plan in die Tat umzusetzen.

„Warum?“, will ich wissen und straffe selbstbewusst die Schultern. Wenn wir uns offensichtlich von ihm einschüchtern lassen, haben wir schon verloren.

„Weil jeder von ihnen mich erniedrigt hat. Wegen Balian und Amir wurde ich vom Syndikat verbannt“, er wendet sich Jade zu und richtet die Waffe auf sie. „Und wegen dir, Schätzchen, werde ich nun auch von dieser Insel verbannt.“

Ein Klicken lässt mein Herz beinahe zum Stillstand kommen. Er hat die Waffe durchgeladen.

„Du bist für deine Taten selbst verantwortlich, Zeuss.“ Dieses Mal ist es Jade, die sich ihm entschlossen entgegenstellt und einen Schritt auf ihn zu macht. Sie steht beinahe neben ihm.

Regungslos stehe ich am Rand der Klippe. Neben mir das tosende Wasser.

Zeuss scheint irritiert.

„Halt die Klappe, Blondie.“ Ein düsteres Lachen hallt aus dem tiefsten Schwarz seiner Seele heraus. „Weißt du was? Dich hebe ich mir für den Schluss auf.“ Der Lauf seiner Waffe schnellt in meine Richtung. „Sag deiner Freundin Lebewohl.“

„Nein!“ Jade erblasst, doch dann steigt ihr das Blut in den Kopf. Sie rennt auf Zeuss zu und schubst ihn in Richtung Abgrund.

„So nicht, Fräulein“, brüllt er, hält Jade fest und taumelt. Rücklings.

Mit angehaltenem Atem kann ich nur hilflos dabei zusehen.

Er wankt weiter, während Jade sich von ihm freizukämpfen versucht.

Ein Schuss.

Mir entgleitet ein spitzer Schrei, ehe ich erfasse, dass Zeuss mich verfehlt hat.

Hinter mir ist das Projektil in einen Baum eingeschlagen.

Übelkeit steigt in mir auf, als mir klar wird, dass ich knapp dem Tod entgangen bin. Jade ist jedoch immer noch in Lebensgefahr.

Ich will eingreifen, losrennen, doch in dieser Sekunde stürzen die beiden den Abgrund hinab. „Nein! Jade! Neiiin!“ Fassungslos stolpere ich vorwärts und gehe am Hang des Felsens in die Knie. Meine Augen verfolgen die tosenden Wassermassen, die Jade und Zeuss verschluckt haben. „Nein, nein, nein!“ Ich habe das Gefühl zu ersticken, bin einer Ohnmacht nahe. Schockiert schlage ich mir die Hand vor den Mund und verhindere einen weiteren Schrei. Wie gelähmt starre ich in die Tiefe, doch die beiden bleiben verschwunden.

„Samira, hier bist du, verdammt!“, wie unter Wasser nehme ich Chalids Stimme wahr, lasse mich am Arm greifen und von der Klippe wegziehen. „Samira.“ Seine Stimme wird immer dumpfer, bis sie schließlich mit dem Licht verschwimmt.

51. Kapitel

AMIR

Angespannt bis in die kleineste Zelle meines Körper sitze ich auf dem Flur des Krankenhauses, in das wir mit dem Helikopter geflogen sind. Den gesamten Flug über habe ich Samiras Hand gehalten. Sie war blass und zitterte wie Espenlaub. Der Schock war zu schwer.

Der behandelnde Arzt hat strengste Anweisung von mir, nichts von Samiras Schwangerschaft zu dokumentieren. Da das Darmawan-Syndikat dieses Krankenhaus – wie auch viele andere Einrichtungen – mitfinanziert, wird er sich daran halten.

Der Geruch von Desinfektionsmittel hängt in der Luft. Ich presse meine Finger in das moosgrüne Polster der Sitzbank, auf dem vor mir schon viele verzweifelte Angehörige gesessen haben müssen. *Scheiße, verdammt. Samira. Unser Kind. Ich sollte auf euch aufpassen. Aber ich habe versagt.* Mein Herz fühlt sich bleischwer an. In meinem Kopf herrscht das reinste Chaos. Verbissen versuche ich es zu ordnen, doch es gelingt mir nicht. Erschöpft lehne ich mich vor und stemme die Ellbogen auf die Knie. Müde bette ich mein Gesicht in meine Handflächen und tauche in die Dunkelheit ein.

„Hey, Pssst. Lacrima“, hallt es unvermittelt in meinen Gedanken. Es ist die Stimme meiner Mutter, Layla Mari, doch ich sehe sie nicht. Allerdings spüre ich ihre Wärme. „Mein geliebter Schatz. Löse dich von den Darmawan. Das ist der richtige Weg. Du gehörst da nicht hin. Du bist wieder fähig zu lieben und zu weinen. Ich bin stolz auf dich.“

52. Kapitel

BALIAN

„Balian!" Saylas markerschütternder Schrei hallt in einem düsteren Echo durch meinen Kopf.

Ich war schon fast auf dem Weg zu meinem Zimmer, als sie mich keuchend eingeholt hat. Jades Bild in meinem Kopf ist immer noch lebendig. Die Augen weit aufgerissen, die Brust hastig pumpend, hektische Röte auf den Wangen. „Jade ist weggelaufen! In den Dschungel! Du musst sie finden, bevor sie den Darmawan in die Arme läuft!"

Ich packe mir an die Stirn, die ein stechender Schmerz erfasst, und das Bild vor mir verschwimmt. Ein alter Baum ist meine einzige Stütze. Mit dem Rücken lehne ich mich an der Rinde an und schließe die Augen, um mich zu konzentrieren.

Gleißendes Sonnenlicht brennt sich durch die Baumkronen des Dschungels in mein Gesicht. Die direkte Umgebung um das Anwesen habe ich fast vollständig abgesucht. Keine Spur von Jade. „Wo bist du, verdammt?"

Mein Herzschlag geht so kräftig, dass ich das Pulsieren meiner Halsader spüre. *Wo kann ich noch suchen?*

Mit lebhafter Klarheit stelle ich mir Jade vor. Ihr Lächeln, das die brütende Hitze, meinen Erinnerungen entlockt, und schemenhaft in mein Sichtfeld projiziert, lullt mich quälend ein. Dabei leuchten ihre Augen wie Sterne in einer klaren Nacht. Ich sehe uns beide am Wasserfall. Einen Tag, an den ich mich gern zurückerinnere.

Das ist es! Dort habe ich noch nicht gesucht.

Umgehend renne ich los. Es geht über Hügel, durch dorniges Gestrüpp, doch nichts, das sich mir entgegenstellt, könnte mich aufhalten. Ich renne, bis meine Lunge unerträglich brennt, und werde erst langsamer, als ich das Rauschen des Wassers vernehme. Vorsichtig steige ich über eine dicke Baumwurzel, als ich Stimmen höre. Ist Amir in der Nähe? Nein. Es sind Frauenstimmen. *Jade?*

Ein Schuss fällt. Sofort sehe ich zum Wasserfall hinauf, von dem der Knall kam. Er hat eine Gruppe Vögel aus den Baumkronen aufscheucht. Aufgeregt flattern sie durch die Luft.

Der folgende Schrei überzieht meinen Körper mit Gänsehaut, während ein eisiger Schauder mich erfasst.

Sofort renne ich aus dem schützenden Gebüsch, damit ich etwas sehen kann. Was sich dann vor meinen Augen abspielt, wird sich für immer in mein Gedächtnis brennen: Ein Mann, der Jade fest im Griff hält, stürzt rücklings den Wasserfall hinab. Ich kann nur fassungslos die Tragödie verfolgen, denn ich fühle mich wie gelähmt. Als die beiden in den tosenden Wassermassen verschwinden, trifft es mich wie ein Blitz.

Sofort renne ich los und suche das Ufer ab. Die Stelle direkt unter dem großen Wasserfall ist ziemlich tief.

Nicht einmal die Einheimischen wagen es, hier zu baden. Die Strömung ist so reißend, dass ich eher ertrinken würde, als dass ich den beiden nachschwimmen könnte – vorausgesetzt, ich wüsste, in welche Richtungen sie getrieben werden. Der Wasserfall mündet in einen Fluss, der von Felsen durchzogen ist. Einen Sturz aus dieser Höhe zu überleben, ist schon ein Wunder, aber dann nicht auf einen der Felsen im Wasser zu knallen, ist beinahe unmöglich.

Wie von Sinnen laufe ich das Ufer ab, doch die beiden bleiben verschwunden.

Die Welt um mich herum fühlt sich plötzlich an wie eine leere Leinwand, auf der die Farben verblassen. Jeder Atemzug ist ein Kampf gegen das Gefühl, dass mit Jade ein Teil von mir fehlt. Es ist, als würde ein Stück meines Herzens fehlen, als hätte jemand die Seiten aus einem Buch gerissen und die Geschichte unvollständig hinterlassen.

Meine Gedanken sind wie Treibsand, sie entgleiten mir ständig, während ich versuche, festen Boden unter meinen Füßen zu finden. Die Geräusche des Dschungels und des tosenden Wassers sind zu einem gedämpften Murmeln geworden, das mich an die Stille erinnert, die nun in mir herrscht.

Es ist dunkel, als ich beim Anwesen eintreffe. Kein Licht brennt mehr durch die Fenster. Es scheint, dass die Mauern meine Seele spiegeln, die leer und kalt ist.

Schleichend erreiche ich mein Zimmer – extra darauf bedacht, niemandem über den Weg zu laufen. Ich kann und will jetzt keine Menschenseele sehen. Nur Jade.

Erschlagen lasse ich mich auf das Bett fallen, sitze auf und vergrabe das Gesicht in meinen Händen.

Mein Herz fühlt sich an, als wäre es in tausend zersplitterte Stücke zersprungen, als hätte jemand die Luft aus meinen Lungen gesaugt, als wäre ein Teil von mir einfach verschwunden. Inzwischen spielt es fast keine Rolle mehr, dass Jade mit Nero ... ihr Verlust quält mich viel mehr! Es ist, als würde die Zeit stillstehen und gleichzeitig unaufhaltsam voranschreiten. Die Welt um mich herum scheint in einer surrealen, verzerrten Realität zu existieren, während ich versuche zu begreifen, dass Jade nicht mehr hier ist. *Das kann doch nicht wahr sein. Warum musste das passieren?! Warum habe ich nicht zu Jade gestanden und mein angekratztes Ego ad acta gelegt? Vielleicht würde sie jetzt noch leben.*

Jeder Atemzug ist ein Kampf, als würde sich ein unsichtbares Gewicht auf meiner Brust niederlassen und jede Bewegung mühsam machen. Die Tränen fließen unaufhörlich, als könnten sie einen Teil des Schmerzes wegspülen, aber sie lösen ihn nicht auf. Der Raum um mich herum ist erfüllt von einem endlosen Echo ihres Lachens, das jetzt nur noch in meinen Erinnerungen lebt.

„Es tut mir so leid, Balian", höre ich Critas Stimme hinter mir, doch mir ist nicht nach Reden.

„Bitte lass mich allein."

„Nero war gerade noch einmal hier und hat erzählt, was passiert ist. Er hatte Jades Freundin dabei."

„Wo ist sie?", frage ich und schnelle herum. „Ich muss von ihr wissen, was abgelaufen ist."

„Sie sind bereits fort", entgegnet Crita, die sich eine Träne von der Wange wischt. „Es tut mir so unfassbar leid."

„Ich habe gesehen, wie sie den Wasserfall hinuntergestürzt ist. Zusammen mit Zeuss, diesem Dreckschein."

Stille.

„Miroh und Dracu sind sofort losgezogen, um nach Jade zu suchen."

„Das bringt nichts. Du weißt, wie unwahrscheinlich es ist, solch einen Sturz zu überleben."

„Tut mir leid, mein Junge. Ich lasse dich jetzt lieber ein wenig alleine. Wenn du mich brauchst, bin ich da."

„Danke."

Ich lasse mich rücklings auf das Bett fallen und schließe die Augen, während die Zimmertür ins Schloss fällt.

Die Stille ist ohrenbetäubend, denn Jades Abwesenheit hallt lauter als jede andere Anwesenheit, die je in diesem Raum existiert hat. Wie in einem Film spielt meine Erinnerung Bilder glücklicher Momente mit Jade ab. Dabei kommt es mir vor, als würde ich zwischen Realitäten schweben – die Realität, in der Jade noch da war, und die schmerzhafte Realität, in der sie plötzlich verschwunden ist. Ein Teil von mir klammert sich verzweifelt an die Erinnerungen, während ein anderer versucht, die unerträgliche Leere zu akzeptieren, die sie hinterlassen hat.

Minuten vergehen wie Stunden. Der Schmerz ist überwältigend und doch erinnert er mich an die Tiefe unserer Verbindung. Er zeigt mir auf, wie wichtig Jade für mich war und immer sein wird, egal, was mit Nero war.

Die Tür platzt auf.

„Balian!"

Erschrocken fahre ich hoch. Viel zu schnell, denn Schwindel erfasst mich im Sitzen.

Miroh stürzt in den Raum, stoppt und stützt sich schwer atmend auf den Knien ab. Schweiß rinnt ihm über die Stirn und er keucht, als sei er kilometerweit gelaufen.

„Was ist, Miroh?“, will ich wissen und erhebe mich.

Mit schmerzverzerrtem Gesicht greift er sich seitlich an den Bauch, als habe er Seitenstechen.

„Nun sag schon!“ Meine Lethargie fällt von mir ab. Die Trauer, die mich bis vor wenigen Sekunden noch ermüdend erdrückt hat, rückt in den Schatten. „Was?“

„Jade“, keucht er und richtet sich auf. „Sie ...“, setzt er japsend an und holt tief Luft. „Wir haben sie gefunden!“

„Was?!“ Ich muss verdammt hart schlucken. „Lebt sie?“

Miroh seufzt schwerfällig.

Und mein Herz zerspringt.

Nachwort; Danksagung

Meine lieben Leser*innen, vielen Dank, dass ihr mich bisher begleitet habt. Ich hoffe, es hat euch trotz des zugegeben echt fiesen Cliffhangers gefallen.
Während ihr diese Worte lest, seid euch gewiss, dass ich gerade an der Fortsetzung schreibe. Denn so kann man die Geschichte ja nun nicht stehen lassen, oder? Ich bin ein Mensch, der *Happy Ends* liebt. So auch in diesem Genre.
Es bereitet mir große Freude, euch in fremde Länder zu führen und tief in meine (meist) dunklen und prickelnden Geschichten eintauchen zu lassen. Ich hoffe, dass euch meine neuen Charaktere gefallen haben. Ich liebe sie jetzt schon. In der Fortsetzung werdet ihr sie noch näher kennenlernen. Versprochen. Alle, außer meinen Eltern, denn die haben immer noch Leseverbot (und halten sich hoffentlich daran).
Ich danke ich meinem Verlag, den dp Verlag von Herzen, dass ich mit diesem bereits das zehnte Buch im Hause *dp* veröffentlichen kann. Mich kribbelt es jetzt schon in den Fingern, weiterzuschreiben.
Ein weiterer Dank gilt meiner Lektorin Daniela, die sich zusammen mit mir durch den balinesischen (Wörter-)Dschungel geschlagen und diese wundervolle Geschichte zu etwas ganz Besonderem gemacht hat.

Vielen Dank meinem wundervollen Bloggerteam, das mich teilweise schon knapp vier Jahre begleitet, mir mit Feedback & Support zu Seite steht.
Danke, dem besonderen Menschen, der meine Inspiration erneut entfacht und mich beim Schreiben bestärkt und angetrieben hat. <3 Volim te! <3

Wenn ihr mehr über meine Bücher wissen, Insights erfahren und auf dem neusten Stand bleiben wollt, dann folgt mir gern auf meinen Kanälen:

Instagram: @talinaleandro_autorin
TikTok: @talinaleandro

Wir lesen uns sehr bald wieder.

XOXO
Eure Talina